Um diário
para
Melissa

TERESA DRISCOLL

Um diário para Melissa

Tradução
Ana Rodrigues

FÁBRICA231

Título original
RECIPES FOR MELISSA

Copyright © Teresa Driscoll, 2015

Teresa Driscoll assegurou seu direito de ser identificada como autora desta obra.

Todos os direitos reservados, esta obra não pode ser reproduzida no todo ou em parte sob qualquer forma sem autorização, por escrito, do editor.

FÁBRICA231
O selo de entretenimento da Editora Rocco Ltda.

Direitos para a língua portuguesa reservados
com exclusividade para o Brasil à
EDITORA ROCCO LTDA.
Av. Presidente Wilson, 231 – 8º andar
20030-021 – Rio de Janeiro – RJ
Tel.: (21) 3525-2000 – Fax: (21) 3525-2001
rocco@rocco.com.br
www.rocco.com.br

Printed in Brazil/Impresso no Brasil

preparação de originais
FATIMA FADEL

CIP-Brasil. Catalogação na fonte.
Sindicato Nacional dos Editores de Livros, RJ.

D843d
Driscoll, Teresa
   Um diário para Melissa / Teresa Driscoll; tradução de Ana Rodrigues. – 1ª ed. – Rio de Janeiro: Fábrica231, 2017.

Tradução de: Recipes for Melissa
ISBN: 978-85-9517-016-2 (brochura)
ISBN: 978-85-9517-019-3 (e-book)

1. Romance inglês. I. Rodrigues, Ana. II. Título.

17-41223
CDD-823
CDU-821.111-3

Esta é uma obra de ficção. Nomes, personagens, empresas comerciais, organizações, lugares e acontecimentos ou outros que não aqueles claramente em domínio público são produtos da imaginação da autora, foram usados de forma fictícia. Qualquer semelhança com pessoas reais, vivas ou não, acontecimentos, locais é mera coincidência.

Para a minha mãe...

CAPÍTULO 1
Melissa — 2011

Melissa Dance tinha dois tiques.

Quando estava sob extrema pressão, sua pálpebra direita tremia. O que, por sua vez, desencadeava o segundo tique, que era um movimento involuntário da cabeça — uma espécie de contração do queixo, que ela imaginava que, *em um bom dia*, distraía as pessoas da tolice na pálpebra.

Mas aquele não era um bom dia. De forma alguma.

— Está tudo bem, srta. Dance?

Foi a caligrafia. Funcionou como um anestésico nos outros músculos do corpo dela naquele momento, assim, enquanto a pálpebra e o queixo continuavam naquele mundo enfurecido deles, a boca de Melissa — em agudo contraste — estava completamente paralisada.

Nada sairia dela.

Melissa prendeu os cabelos em um rabo de cavalo, usando um elástico que pegou no bolso, enquanto do outro lado da mesa o homem alto e agora claramente constrangido, que se apresentara como James Hall, serviu um copo de água e empurrou-o, junto com o livro, até a beira da esplêndida extensão de mogno diante dela.

Ele parecia estar olhando para o olho dela. Ou ela estaria imaginando isso? Então, de repente, ele se precipitou para a frente e começou a falar rápido demais sobre as instruções da cliente dele. Sobre como eram específicas. *Que a cliente havia especificado que* era esperado certo desconforto, mas que o dever dele, sob os termos do acordo, a senhorita compreende, era persuadi-la — a srta. Melissa Dance — a aceitar o livro. E a examiná-lo, por favor, no tempo dela. Sim?

Aquelas foram as instruções bem específicas passadas a ele.

A pálpebra direita de Melissa ainda tremia. Ela ainda não conseguia falar.

O sr. Hall pigarreou antes de acrescentar que a cliente dele havia insistido que Melissa *deveria ser tranquilizada naquele primeiro encontro de que o propósito do livro era ser um conforto. Uma mão amiga. Não tanto um livro de receitas em si, mas receitas para a vida. Havia cartas no livro. E fotografias também. Ela compreendia isso?*

Melissa encarou novamente a capa. E se concentrou com tanta intensidade que os dois olhos — o que tremia e o que não tremia — agora estavam começando a lacrimejar.

Era a caligrafia. A tinta preta.

O título principal **Receitas** fora impresso em negrito, mas o nome dela havia sido acrescentado à mão... e Melissa reconhecera a letra no mesmo instante. Ela relanceou o olhar para o canto do escritório do sr. Hall e pôde vê-la sentada bem ali. Na velha escrivaninha no canto do quarto com uma caneta-tinteiro na mão. A letra linda e inclinada em tinta preta e brilhante.

... para Melissa.

O sr. Hall ajeitou o corpo na cadeira e perguntou se ela gostaria que o livro fosse colocado de volta no envelope.

Em sua mente, Melissa respondeu que não se importava, mas não tinha ideia se as palavras haviam saído de sua boca. Fosse como fosse, o sr. Hall colocou o livro de volta no envelope acolchoado e o entregou a ela.

Ele claramente sabia de quem era o livro. E Melissa também.

Era a letra inclinada e inesquecível da mãe dela.

A mãe que ela não via há 17 anos...

Cupcakes da vovó

4 onças* de farinha com fermento
4 onças de manteiga
4 onças de açúcar impalpável
2 ovos batidos
Raspas da casca de uma laranja (crucial... lembra-se?)
Preaqueça o forno a 180°. Bata a manteiga e o açúcar até obter um creme. Acrescente lentamente os ovos (em temperatura ambiente, ou eles irão talhar o creme!). Junte a farinha com delicadeza e, então, misture a raspa de laranja. Despeje nas formas de cupcake. Leve ao forno de 15 a 20 minutos. Receita da bisa... desculpe pelas medidas à moda antiga!

(Lindamente coberto com glacê de cream cheese + um pedaço de morango ou mais raspas de laranja. Para o glacê: misture quantidades iguais de cream cheese e manteiga amolecida, então acrescente açúcar até que atinja o ponto certo de firmeza e doçura. Perdão por ser tão vaga.)

Ah, minha menina querida. Você vai ficar chocada. Não é? No momento em que começo a copiar essa primeira receita e a separar a fotografia que a acompanha, posso sentir isso. Seu choque.

Já andei de um lado para outro e agora há um cesto de lixo cheio de papéis amassados. Comecei a escrever vezes sem conta.

---

* Uma onça corresponde a 28,35 gramas. Em receitas, arredonda-se para 30 gramas.

Estou tão preocupada em fazer isso certo. Em colocar tudo do modo certo.

Acabei em tal estado de nervosismo — verdade seja dita — que estou preocupada que esse não seja o dia certo para começar. Mas o que mais fazer? Tentar amanhã? Depois de amanhã? Quando eu fico nervosa assim, tenho esse tique muito irritante. Minha pálpebra treme. Sim, eu sei. É embaraçoso e muito esquisito. E está acontecendo nesse momento. Maldição, coisa idiota. Continuo com a intenção de ver um oftalmologista ou algo parecido. Seu pai insiste que não consegue perceber, que mais ninguém percebe, mas acho difícil de acreditar e esse negócio faz com que eu me sinta uma espécie de aberração. Entenda. Esse é exatamente o tipo de assunto sobre o qual eu teria conversado com você, deitada em uma cama, de adulta para adulta, se eu tivesse tido a chance. E é exatamente a razão para eu estar me dedicando a esse projeto.

Então.

Enfim.

Desisti de jogar pedaços de papel no lixo. Decidi que chega de editar. Vou só... continuar. Vou escrever o que estou pensando... exatamente como surge na minha mente. Portanto, só o que posso fazer enquanto estou sentada aqui, preocupada com a possibilidade de estar começando isso no dia errado, é torcer, rezar e implorar a você, minha querida, que, *por favor, por favor*, respire fundo. Perdoe-me pelo choque, siga em frente — com a mente aberta — e tente entender por que esperei tanto tempo para falar com você dessa forma.

Simplesmente não sei o que dizer para confortá-la a não ser que, pelo menos para mim, há uma boa razão para eu ter feito isso.

Para ter esperado, quero dizer.

A data que começo aqui é agosto de 1994. Você saberá melhor do que eu o que isso significa, respeitar o tempo certo das coisas, e devo lhe dizer, para ser justa, que seu pai e eu não concordamos totalmente com isso. Não estou me referindo ao livro porque ele *não sabe sobre esse livro*. Estou falando do resto. A essa altura, você não vai precisar que eu lhe diga o homem magnífico que ele é. Por isso não tenho o menor medo de deixá-la nas mãos maravilhosas dele. Mas seu pai também está em choque nesse momento, o pobre querido, e ainda não percebe que vai se sair muitíssimo bem sem mim.

Ele quer que façamos todo aquele negócio de "caixa de memórias". Quer que vejamos uma terapeuta qualquer. Algum grupo de apoio em um salão decorado com ursinhos e balões. E embora eu tenha consciência de que eles são especialistas nesses casos, e que são todos muitíssimo bem-intencionados, que estudaram para isso e tudo o mais, simplesmente sei que esse não é o melhor jeito para mim. E você vai entender no fim deste livro o quanto posso ser teimosa.

O que decidi foi que não quero que você saiba nada de toda a merda em que se transformou a minha vida. Enquanto escrevo, agora, você está com oito anos — adormecida na cama na porta ao lado, usando pijamas de princesa, com uma fantasia de fada jogada no chão. Sinto muito, mas não posso fazer isso com você.

Quero ter algum tempo com a minha menina querida — apenas um cantinho bonito da minha vida e da sua, no qual eu possa fingir que tudo está perfeitamente bem.

Egoísmo da minha parte? É possível. É provável. Não tenho ideia do que você vai pensar. Mas teria mesmo sido menos doloroso se você soubesse? Se tivesse sido avisada?

Max acha que sim. Talvez você também venha a achar.

Nesse caso, pedir "desculpas" não vai ajudar.

Tudo o que posso lhe dizer é que tenho a forte intuição de que essa é a maneira certa para eu fazer isso. Não posso falar pelos outros e não quero criticar os grupos de apoio, nem as pessoas que aconselham a fazer de outro modo. Talvez eles estejam certos. Talvez não.

Portanto, se eu estiver errada e você estiver muito zangada comigo, poderia por favor só me dar o benefício da dúvida e pelo menos caminhar comigo através dessas fotos e desses pensamentos? Se não agora, então em algum momento próximo?
Por favor.
Eu realmente avaliei a possibilidade de lhe contar. De tentar prepará-la só um pouco, mas, na noite passada, fiquei observando-a enquanto você dormia — tão linda, tão calma — e pensei: do que adianta? Você vai ficar chocada, triste e com raiva, tenha sido preparada ou não. Do meu ponto de vista, contar a você só fará com que a tristeza comece mais cedo.
Enfim. Agora está feito. É tarde demais.
Assim, em vez de lhe contar, estou organizando esse livro. A minha ideia original era que fosse só de receitas, que foram passadas para mim pela minha própria mãe e pela minha avó e que quero muito passar para você. Não são assim tão especiais ou raras. São apenas receitas simples, consistentes, que preparei com a minha própria mãe, e ela com a dela — e que, espero, um dia, você possa preparar com seus próprios filhos. Você vai precisar anotar nelas as conversões das medidas. Sempre achei bonitinho deixá-las com "cara de antigamente". Então, mais tarde, resolvi que seria interessante colocar em cada receita uma foto minha e sua cozinhando — e também compartilhar algumas ideias com você. Só coisas que talvez possam ajudá-la agora, que já é uma adulta. Muito bem. Respirar fundo.

Vinte e cinco anos? Você deve estar se perguntando por que agora. Por que esperei tanto. Ah, minha querida... Cheguei a pensar nos marcos habituais de idade. Dezoito anos? Ou vinte e um? Então, me lembrei do estado em que eu estava quando tinha dezoito anos e como não me sentia nem um pouco adulta aos vinte e um.

E a ideia desse projeto — o objetivo dele — é ser realmente franca com você, conversar de mulher para mulher.

Assim, decidi escolher uma idade em que eu me senti realmente adulta. Vinte e cinco anos. A idade em que tive você, Melissa...

Deus. Como eu gostaria de poder vê-la. Gostaria de ser só um pouquinho religiosa. Acreditar no paraíso. Em alguma coisa. Em qualquer coisa.

Enfim. Seja como for. Tenho sido cuidadosa em relação aos detalhes, para o caso de você ter alguma dúvida. O plano é deixar esse livro aos cuidados de um advogado muito bom, que será instruído a verificar se você e seu pai estão bem antes de entregá-lo a você. Desse modo, posso escrever... sabendo que você só vai ler se vocês dois estiverem bem.

Estou imaginando você com os cabelos mais curtos. Você os cortou? Secretamente espero que não, mas acho que, seja qual for o corte que use, vai ficar bem em você. Tem esse tipo de rosto.

Ah, Deus. Já estou divagando.

Então... sim. Escolhi vinte e cinco anos, Melissa. A idade em que nossa história começou. E a idade, eu espero, em que você vai estar realmente pronta para as coisas que preciso lhe dizer.

Sinceridade de gente grande.

Esquisito isso, não? De mulher para mulher, enquanto você dorme na porta ao lado. A perna pendurada para fora da cama, com Elizabeth nos braços. Você ainda a tem? Espero que sim. É uma boneca tão linda e você a adora.

Nossa. Divago de novo. Desculpe...

Concentre-se, Eleanor. Bem, qual é a primeira coisa... a primeira coisa realmente importante que preciso compartilhar com você? E agora isso me soou como pregação, e não é essa a intenção aqui. Ah, Melissa. É só que há todas essas coisas.

Tantas. *"Coisas."*

Acho que você pode tirar disso o que quiser. E vou confiar no meu instinto e começar com o conselho mais simples, mas o mais importante que posso lhe dar, minha menina querida. Que é como cada único dia da minha vida, eu desejo mais do que qualquer coisa nesse planeta...

CAPÍTULO 2
Eleanor — 1994

Eleanor ouviu os passos de Max na escada e enfiou rapidamente o livro na gaveta de cima da escrivaninha.

— Já está em casa? — Ela tentou não soar agitada, enquanto o marido a beijava na testa, antes de se sentar na cama, que ficava ao lado da escrivaninha que também servia como penteadeira... uma bagunça simpática de papéis, envelopes e tinteiros antigos que ela colecionava e comprava em bazares e lojas de quinquilharias. Uma miríade de cores e formas feitas de vidro grosso, que nos meses de verão capturavam a luz do sol da manhã e projetavam padrões cintilantes na parede. Eleanor amava.

— Então, como foi? — Ele balançava o pé direito para a frente e para trás muito rápido enquanto falava. Para. Frente. Para trás. Max quisera muito ir com ela naquele dia, mas Eleanor recusara terminantemente.

— O quê? — Ela torceu a boca para o lado, então inclinou a cabeça enquanto tampava com cuidado a caneta-tinteiro.

O marido ainda parecia um menino. Era por causa do cabelo. Os cachos rebeldes nunca haviam aprendido a se comportar. Com frequência, naqueles dias, ela olhava para ele e tentava gravar todas aquelas imagens na mente, para que pudesse escolher uma ao acaso enquanto Max estivesse no trabalho. Os cabelos loucos. O modo como ele agitava as mãos quando estava nervoso.

— O clínico, Eleanor. O tratamento experimental. Conseguimos que você participe? — Ele estava brincando com a aliança de casamento, movendo-a para cima e para baixo, entre o nó e a base do dedo.

Foi só naquele momento que ela percebeu que havia cometido um erro terrível deixando aquilo se tornar tão importante. Aquele minúsculo lampejo de esperança. Eleanor tentara com todas as forças entoar o mantra do "tiro no escuro", da "possibilidade distante". Tentara lembrar a si mesma que as chances de o caso dela se encaixar em um tratamento experimental eram mínimas.

Como realmente provaram ser.

Eleanor balançou a cabeça rapidamente de um lado para outro, lutando para controlar a pontada ardente no fundo dos olhos, e logo fechou-os, porque não queria ver a expressão do marido.

— **Merda** — disse ele, exalando longamente e começando a andar outra vez. Esquerda, então direita, atravessando o cômodo. Esquerda. Direita. — Então, vamos apelar. Certo? Deve haver alguma forma de apelar. Alguma segunda opinião? Eles com certeza não permitem que apenas um clínico banque Deus nessa situação, não é?

Era a última opção. Uma minúscula faísca de esperança. Três letras. Uma consoante. Duas vogais. Estava encerrado. Não.

Todos lamentam muito, sra. Dance, mas a senhora não tem o perfil adequado para fazer parte do tratamento experimental...

Eleanor soubera que Max não aceitaria aquilo.

Quando ela finalmente abriu os olhos, o marido estava sentado diante da janela, beliscando o lábio inferior entre o indicador e o polegar. Sem parar. E com tanta força que os lábios dele estavam ficando brancos onde o sangue fora afastado.

— Não faça isso. Vai se machucar. Não há como apelar.

Ele continuou a beliscar o lábio, então se levantou de repente e entrou no banheiro da suíte, onde abriu a torneira da pia e molhou o rosto.

Então, retornou rápido para o quarto, onde voltou a caminhar de um lado para outro.

— Nos Estados Unidos. Li em algum lugar que há coisas novas nos Estados Unidos. Devemos ir. Posso tirar um ano sabático...
— Pare, Max. Por favor. Não vou levar Melissa para os Estados Unidos. Você precisa se sentar. — Eleanor bateu com a mão no lugar ao seu lado.

Ele parou por um momento, mexendo na fivela do cinto, antes de se sentar bem perto dela, no banco largo de madeira em frente à escrivaninha-penteadeira, e apoiar a cabeça no ombro da mulher, enquanto observavam um ao outro no espelho. Max pareceu, então, constrangido com seu reflexo e tentou arrumar os cabelos.

— Você sabe o que eu decidi. Por favor, Max.

E agora foi a vez dele de fechar os olhos.

— Não, Eleanor. Se você parar tudo. Se parar toda a quimioterapia e todo o resto...

— Não vai fazer a menor diferença. Toda aquela merda.

— Mas se você parar *tudo*...

— Você ouviu o que eles disseram. Eu ganharia um ou dois meses extras no máximo. Então, de que adianta?

Os dedos beliscavam os lábios novamente.

Eleanor levantou a mão para deter a dele e entrelaçou os dedos aos do marido.

— Estou cansada, Max. Só quero um pouco de normalidade. Por Melissa. *Por favor.*

Ele afastou os olhos para a janela, depois voltou a encarar o espelho.

— Melissa não vai ter normalidade... Eleanor. Você sabe disso. Vai ter um monte de merda caindo na cabeça dela.

— Então, deixe o monte de merda esperar. Porque vai acontecer de qualquer modo. — Eleanor beijou o marido na testa, então inclinou a própria testa até que a pele dos dois estivesse se tocando muito de leve.

— É a única coisa que me resta para dar a ela. Um pouquinho de normalidade. Por favor? Por mim. E por Melissa? — Ela estava pensando em uma página em branco. Sem mais apelos para tratamentos experimentais. Sem enganar mais Melissa... organizando noites na casa de amigos, para que a menina não visse a mãe depois dos tratamentos. — Sem mais nada disso, Max. *Por favor.*

Max não olhou para ela. Em vez disso, ficou encarando a parede, a perna balançando cada vez mais rápido de novo, até Eleanor estender a mão e segurá-lo pelo queixo, para que a encarasse. Os olhos dele estavam longe, em algum outro planeta, comprando passagens para os Estados Unidos. E escrevendo cartas para clínicos e conselhos de saúde, e cartas estridentes de apelo em relação a tratamentos experimentais obscuros...

— *Por favor, Max.*

Então, ele se voltou lentamente para ela. Com uma expressão que fez o coração de Eleanor inchar de amor e se partir ao mesmo tempo. Olhos que finalmente diziam que ele não conseguiria dizer não a ela.

Ele não diria não a ela.

CAPÍTULO 3
Melissa — 2011

— Você não está pensando a sério em levar essa mala.
— Qual é o problema com essa mala?
— Realmente precisa que eu lhe diga?
Ela franziu o cenho.
— É muito grande, Melissa. Grande demais.
Melissa olhou para a mala e se virou novamente para Sam, a cabeça enfiada no pescoço.
— E por favor não faça isso — pediu ele, sorrindo. — Você parece uma tartaruga.
Normalmente ela devolveria a implicância. Mostraria a língua para ele. Mas não naquele dia.
— Não vai caber no carro, Mel.
— Ah, não seja bobo. É claro que vai caber no carro. Como você acha que eu a trouxe para casa?
Melissa continuou a colocar pilhas organizadas de roupas sobre a cama de casal deles — camisetas em uma, jeans em outra, e vestidos, perfeitamente dobrados, em uma terceira pilha. Por alguma razão, ela agora estava desdobrando os vestidos e recomeçando todo o processo. Melissa estava tentando não pensar sobre aquela manhã. Sobre o livro.
— Não estou me referindo ao nosso carro. Ou ao carro do seu pai. Estou falando do carro alugado, quando chegarmos ao nosso destino.

Melissa agora inclinou a cabeça para reavaliar a mala cinza e brilhante. Na verdade, não pensara sobre o carro alugado. Merda. Ela tentou imaginar a mala de um Clio. Ou era um Fiesta?

— Vai dar tudo certo. Está bem? De qualquer modo... assim dividimos a mesma mala.

Sam levantou os braços acima da cabeça.

— Por que não podemos simplesmente levar duas bolsas de viagem maleáveis, como sempre fazemos?

Melissa parou, então, enrubesceu e ajeitou o elástico do rabo de cavalo. Houve um momento de silêncio constrangido e os dois desviaram os olhos um do outro.

— Ah... entendi — a ficha finalmente caiu e a expressão de Sam mudou. — Então... isso é para me tranquilizar?

— Como? Não sei do que está falando. — Ela sabia.

E, agora, os dois estavam encarando a mala.

— Você não precisa fazer isso, Melissa.

— Fazer o quê?

— Esse tipo de afirmação. Resolvemos tudo na outra noite. Encerramos o assunto. Achei que estava tudo certo entre nós.

— Está tudo certo entre nós.

— Certo. Ótimo. Portanto, você não está chateada porque eu a pedi em casamento. E eu não estou chateado porque você teve um ataque de pânico.

Melissa cerrou os lábios.

— Você sabe que não me referi a agora. A casarmos agora. Quero dizer, tenho plena consciência de que você ainda é muito nova. Só queria que ficássemos noivos. Que tivéssemos um plano. Sinceramente, não tive a intenção de pressioná-la. De...

Os dois continuaram a encarar a mala.

— Escute... Peguei a mala emprestada com a Lou. Se você realmente a detesta, posso devolver. Só achei que seria mais conveniente. Você sabe... levar só uma mala. Não é nada de mais, Sam.

Se preferir que arrumemos nossas bagagens separadas, como sempre, podemos fazer isso.

Os dois ficaram quietos, então, conscientes da respiração um do outro. Fora daquele jeito pelas últimas quarenta e oito horas. Desde o desastre do jantar de aniversário. O estojo com o anel.

Melissa lidara muito, muito mal com a situação e estava mais arrependida do que poderia explicar. Ela não conseguira se expressar direito no restaurante — da mesma forma como acontecera naquela manhã, no escritório de James Hall —, por isso, tudo saíra do jeito errado. Melissa não previra aquilo. De forma alguma. E, olhando para trás, percebia que fora ingenuidade da parte dela. Está certo... sabia que Sam era louco por ela. Que era louco por ela havia muito tempo. Mas Cristo... ela agora também não era louca por ele?

Melissa encarou Sam naquele momento e pôde ver a outra versão, mais jovem, dele. Os cabelos mais longos — sempre ligeiramente queimados de sol. Bermudas com a bainha desfeita. O sorriso constrangido de adolescente, mas os dentes perfeitos. Melissa sentiu o frio no estômago — aquela estranha contração que acontecia toda vez que ela dobrava em um canto e o via de repente.

E era verdade... Demorara mais do que Sam para se dar conta do que havia entre eles. Para acreditar no que havia entre eles. A história dos dois era o clichê de crianças que cresceram juntas, aquele mesmo sorriso atravessando tantos lugares durante tantos anos. Mas Melissa agora amava Sam sinceramente, mesmo se esse fato, de forma paradoxal e inexplicável, a apavorasse. E era assim tão terrível que ela não se sentisse inclinada a toda essa história de casamento? Havia tentado com determinação explicar a Sam no restaurante. Por que os dois não podiam apenas continuar apaixonados? Por que precisavam de um pedaço de papel? Não era nada pessoal.

"Não é pessoal, Mel? Você não sabe se quer se casar comigo... e acha que não é pessoal?" Ele parecera completamente arrasado.

Melissa realmente não conseguira encontrar as palavras para explicar o que sentia porque nem ela mesma compreendia.

E agora Melissa não conseguia evitar. A imagem do envelope acolchoado. A mãe dela diante de uma escrivaninha.

Tinta preta...

— E então, o que o tal advogado queria? — Sam se esforçara para falar em um tom mais animado. Melissa o encarou, percebeu que ele mudara propositalmente o assunto e a expressão no rosto e voltou a sentir... Aquela contração muscular, aquele frio no estômago.

— Como? — Ela se virou para alisar e voltar a dobrar uma camisa, torcendo para que Sam não percebesse que a mão dela estava ligeiramente trêmula.

— Você disse que era hoje. O encontro com o advogado. A carta misteriosa. Então, o que era? Um caçador de herdeiros como você pensou?

— Sim, era um caçador de herdeiros. Mas... a herdeira não era eu. Família errada. Um tiro no escuro... Ele está tentando rastrear alguém de uma família nos Estados Unidos.

Melissa não tinha ideia de por que não queria contar a Sam sobre o livro. Ela lera apenas duas páginas. E ficara transtornada.

A mãe acertara ao menos em uma coisa. Melissa estava em choque. E, naquele momento, precisava desesperadamente apertar o botão de pausa. Seguir adiante com aquela viagem de férias e parar um pouco o tempo. Encontrar um espaço para descobrir como lidar com Sam. Como mostrar àquele homem tão fantástico e tão gentil que o fato de ela não ter certeza sobre toda a história de casamento não significava que não o amava. E, sim, se fosse ser honesta, aquele era exatamente o motivo para ela ter pegado emprestado uma mala do tamanho de um pequeno país. Boba. Atrapalhada. Em pânico.

— Posso devolver o anel, se você quiser.
— Ah, Sam. — No restaurante, Melissa pedira um tempo para pensar a respeito. Implorara para ele não ficar magoado com isso.
— Está tudo certo. Estou tranquilo, Melissa.
— Mesmo? — Ela se sentou na cama, sentindo uma nova onda de culpa inundá-la.
— Sim... mesmo. — Sam se virou para encará-la direito. Não estava tranquilo com aquilo. — Eu me empolguei.
— Não é que eu não ame você. Você sabe o quanto eu o amo, Sam?
Ele assentiu depressa demais... o tipo de gesto rápido de cabeça que, de forma alguma, queria dizer sim.

Melissa recuou e, por um momento, tudo ficou muito, muito quieto — o aperto familiar em seu peito, o desejo de poder dizer alguma coisa que provocasse em Sam a mesma felicidade que ele provocava nela com tanta facilidade. Mas, quando ela parava daquele jeito, tentando analisar o que supostamente deveria sentir ou dizer para tornar as coisas melhores para ele, só conseguia deixar tudo pior. Isso a fazia se sentir muito culpada e inadequada, como se algo dentro dela estivesse preso. Sim, era isso.

Como se algo estivesse *preso*.

Melissa se virou de novo e continuou a arrumar as peças da bagagem em pequenas pilhas organizadas. Ela se sentia mais segura e mais calma em um ambiente de completa ordem — naquele minuto, todas as suas roupas estavam penduradas no guarda-roupa em setores ordenados, de acordo com cor e comprimento.

Escuras à direita. Claras e leves à esquerda.

— Muito bem. Então, que tal simplesmente irmos viajar como havíamos planejado? Vamos comemorar nossos aniversários com sol. Pegar um bronzeado. E fazer muito sexo? Sim? — E agora ela estava falando rápido demais... — O que é, na verdade, o verdadeiro motivo pelo qual acho que toda essa coisa de casamento é supervalorizada. — E fazendo palhaçada. — Leve em consideração que, quando as pessoas se casam, param de transar. Estatisticamente provado.

Ele permaneceu em silêncio.

— Calcinhas grandes demais, brigas sobre quem lava a louça e nada de sexo. É isso mesmo o que você quer para nós? — Ela se virou para colocar uma calça esportiva na frente do corpo, bem alta na cintura, gesticulando para mostrar o formato de calças muito largas.

— Não faça isso, Melissa.

— O quê?

— Por favor, pare.

— Pare o quê?

— De tentar transformar isso em uma piada. De fazer o que sempre faz quando não quer conversar comigo.

— Não sei do que está falando.

— Sabe, sim. E não vai funcionar.

— Vai, sim. — Ela fez uma careta, esticando ainda mais a malha nos quadris, até Sam mal conseguir conter um sorriso. Então, Melissa deu as costas mais uma vez para respirar fundo. Estava tentando com todas as forças não pensar. No estojo com o anel de noivado. Na decisão que supostamente deveria tomar durante aquela viagem sobre a própria carreira.

Mas, acima de tudo, tentou não pensar no livro.

Naquela linda caneta-tinteiro. No clique da tampa sendo colocada no lugar. E na lembrança de um cheiro estranho de produto químico que, até aquele dia, mais cedo, ela havia esquecido completamente.

Cheiro de *tinta*.

CAPÍTULO 4
Eleanor — 1994

— Nós a mimamos?
— É claro que a mimamos. Por que não faríamos isso?
— Você sabe o que quero dizer. Estou exagerando?
— Eleanor. Estamos na Disneyland de Paris. Esse dificilmente é o lugar para começar a se preocupar em mimar uma criança.

Ela fizera o mesmo no Natal também. Comprara presentes demais e, em pânico, acabara deixando algumas caixas guardadas no sótão.

— Você está certo. Sei que está certo. — Eleanor relanceou o olhar para Melissa, que estava vestida de Branca de Neve e olhando pela janela.

É claro que era demais. Eles estavam hospedados em um hotel com telhados cor-de-rosa, pelo amor de Deus, e no dia seguinte tinham reserva para comer croissants com um rato de casaca.

"Achei que só poderíamos encontrar com o Mickey no dia do nosso aniversário, mamãe. Sophie, do colégio, disse que..."

"Não. Não precisa ser o dia do seu aniversário, meu bem."

— Você parece cansada, Eleanor.
— Estou bem. — Ela não estava. — Embora talvez seja melhor descansar um pouco. Eu disse a Melissa que precisava ir ao banheiro. Você se incomodaria de acompanhá-la aos brinquedos pela próxima hora, e me encontrarei com vocês no restaurante, para o almoço? Vou tirar uma soneca.

— Tem certeza de que não precisa que voltemos com você? — Ele se inclinou para a frente, para examinar o rosto dela mais de perto. — Não. Não. Não gosto da ideia de deixá-la sozinha. Estou achando seus olhos um pouco injetados.

— Sinceramente, Max... estou bem. Mel está tão animada. E ela quer ver o dragão que fica embaixo do castelo. Só estou um pouco cansada. Estarei bem ao lado do telefone. Não se preocupe. Não faça um alvoroço por isso. Melissa não vai se importar com a minha ausência. E posso ligar para a recepção do hotel se precisar de alguma coisa.

— Você me promete?

— Prometo. E você tem a lista de brinquedos... adequados para a idade dela, quero dizer?

Max deu um tapinha no bolso de cima da camisa para confirmar que tinha o papel com a lista ali.

De volta ao quarto, Eleanor se deitou na cama e se surpreendeu ao deslizar quase imediatamente para um sono profundo. Quando acordou, quarenta minutos mais tarde, sentia uma dor pesada e intensa na parte de baixo do abdômen. Ela checou o relógio, pegou dois comprimidos do analgésico mais forte, com a água que estava ao lado cama, e fechou os olhos enquanto se esforçava para engoli-los. Já era assim por dois dias. A enorme dificuldade para engolir os comprimidos. Eleanor começava a se preocupar com a possibilidade de ter calculado mal o tempo. O livro.

Por esse motivo, levara-o com ela — escondido em uma nécessaire grande, onde estava toda a parafernália de cabelo de Melissa (as faixas, prendedores e elásticos para os rabos de cavalo da menina).

Eleanor abriu o caderno na primeira foto. Ela a tirara apenas dois dias antes, quando assava cupcakes com Melissa, com uma receita da mãe. Elas haviam decorado metade dos cupcakes com cream cheese e morangos, e a outra metade, com cobertura cor-

-de-rosa de morango — a cor daquele hotel. Eleanor se perguntou se Melissa se lembraria da história das raspas de laranja. O que pensaria quando finalmente visse a foto. O livro. Haveria tempo? Estava fazendo a coisa certa?

Eleanor pegou a caneta-tinteiro na bolsa e respirou fundo antes de continuar.

... que é como cada único dia da minha vida, eu desejo mais do que qualquer coisa nesse planeta...

... ser mais como o seu pai. Mais gentil e compassivo, quero dizer. A essa altura, você provavelmente já se deu conta do que eu soube poucas semanas depois de conhecer Max. Que ele provavelmente é o homem mais bondoso que você irá conhecer. Bem... na verdade, anule isso. Pensando melhor, espero que não. Espero que você encontre alguém tão bondoso quanto seu pai para dividir sua vida. Mas sou parcial nesse caso, é claro, e acho que será difícil.

O que quero muito lhe dizer é uma verdade da qual não tenho muito orgulho, e que levei muito tempo para aprender com ele. Fiz as escolhas erradas tantas vezes, Melissa, antes de conhecer seu pai. Pensava errado. Dizia as coisas erradas. Nunca magoei as pessoas de propósito, ou nada assim. Não me acho uma pessoa ruim. Com certeza espero que não. Mas com muita frequência eu simplesmente optava por me abster. Não me dispunha a agir de um modo que poderia fazer a diferença. Então, de alguma maneira, o tempo com Max me suavizou e me ensinou a parar e pensar um pouco mais. A abrir meus olhos.

E agora, nesse terrível capítulo que vivo, fico me lembrando de momentos em que desejaria ter me comportado de forma diferente. Antes que um pouco do seu pai me contagiasse, quero dizer. Por alguma razão, não paro de pensar em uma garota da minha escola. O nome dela era Monica e ela era incrivelmente inteligente, mas também muito magra e muito tímida. Não me entenda mal. Nunca fui cruel com ela. Eu sorria para ela e tentava conversar.

Mas nunca soube realmente como lidar com o fato de que ela estava à margem de *tudo*. No terceiro ano, acho que percebi, no fundo, que o problema dela era maior do que apenas timidez. Os cabelos de Monica começaram a ficar ralos e ela começou a pintá--los como se para disfarçar o problema, ou para distrair os olhos de quem reparasse. Primeiro, um ruivo dramático, depois louro. Mas, mesmo assim, eu não comentei ou perguntei nada. Simplesmente desisti de tentar conversar com ela. Me abstive. Então, muitos anos mais tarde, Monica apareceu em um programa de entrevistas. Ela sofrera de anorexia nervosa... por toda a vida. Chegara muito perto da morte em determinado momento e confessou o quanto sempre se sentira solitária. Logo depois disso, todos os jornais só falavam sobre transtornos alimentares. Não se podia abrir um tabloide sem que houvesse alguma matéria a respeito. E me lembro de pensar como deve ter sido terrível para Monica, durante todos aqueles anos na escola, viver com uma tristeza tão terrível em uma época em que se sabia tão pouco a respeito do problema dela. E eu desejaria poder voltar no tempo... Melissa. Para ao menos tentar conversar com ela. Só para tentar, com um pouco mais de empenho, ser um pouco mais bondosa.

    Max teria feito melhor. Você sabe disso e eu também.

    A essa altura, é provável que você se pareça mais com ele do que comigo, e torço para isso. Mas esse livro é sobre honestidade e, portanto, serei franca. Seja boa, minha menina querida. Tente sempre ser boa. Soa banal, eu sei, e sei também que você não seria de outra forma intencionalmente, mas às vezes ser bom é decidir não ficar em cima do muro. Fazer alguma coisa, em vez de não fazer nada. Estou parecendo meio maluca? Como alguma terrível fanática religiosa? Ou você compreende o que estou tentando lhe dizer?

    Eleanor encarou a página escrita à mão, relendo as últimas linhas. Estava fazendo muitas pregações? Melissa veria aquilo como uma crítica? Ela assoprou a tinta e mordeu o lábio inferior. Aquilo era muito mais difícil do que ela pensara. A decisão de não editar o que escrevia. De escrever direto no livro. Eleanor sentiu um arrepio de pânico.

Então, o barulho do telefone a surpreendeu. Max.

— Oi... querido. Acabei de acordar. O barulho do telefone me assustou.

— Desculpe. Você está bem?

— Sim. Me sinto melhor depois de dormir. De onde está ligando?

— Da sorveteria.

— Ah, certo. E como foi com o dragão?

— É melhor não perguntar. Um pouco realista demais para uma menina de oito anos.

— Ah, céus.

— Está sendo necessária uma grande quantidade de sorvete de framboesa.

Eleanor riu. Podia visualizar perfeitamente os dois — Melissa persuadindo o pai a lhe comprar duas bolas de sorvete. Com calda. E confeitos de chocolate.

— Então... ela está fazendo o que quer com você de novo, não é?

— *Avec moi?*

— Vamos precisar atrasar o almoço?

— Não. Não. Meio-dia e meia ainda está bom. Você conhece Melissa. Está sempre faminta.

Eleanor consultou o relógio — passava um pouco de meio--dia.

— Encontro vocês no restaurante. Só espero que seja tão bom quanto as críticas que mereceu. Passa um rio com barcos... bem no meio do restaurante. Na foto, parecia lindo.

— Não que fôssemos querer mimá-la — brincou Max.

— Fique quieto e diga a ela que estou a caminho.
— Diga você mesma. Mel, venha cá. Venha até o telefone. É a mamãe.

Houve certa confusão para pegar o telefone e alguns sussurros ininteligíveis. *Venha. Venha. É a mamãe.*

— Eu não fiquei com medo.
— Como?
— Do dragão. Não fiquei com medo do dragão. Não sei por que papai disse que fiquei. Ele não devia ter dito.

Eleanor sentiu os ombros se agitarem e fechou os olhos.

— Ele é um papai bobo. É claro que você não ficou com medo, você é a minha menina muito, muito corajosa.

CAPÍTULO 5
Melissa — 2011

Era inacreditável como um único homem roncando podia fazer tanto barulho. Para ser justa, em parte isso era culpa dela. Vinho tinto demais.

Melissa consultou o relógio — passava um pouco das quatro da manhã — e observou Sam, consciente de que não era saudável ficar encarando-o com tanta frequência enquanto ele estava dormindo. Pensar e pensar, e às vezes sussurrar mentalmente; dizer coisas a ele na própria cabeça que pareciam perigosas demais... para serem ditas em voz alta.

Ela fechou os olhos e voltou a recostar a cabeça no travesseiro, exalando devagar. Normalmente, quando não conseguia voltar a dormir, Melissa ia na ponta dos pés até a cozinha para preparar uma xícara de chá, mas a porta estava rangendo e ela realmente não queria acordar Sam. Por isso, preferiu pegar a bolsa que estava na cadeira ao lado da cama e foi até o banheiro da suíte. Melissa acendeu a luz, estreitou os olhos com o brilho forte e se virou para confirmar que não havia movimento na cama. Nada. O ronco continuava, e isso, por um momento, a fez sorrir.

Eu não ronco, Melissa.

Ela abaixou a tampa do vaso e se sentou. Então, pegou com cuidado o livro da mãe dentro da bolsa enquanto encostava a porta, quase fechando-a. Sentiu aquela mesma sensação de vazio no estômago enquanto examinava novamente o título. O nome dela na conhecida letra inclinada.

Melissa parou por um momento, inspirou profunda e lentamente e virou a página do livro para olhar outra vez a foto que ilustrava a primeira receita. Ela estava usando uma blusa de listras verdes — o estranho era que se lembrava muito bem daquele suéter, mas ainda não conseguia se lembrar de forma alguma da foto sendo tirada. Melissa abaixou os olhos para o braço e pôde ver muito claramente. A lã macia com listras verdes e creme.

Na foto, ela segurava um tabuleiro de cupcakes, metade deles coberta com creme e morangos, e a outra metade, com um glacê de um rosa vivo, com minúsculas bolinhas prateadas por cima. A sensação no estômago de Melissa agora era diferente e seus dedos começaram a formigar...

Espalhe-os com gentileza, meu amor. Tantos quantos você quiser...

Melissa virou a cabeça na direção do chuveiro e voltou a olhar para o livro, estreitando os olhos. Estava se lembrando de uma colher de pau. A frieza das minúsculas bolinhas prateadas quando ela as pegou da tigela. Sim. Teve permissão para lamber a colher.

Melissa sentiu um estranho aperto no peito e uma mudança no movimento do ar ao seu redor. Provavelmente estava sorrindo para a mãe quando a foto fora tirada, mas não conseguia se lembrar. Da imagem da mãe parada diante dela, com a câmera. Por quê? Se conseguia se lembrar da colher de pau e dos confeitos prateados, por que não se lembrava da mãe? Então, Melissa subitamente ficou em dúvida se aquelas eram mesmo lembranças — a colher e a decoração dos cupcakes —, ou se estava apenas querendo que o que via na fotografia fossem lembranças.

Por que não se lembrara de nada daquilo antes?

Ela abaixou os olhos ao longo da página, mas foi atraída para uma parte, para ler as palavras da mãe mais lentamente...

Portanto, se eu estiver errada e você estiver muito zangada comigo, poderia por favor... pelo menos caminhar comigo através

dessas fotos e desses pensamentos? Se não agora, então em algum momento próximo?
Por favor...

Melissa levou algum tempo para registrar que o desconforto que sentia naquele momento era consequência de estar prendendo a respiração. Ela exalou o ar. E inspirou e expirou mais lentamente. Precisou se concentrar por um momento em recuperar seu ritmo natural de respiração.

Então, fechou os olhos e se recostou contra a parede.

Havia mais silêncio agora, que o ronco de Sam estava mais baixo. Melissa se levantou por um momento para examinar o próprio rosto no espelho e estreitou os olhos ao ver as olheiras grandes e escuras. Ela voltou a se sentar sobre a tampa do vaso sanitário e tentou resistir. Às outras lembranças. Como a da diretora da escola.

Estou bem. Sinceramente, sra. Pritchard. Só não quero falar a respeito. Está certo?

O Pluto na Disneyland, com uma língua muito grande. Bolinhos com geleia e creme em Cornwall. Um breve debate sobre se era melhor colocar primeiro o creme ou a geleia. E agora ela não tinha certeza se aquelas imagens também eram reais. Eram mesmo lembranças ou haviam apenas saído do álbum de fotografias do pai?

Melissa sentiu uma tristeza imensa inundando o banheiro e, com ela, o início de uma sensação de pânico. O conhecido aperto no peito, de raiva. Fechou os olhos, mas a sensação permanecia. Uma imagem súbita dela mesma chutando e gritando. Alguma coisa caindo no chão. *Uma boneca?*

Melissa estava começando a ficar um pouco tonta e pensou que provavelmente prepararia, sim, uma bebida quente. Chá bem doce, talvez. Sim... *açúcar, Melissa*; quando...

— Aaaaiii!

— Que diabo...

— Que merda, Sam. — O coração de Melissa disparou no mesmo instante com uma onda de adrenalina... e o livro quase caiu do colo dela, quando a porta foi entreaberta. — Você quase me matou de susto!

— Desculpe. Me desculpe. Mas que diabos você está fazendo, Melissa? Tem consciência de que são quatro horas da manhã? O que é isso?

Ele encarava o livro, pela fresta na porta. Melissa fechou o volume e voltou a guardá-lo rapidamente na bolsa.

— Ah, nada. Só umas anotações para o trabalho. Uma coisa que esqueci de fazer. E não saía da minha cabeça.

— Trabalho? Às quatro da manhã?

— Desculpe. Está resolvido agora. Você me conhece. Sabe como me preocupo. Não conseguia dormir.

Sam agora estava passando a língua ao redor da boca, relanceando o olhar para a cama — havia um copo de água ao lado. Ele franziu o cenho. Os olhos pesados.

— Tem certeza de que está bem, Melissa? Você parece meio esquisita.

— Estou só cansada. Vinho demais. Desculpe. Não queria acordá-lo.

— Escute, preciso mesmo beber alguma coisa. Quer um copo de água?

— Na verdade, acho que vou fazer chá. — Melissa se levantou, segurando a bolsa e, para evitar os olhos de Sam, atravessou o quarto depressa em direção à cozinha, a porta rangendo enquanto ela falava por cima do ombro. — Uma rápida xícara de chá, então realmente precisamos dormir um pouco.

CAPÍTULO 6

Max — 2011

Max Dance corria para salvar a própria vida. Corria pela própria sanidade e pelo bem-estar dos colegas. Uma piada interna no trabalho. Em um dia em que ele não corria, aparentemente ficava de péssimo humor.

"Não correu hoje, não é mesmo, professor?"

Max sabia muito bem que aquilo não tinha nada a ver com endorfina e tudo a ver com a mesma bobagem obsessiva que fazia a sua filha adulta arrumar as canecas na prateleira da cozinha dela em setores ordenados de acordo com a cor.

— Você sabe que somos uma dupla de esquisitos — dizia ele regularmente a ela em seus jantares mensais, enquanto a filha arrumava os talheres até estarem perfeitamente retos. Todos os ângulos e espaços da forma exata como ela desejava.

— Sim... mas funciona, papai. Você corre. Eu arrumo. É isso o que fazemos. Por que consertar se não está estragado?

Não estava estragado?

De que os dois eram próximos, Max nunca teve dúvida. Ele via mais Melissa do que a maioria dos amigos parecia ver os filhos depois que saíam de casa. Era apenas o tabu que perturbava Max.

Sua mãe teria amado isso.

Nos jantares mensais deles — sempre em um restaurante italiano, por preferência de ambos —, ele insistia. Indo aos pouquinhos.

Sua mãe adorava frutos do mar.

Enquanto, por sua vez, Melissa resistia. Distraída. Fazendo brincadeiras.

Apenas uma vez, Max a pressionou. *Por que isso? Por que não posso nem mencioná-la na sua frente sem que você fique assim, toda na defensiva? Sem que fique esse clima? E você realmente acha que ajudaria se ficássemos chafurdando nisso?*

— Você acha que eu chafurdo? — perguntara ele a Sophie no mês anterior. — É isso que faço em relação a Eleanor? Chafurdo?

Sophie era outro sintoma, além da corrida, que deixava Max preocupado com a vida que levava.

Ela era uma artista, com um olho fora do comum para cores e com uma visão do mundo também muito fora do comum. Durante os últimos cinco anos, Max se encontrara com Sophie uma vez por mês para jantar e fazer sexo — um relacionamento sem vínculos (termos estritamente dela) que, com todas as suas limitações, era ao mesmo tempo perfeito e um completo desastre.

Naquela manhã, Max colocara o alarme para as seis e meia, para sair para correr antes de levar Melissa e Sam ao aeroporto. Ele precisara insistir para convencê-la a aceitar a oferta, mas de que adiantaria ter conseguido chegar a diretor acadêmico se não pudesse dar um jeito de reorganizar algumas aulas?

A verdade? Max odiava não ser mais ele a companhia da filha para comemorar o aniversário. Era impressionante que os dois fizessem aniversário no mesmo dia — ela e Sam. Mas era verdade.

Para ser sincero, Max gostava de Sam. Principalmente porque o rapaz fazia Melissa muito feliz. Ainda assim, fora preciso haver uma enorme adaptação depois de tantos anos em que haviam sido apenas ele e Melissa.

No chuveiro, depois da corrida, Max checou o relógio e percebeu que havia forçado demais. Seu tempo agora era apertado. Já no carro, a camisa colava às costas ainda úmidas, enquanto ele ouvia as últimas notícias sobre a crise na Zona do Euro. O pedido da Grécia por uma segunda ajuda financeira ainda estava em um impasse. Max achava que Chipre poderia muito bem ser o próximo. Talvez ele devesse alertar Melissa a levar alguns dólares ou libras? Só para garantir. Não. *Pare com o pânico.*

Max mudou para uma estação de rádio que tocava música, checou novamente o relógio e rezou para que não houvesse retenções ao sul do rio. Ele mandou uma mensagem de texto dizendo que não deveria se atrasar mais do que quinze minutos, mas mesmo assim os dois estavam olhando ansiosos pela janela quando Max parou o carro diante do prédio onde moravam e saíram quase na mesma hora para a calçada.

— Que diabos é isso? — Max beijou a filha enquanto Sam lutava atrás dela com a mais absurda peça de bagagem que ele jamais vira.

— Não comece. Já ouvi o bastante de Sam em relação a essa mala.

— Não fico surpreso. Então, qual é o plano? — Max se afastou para examinar a mala com mais atenção. — Morar dentro dela.

— Fique quieto. — Ela deu um soco de brincadeira no braço do pai, enquanto Sam rolava o monstro na direção da mala do carro.

— E um feliz aniversário atrasado. Para vocês dois.

— Obrigada.

Foi só então que Max se deu conta de como os dois pareciam arrasados.

— Noite boa de farra, meninos?

Melissa fez uma careta.

Max examinou com mais atenção o rosto da filha e viu que não devia perguntar mais. Conhecia todas as expressões de Melissa.

Eles foram bem para o aeroporto — o trânsito estava tranquilo —, e Max sentiu a já conhecida ansiedade quando parou para deixá-los.

— Vai me mandar uma mensagem quando aterrissar?
— Claro.

Ela não mandaria.

— E teremos nosso jantar, como sempre, quando você voltar?
— Ele rastrearia o voo na internet.
— Sim, é claro, papai. Está na agenda.
— E, então, conversaremos. Você sabe... sobre o contrato como freelancer. Já tomou alguma decisão?

Melissa, que estava terminando seu período de estagiária de jornalismo em um jornal local, recebera a oferta inesperada de trabalhar como autônoma em um jornal de distribuição nacional. Uma grande oportunidade. Emprego local com plano de aposentadoria versus trabalho autônomo.

— Vou empurrar essa história com a barriga até depois da viagem. Na verdade, estou empurrando tudo com a barriga até depois das férias.

Max desceu do carro, limpou uma poeira imaginária da calça e acabou estendendo a mão para Sam.

— Você tome conta dela.
— *Papai*.
— Desculpe, querida.

Melissa, então, lhe deu um beijo apressado no rosto e consultou o relógio.

— Veja, lamento mesmo, mas precisamos nos apressar.

Max relanceou mais uma vez o olhar para a enorme mala cinza e balançou a cabeça.

— Divirtam-se muito.
— Vamos nos divertir.

Mais tarde, já na universidade, Max se deu de presente um bule cheio de café e tentou, com todas as suas forças, não se preocupar. Em vez disso, precisava se preparar para a chegada de Anna.

Anna era a mais nova professora orientadora dos seminários de estudo. Ela começara no verão e agora estava se saindo admiravelmente bem com um cronograma apertado com os calouros. Umas duas vezes por semana, Anna se reunia com Max para conversar sobre os progressos que tivera e sobre os planos para a semana seguinte. Max estivera certo ao escolhê-la. Anna era entusiasmada, brilhante e ambiciosa; embora agora houvesse um problema que ele não previra.

Max se preparou, fechando os olhos ao sentir o cheiro do café. Eram dez para o meio-dia e bem na hora — o clique dos saltos dela no corredor, então a batida na porta da sala dele, que já estava aberta.

— Entre.

E então... aconteceu mais uma vez.

— Bom dia, Max.

O *golpe*.

— Desculpe. Boa tarde, eu deveria dizer. Cristo. Para onde vai o tempo nesse lugar? — Ela estava encarando um maço de papéis.

Max tentou se convencer de que era sua imaginação. A sensação de tomar um soco na boca do estômago. Mas não. Já acontecera três vezes em três reuniões consecutivas. Uma olhada para ela. O golpe.

Naquele dia, Anna estava usando uma calça de linho creme e uma blusa transpassada vinho. Ele viu de relance a insinuação de uma alça fina de seda rosa do sutiã aparecendo no ombro esquerdo quando ela apertou mais o prendedor de casco de tartaruga que segurava seus cabelos no alto.

Max se mexeu na cadeira, desconfortável, e afastou os olhos. Nunca mais voltaria a namorar ninguém do trabalho.

— Você tem tempo para uma rápida passada nisso, Max? — Ela agora estava folheando mais papéis que tirara de uma pasta preta com zíper que tinha nas mãos, e Max se perguntou se

Anna queria falar mais sobre os planos que estava coordenando para uma série de seminários de estudo que planejava para o ano seguinte. Ele aprovava... aquela ambição, o motivo real por que ela conseguira o emprego. A proposta, além de mérito acadêmico, tinha o bônus bem-vindo (e, naqueles dias, essencial) de que quase com certeza seria um sucesso com estudantes estrangeiros. Manteria felizes os homens do dinheiro.

Mas não era naquilo que Max estava pensando. O que ele estava pensando era que Anna Merrivale cheirava a talco de bebê. Ele percebera a mesma coisa na semana anterior. Não era um perfume adulto... mas talco de bebê.

— Não vai demorar mais de cinco minutos. Prometo.

Max deu um longo, longo gole de café e relanceou o olhar para a janela, tentando com muito empenho não olhar para a alça do sutiã. Não demoraria muito para a decolagem, e ele estava se perguntando a que horas conseguiria relaxar. A que horas poderia confirmar na internet que Melissa aterrissara em segurança.

— Desculpe. Não é uma boa hora, Max?

Palitos de queijo

4 onças de farinha de trigo
2 onças de manteiga
2 onças de um queijo curado (o melhor que puder conseguir)
A gema de um ovo
Sal e pimenta-caiena para temperar
Água fria

Preaqueça o forno a 200°. Tempere a farinha com sal e pimenta-caiena e acrescente a manteiga picada. Misture com o queijo, a gema de ovo e a água até conseguir uma massa compacta. Abra a massa bem fina e corte-a em tiras estreitas. Coloque as tiras em um tabuleiro untado e asse por dez a quinze minutos, até estarem levemente douradas. Deixe-as esfriarem um pouco no tabuleiro e as transfira para uma grade para acabarem de esfriar.

A segunda receita, e estou me sentindo menos em pânico, Melissa. Estou torcendo para que, a essa altura, você esteja mais calma e já tenha compreendido melhor o que estou tentando compartilhar aqui.

Gosta da foto? É de algum tempo atrás — a primeira vez que fizemos essa receita juntas. Escolhi esses palitos de queijo como segunda receita porque tenho esperança de que você se lembre da saga dos "Dentes de Tubarão". Será?

Relembrando... só para garantir. Os palitos de queijo sempre foram uma das receitas favoritas do seu pai. Ele gosta que eles "mordam de volta", por isso costumo pegar pesado na pimenta-caiena. Assim, na primeira vez em que preparamos juntas os palitos de queijo, inventei essa brincadeirinha. Os "Dentes de Tubarão"... que morderiam seu pai de volta com um pouco mais de força do que ele pedira. (Você vai se lembrar que foi seu pai que "acidentalmente", ahã, deixou que você visse *Tubarão* cedo demais. Não preciso dizer mais nada.)

Está lembrando, agora?

Fizemos as duas dúzias de sempre e, depois, uma terceira dúzia de palitos que temperei com uma *enorme* quantidade de uma pimenta-caiena bem forte — bem no meio deles.

Santo Deus! Achei que tínhamos provocado um ataque cardíaco em Max. É claro que não foi o caso. E valeu muito a pena. Você não imagina como isso me deixa feliz, Melissa, lembrar como rimos juntos. Seu pai também...

E esse é o objetivo desse segundo texto. Realmente não quero que você se deixe prender aos momentos tristes. Ainda mais agora, que estou surgindo do nada desse jeito.

Espero sinceramente que se lembre de como rimos. E espero que a vida de vocês — tanto a sua quanto a do seu pai — seja cheia disso. De risadas.

É complicado para mim, porque escrevo presumindo que, a essa altura, ele estará com outra pessoa, e quero lhe dizer que, para mim, está tudo certo em relação a isso. Mais do que certo. Tentei conversar a respeito com Max, mas é muito difícil. Portanto, se ele estiver sendo muito chato a esse respeito, *converse com ele... faria isso?*

E já que estamos nesse tema de príncipes (e sapos), me pergunto em que momento de sua vida amorosa você estará... Ainda jovem demais para se preocupar caso a pessoa certa não tenha aparecido, é claro, mas deixe-me tranquilizá-la de qualquer modo e dizer que todas acabamos beijando alguns sapos. Eca. Eu beijei.

Eleanor se recostou na cadeira para reler a página e, como sempre, assoprou delicadamente a tinta para secar as últimas linhas. Ela torceu os lábios e se sentiu subitamente culpada. Prometera honestidade. A verdade? Sentia-se fisicamente doente só de pensar a respeito. Em Max com outra pessoa.

Eleanor foi até a janela e o viu aparecer na esquina. Como sempre, Max parou diante da porta de casa para inclinar o corpo para a frente, as palmas das mãos sobre os joelhos. Ela sorriu, enquanto examinava o marido em detalhes. Os cabelos desalinhados. O short ligeiramente frouxo. As bufadas. Os ofegos.

Max não percebeu que ela observava da janela enquanto ele fazia isso — tentava recuperar o fôlego e, com ele, o orgulho, antes de entrar. Ele começara a correr logo depois que Eleanor recebera o diagnóstico. A princípio, correra para queimar a raiva que sentia. Agora, corria todo santo dia, saindo cada vez mais cedo e correndo por mais tempo, nos períodos em que a quimioterapia deixava em compasso de espera o lado físico do casamento deles.

Não era preciso ser muito inteligente para perceber isso.

Eleanor também sentia uma falta enorme de fazer amor. Somente naquele momento — enquanto o observava e desejava também poder sair para correr —, realmente se deu conta da verdade. Só então percebeu que havia apenas uma coisa pior do que imaginar Max com outra pessoa.

Era imaginá-lo sozinho.

CAPÍTULO 7
Melissa — 2011

Eles se conheceram quando crianças — Sam e Melissa —, uma história entre pessoas tão opostas que, naquele longo voo, Melissa se pegou de novo observando Sam dormir, e fez o que parecia nunca conseguir evitar: pensar demais.

Por algum motivo, ele ficara fascinado por ela desde o princípio. Sam a observara e ficara amigo dela e tomara conta dela silenciosamente durante todo o tempo deles na escola — Melissa felizmente não se dera conta de que havia algo mais além de amizade da parte dele até ser tarde demais.

Um grupo de amigos achava a história romântica. Outros não tanto: *"Então, vocês dois levaram exatamente quanto tempo para ficar juntos?"*

Um dos colegas jornalistas de Melissa, apenas um mês antes, dissera em voz alta o que os outros claramente estavam pensando. "Tem certeza de que você não... você sabe... *se acomodou* com Sam?"

Melissa ficou desconcertada, não porque desse qualquer importância ao que as outras pessoas pensavam, mas porque, de repente, se viu preocupada com a possibilidade de, bem no fundo, ser exatamente aquilo que Sam também achava. O resultado foi que, nas últimas semanas, Melissa fez questão de pelo menos tentar dizer a ele com mais frequência o quanto era importante para ela.

"Você sabe que amo você, Sam..."

Não era de espantar que ele subitamente a houvesse pedido em casamento.

Melissa cruzou as pernas, ajustou a lingueta que mantinha a bandeja no lugar em um ângulo perfeito de 180 graus e estendeu a mão com cuidado para fazer o mesmo com a bandeja de Sam. *Merda.* Ela quisera tranquilizá-lo e acabara fazendo exatamente o oposto. Melissa pegou a revista da companhia aérea à sua frente e voltou a não lê-la.

Agora, tentava não pensar na terrível comoção que acontecera no balcão de check-in. Fechou os olhos. Tudo culpa dela — a mala gigante fora rejeitada sob a alegação de que excedia o peso máximo para um único item de bagagem. Melissa praguejara e se estressara, certa de que a viagem não aconteceria. Sam revirou os olhos, mas acabou resolvendo a crise rapidamente. Ele comprou uma bolsa de viagem no quiosque mais próximo e transferiu as coisas mais pesadas da mala para lá. Entre essas coisas estava a pequena bolsa cinza de seda, fechada com zíper, contendo o livro da mãe dela — e Melissa entrara em pânico. Quase contara a Sam a respeito do livro ali mesmo, porque não queria o diário amassado na bolsa de viagem nova, de um rosa forte. Mas não. Antes, precisava ler tudo o que havia ali, sozinha. Para resolver, também sozinha, como diabos iria contar a respeito ao pai.

As palavras na revista da companhia aérea eram agora um borrão. O som de um chacoalhar metálico atraiu a atenção de Melissa para o fim do corredor do avião, onde a equipe de comissários estava arrumando o carrinho de bebidas.

Quatro horas e meia...
O outro choque. Melissa não imaginara que levaria tanto tempo para chegar a Chipre. Sam achara divertido vê-la pegar a revista da companhia aérea para checar o mapa depois que o piloto informara o tempo de voo.

Você não checou o mapa quando marcou essa viagem, Melissa?
É claro que chequei...
Melissa relançou novamente o olhar para Sam, agora tão profundamente adormecido que nem o barulho do carrinho o acordou.

A verdade?

A reação dela a toda a história do pedido de casamento fora uma confusão e tanto, sem sentido, irracional. Melissa não conseguia compreender por que se sentia tão insegura sobre se casar e por isso não tinha a menor possibilidade de explicar aquilo para ninguém. No restaurante, ela argumentara que casamento formal não era importante. *É apenas um pedaço de papel.* Mas agora via que aquilo trouxera à tona as mesmas velhas dúvidas sobre a história deles.

Mas, para ela, aquilo não tinha nada a ver com dúvidas — ao menos, não dúvidas a respeito de Sam. Era outra coisa. Algo que não conseguia determinar exatamente, e em que, na verdade, não queria pensar...

Melissa tinha exatamente quatro anos e meio quando conhecera Sam — quando entrara na escola primária Sacre Cœur, como um suborno para a culpa católica da mãe. Eleanor era o que Max frequentemente descrevia como uma "católica não praticante". Não exatamente uma ateia, mas caminhando nessa direção.

Mas Max explicara a Melissa que Eleanor optara por fazer aquele primeiro sacrifício de princípios, tão comum entre os pais que estão escolhendo uma escola para os filhos. O Sacre Cœur era o melhor colégio público na área em que moravam, portanto, qual era o problema de um pouco de hipocrisia quando o que estava em jogo era o futuro de um filho? Eleanor e Max aparentemente haviam decidido que Melissa deveria tomar ela mesma a decisão em relação à própria fé quando tivesse idade o bastante. Nesse meio-tempo, ela seria ensinada à maneira católica, com os pais por perto para minimizar as partes mais assustadoras.

A estratégia, como era de se prever, tivera resultados indesejados. Melissa decidira se tornar freira — uma obsessão que durara de forma alarmante até o terceiro ano, vencida apenas com a chegada de um lindo coroinha chamado Michael. Aquela primeira paixonite acontecera na mesma época em que um garoto mais velho da escola, chamado Samuel Winters, começou, sem qualquer explicação, a acompanhá-la no caminho para a escola, oferecendo-se para carregar a mochila dela.

— Não preciso que você carregue a minha mochila. Não está pesada.

Melissa gostava muito de Samuel, mas não tinha a menor ideia de onde surgira o súbito interesse dele na bendita mochila dela. Ainda. Ele era divertido e querido por todos os professores. Era gente boa e popular, mas era quatro anos mais velho do que Melissa — e andava com o pessoal mais velho, o que a assustava.

Depois da morte de Eleanor, Melissa terminara seu período no Sacre Cœur e conseguira passar na prova para a escola secundária só para meninas mais próxima, que ficava a quarenta minutos de ônibus da casa dela.

Michael, o coroinha, seguiu na escola católica mista para o ensino secundário, o que foi motivo para alguns conflitos entre Melissa e o pai. Samuel da Mochila, como ela passara a pensar nele, já fora havia muito tempo para uma escola secundária só para meninos, e Melissa só o via ocasionalmente, quando pegavam o mesmo ônibus. Nessas raras ocasiões, Sam às vezes se sentava com ela no caminho até em casa, desistindo apenas quando os amigos começavam a bombardeá-los com assovios.

— Não tenho ideia do por que fazem isso — reclamou Melissa. — Não é como se nós nos gostássemos desse jeito. Certo?

Foi só quando começou a agonia dos exames preparatórios para a universidade que Melissa voltou a esbarrar com Sam com mais regularidade. Ele vivia a uma distância considerável, já cursando arquitetura na universidade, e só estava por perto nas férias e feriados, quando conseguia um emprego na loja de música da cidade. Melissa e as amigas costumavam frequentar o lugar, usando as cabines para ouvir CDs, e, para surpresa dela algumas de suas amigas pareciam interessadíssimas no Samuel da Mochila.

— Por que não nos disse que o conhecia? — sussurrou Emily, a amiga mais próxima de Melissa, em um determinado sábado.

— Quem?

— Ele.

Melissa relanceou o olhar para Sam, que sorria em sua direção.

— Acho que ele gosta de você, Melissa.

— Ah, não seja ridícula. Somos amigos desde a escola primária. Só isso.

— Você acha?

— Acho.

— Ora, ótimo. Porque espero que você consiga que ele repare em mim.

— Está dizendo que está a fim dele?

— Dá, Melissa. É claro que estou a fim dele. Todas estão a fim dele.

Melissa sempre se lembraria desse momento. Ela pusera o CD de volta no lugar, na prateleira, e voltara a olhar para Sam. Nesse momento, ele estava atendendo a uma senhora mais velha, que entabulava uma conversa animada sobre a trilha sonora de algum musical. Melissa percebeu — e achou divertido — que até a mulher mais velha estava tentando flertar com ele.

Melissa não tinha a menor ideia de por que não lhe ocorrera antes que Sam seria alvo desse tipo de atenção. Ela observou a linha do maxilar dele e sentiu a cabeça afundar no pescoço.

Você sabe que parece uma tartaruga quando faz isso...

Melissa ouviu o eco desse comentário enquanto o observava atendendo à cliente do outro lado da loja.

Santo Deus... Sam realmente se transformara em um cara lindo. Não é que ela não tivesse percebido, mas não registrara que isso tinha algum significado para ela.

— Então, você não está a fim dele, Melissa?

Ela não sabia o que responder. Sam era Sam. Sam era o garoto mais velho que a acompanhava até a escola. O garoto que a ajudava com os patins no parque local, às vezes. O garoto que causava ótima impressão nos professores. Como ela poderia responder a uma pergunta daquelas?

Sam era Sam.

Então, tudo mudou quando a própria Melissa começou na universidade. Ela estava cursando literatura inglesa, e o pai a encorajara muito, apesar de outros ao redor terem dado muito menos apoio. *E o que exatamente ela vai fazer com um diploma em literatura inglesa? Ler para ganhar a vida?*

Max, é claro, fora um pesadelo na época dos exames para as universidades. Ele conhecia todas as listas de classificação e todas as fofocas internas. Assim, com base apenas em seus conflitos adolescentes, Melissa resistira a todos os conselhos e aterrissara em Nottingham. A faculdade parecia boa e as lojas, também. Além disso, fora uma das poucas universidades que Max não recomendara ativamente.

— Por que você quer ir para Nottingham? Não é por causa de algum maldito garoto, é?

— É claro que não é por causa de nenhum garoto. Só gosto do modo como o curso é apresentado. Bastante tradicional.

Max não conhecia nenhum professor na Nottingham University.

E assim ficou acertado. Melissa iria para Nottingham.

O que ela não sabia até duas semanas depois de ter começado o primeiro período na faculdade era que Samuel da Mochila estava terminando a primeira parte da longa jornada que era arquitetura em Nottingham.

— Você está aqui. Santo Deus. Não sabia que estava aqui.

Ela esbarrou com ele perto da biblioteca, ainda abatida pela gripe que sempre atacava os calouros, com olheiras escuras sob os olhos e uma bolsa tipo carteiro com o notebook, atravessada no corpo.

— Se você se oferecer para carregar a minha maldita bolsa, terei que bater em você.

Melissa deu um abraço em Sam e ficou chocada com o puro prazer físico que a atingiu ao encostar o rosto no pescoço dele pela primeira vez. Então, sentiu-se imediatamente envergonhada. Constrangida e surpresa também, por ele ter um cheiro tão bom.

— Nossa. Que cheiro bom. É mesmo de loção pós-barba? — Ela agora estava puxando o próprio cabelo, girando uma mecha entre os dedos.

— Foi presente da minha mãe.

— Bem, isso já é uma mudança. Todos os caras no meu alojamento fedem. — Melissa desejou ter aplicado um pouco de maquiagem. Desejou ter lavado os cabelos naquela manhã. Ou, no mínimo, ter aplicado um pouco de máscara nos cílios.

— E isso não é nem um pouco sexista?

— E como você está? Ah, nossa. Como é bom vê-lo, Sam!

— E você também. Um choque delicioso. E então... está se adaptando bem?

— Estou adorando. Embora esteja exausta. Ainda não consegui organizar meu tempo.

— Aceita um café?

— Sim, aceito.

E então, finalmente *começara*.

Melissa ficara sentada diante do café, observando Sam enquanto ele lhe contava sobre a faculdade dele, sobre a universidade como um todo, sobre os melhores lugares para estudar e para socializar, que corretor escolher para alugar uma casa no segundo ano, que bares vendiam os drinques mais baratos e onde ele estava planejando passar o ano no exterior antes de começar a segunda parte de seus estudos de arquitetura. Melissa meio que escutava,

meio que se deixava perder em uma espécie de bruma. Porque, na verdade, ela estava de volta àquela loja de música, encarando-o, percebendo a linha perfeita do maxilar, a expressão cálida e muito aberta nos olhos de um tom tão incomum. Verdes. Sim. Ela o estava observando sob lentes completamente diferentes.
— Eu realmente não tinha ideia de que você estava aqui. Nessa universidade. Alguma vez mencionou isso a mim, Sam? Que tinha vindo para cá? Para Nottingham?
— Acho que não. Por que pergunta?
— Não sei. É só que parece muito esquisito.
— Um esquisito legal ou um esquisito horrível?
— Um esquisito legal.
— Ótimo. Então, isso significa que posso finalmente convidá-la para um drinque sem que você faça aquele seu movimento característico de tartaruga...?
Um pigarro muito forte, de repente...
— Com licença. Desculpe, senhora. Mas gostaria de saber se aceitaria algo para beber. — O tom de voz mais elevado da comissária de bordo confirmou que aquela não era a primeira vez que perguntava. Melissa se sobressaltou fisicamente. Dois passageiros se viraram quando o pé dela acertou as costas do assento da frente.
— Desculpe. Lamento muito. Estava a quilômetros de distância. Duas garrafas de água, por favor. Ah... e batatas fritas. De qualquer sabor. Não importa. — Ela se virou para Sam, que se agitou um pouco por causa do barulho, mas logo girou o ombro, tentando desajeitadamente se aconchegar no encosto de cabeça do assento, ainda adormecido... a boca agora aberta.
Melissa sentiu o ouvido latejar. O carrinho de bebidas seguiu adiante com barulho. Um homem se levantou e saiu para o corredor agora vazio para pegar uma mala pequena no compartimento de bagagens acima dos assentos, o que fez Melissa voltar a pensar em todas as bagagens que estavam ali. Na bolsa de viagem que

haviam comprado no quiosque. Ela ficou olhando para os pequenos pacotes de fritas e, depois, para os passageiros do outro lado do corredor, que haviam pedido com antecedência comida quente. Uma mulher mais velha estava enfiando, hesitante, o garfo de plástico em algo que parecia algum tipo de carne assada. Ou um moussaka. Ou uma lasanha. Ou Deus sabe o quê. Mas tinha um cheiro horrível.

E agora Melissa estava pensando... por que comida? Por que a mãe enchera um diário com receitas? Melissa era uma cozinheira mediana, básica, mas não era nada entusiasmada com a cozinha. Ela não compreendia por que as pessoas faziam tanto alarde na cozinha. Não tinha a menor paciência para isso, nem entendia por que as pessoas devotavam tanto tempo a cozinhar quando havia tantos bons restaurantes e lugares que vendiam pratos prontos. E supermercados como o Waitrose. Ou seja... por que a mãe simplesmente não escrevera cartas? Ou só um diário? Havia tanto a ser dito assim?

Melissa abriu a tampa da garrafa de água e deu um gole.

Por que comida?

Biscoitos de Páscoa

8 onças de farinha com fermento
5 onças de manteiga
4 onças de açúcar impalpável ou açúcar de confeiteiro
1 ovo médio
Algumas gotas de uma boa essência de baunilha... ou um toque de canela também vai bem.

Preaqueça o forno a 180° e unte os tabuleiros. Junte a farinha e o açúcar e agregue a manteiga. Acrescente o açúcar, mais a sua escolha de aromatizante e misture. Acrescente ovo batido o bastante para obter uma massa bem firme. Sove ligeiramente a massa sobre uma superfície enfarinhada até que fique lisa. Envolva-a em papel-filme e leve-a à geladeira por 30 minutos. Abra a massa bem fina e corte os biscoitos com um molde circular. Coloque-os nos tabuleiros (não os distribua próximos demais um do outro, porque eles se expandem um pouco) e fure-os com um garfo. Asse-os por 12 a 15 minutos, até ficarem ligeiramente dourados.

Esses são favoritos absolutos, Melissa, e você simplesmente precisa fazê-los. Por que são chamados de biscoitos de Páscoa em vez de biscoitos cristãos ou biscoitos de Halloween não tenho a menor ideia. Vovó simplesmente os chamava de biscoitos de Páscoa e é isso o que são (embora fossem comidos com muito prazer durante todo o ano).

Tenho a minha lembrança particular deles e espero que você também tenha. A mim, eles fazem lembrar a imagem muito vívida de uma lata de biscoitos vermelha e quadrada, que minha mãe guardava na segunda prateleira da despensa dela (nunca na primeira ou na terceira, sempre na segunda, vale notar). Acho que, em parte, é disso que esse livro se trata para mim. De compartilhar e passar adiante coisas que quero que permaneçam importantes. Tradições e lembranças de família. A série de histórias diante do fogão, se preferir. Sendo passadas de geração para geração.

Minha mãe era uma cozinheira básica, mas muito boa, que ficou indignada e possivelmente agiu de forma um tanto esnobe, com a chegada das comidas prontas, dos congelados e de qualquer coisa que levasse uma etiqueta de "prático". Sendo justa, ela veio de uma geração que tinha tempo, que ainda não havia experimentado o caos de ter que conciliar família e carreira — o que fez a minha própria geração repensar toda a batalha sobre igualdade. (Esse é outro capítulo, por sinal. Comecei um capítulo grande sobre maternidade moderna no fim do livro. Ainda estou me perguntando se vai interessar a você, por isso estou mantendo separado, mas gosto da ideia de lhe deixar meus pensamentos e dicas a respeito, para quando eles se tornarem relevantes para você.) De qualquer modo, mamãe, que Deus a abençoe, tinha tanto a vontade quanto o *tempo* para cozinhar, então, era isso o que fazia.

Esses biscoitos pareciam estar à disposição na minha casa praticamente o tempo todo quando éramos crianças — embora a regra estrita fosse que tínhamos que pedir permissão para pegar a lata vermelha na segunda prateleira.

Em nossa casa, enquanto escrevo, você bem deve lembrar que eram um bônus nas férias e feriados e sempre acabavam em um piscar de olhos.

A foto que incluí junto com essa receita é de uma de nossas viagens para Cornwall, quando assar esses biscoitos com você era uma tradição. Insanidade, era o que sempre dizia seu pai, assar biscoitos quando há uma confeitaria maravilhosa na beira da praia e quando eu supostamente deveria estar de férias. Mas tudo acabava tendo a ver com a tal conciliação de papéis. Com a culpa de tentar conciliar uma carreira com a vontade de ser uma mãe mais ou menos decente, Melissa, o que não era tão fácil quanto eu imaginara. E não havia tantos biscoitos caseiros na nossa casa quanto eu gostaria, isso posso lhe garantir.

Mas, como pode ver na foto, você adorava me ajudar desde bem pequenininha, assim, essa era a coisa perfeita a se fazer quando estávamos de férias. Nos deixava tão felizes — a mim e a você. E seu pai, com certeza, nunca reclamou de nos ajudar a comer tudo.

Mas há outra coisa, menos agradável, que preciso lhe contar. Não quero aborrecê-la e torço para que você consiga colocar isso à parte de toda essa história de receitas. Na verdade, não gosto de ligar as duas coisas de forma alguma. O prazer de cozinhar... e esse outro assunto. Mas, você sabe, prometi honestidade neste diário e uma das minhas intenções aqui é ser franca e também tentar mantê-la protegida.

Foi nessas férias em Cornwall que encontrei o caroço. A verdade? Eu estava limpando a farinha que havia conseguido espalhar pela frente da minha roupa enquanto preparava os biscoitos e, conforme passava a mão com firmeza, várias vezes, senti o nódulo na parte superior do meu seio esquerdo, perto da axila. A princípio, achei que era o sutiã e não quis que você percebesse que eu estava preocupada. Enquanto a massa dos biscoitos descansava, fui até o banheiro para checar direito e vi que não havia como estar enganada.

Realmente não sei como não o havia sentido antes, no chuveiro. Um carocinho nodoso na superfície, mas que percebi ser bem profundo quando o apalpei adequadamente.

De qualquer forma, a questão é que fui estúpida, Melissa. Fiquei preocupada o resto do dia e, então, simplesmente deixei o assunto de lado — apaguei-o da mente, se preferir — e segui em frente com as férias. Mais estúpido de tudo: não procurei imediatamente o médico quando voltamos. O que decidi fazer foi monitorar o que presumi ser um cisto cheio de fluido ou algo parecido. Lembro-me de convencer a mim mesma que, se esperasse tempo bastante, a situação, com certeza, simplesmente se "resolveria". Iria embora — como uma inflamação qualquer.

"Monitorei" o nódulo por várias semanas, antes de finalmente aceitar que ele não iria embora por si mesmo, e só então procurei o médico.

Eu me pergunto agora, é claro, se teria feito alguma diferença caso eu tivesse agido mais rápido. Provavelmente não. Vamos esperar que não. Mas estou dizendo a você, de mulher para mulher, agora, a verdade. Porque preciso ter certeza de que você nunca será tão tola, Melissa.

Seu pai provavelmente já lhe contou os fatos — que minha doença, tanto em sua natureza quanto na lamentável rapidez com que se espalhou, é algo extremamente raro para alguém da minha idade. Não quero preocupá-la sem necessidade, mas, dito isso, você precisa mesmo se cuidar, Melissa. Fazer autoexames adequadamente e com frequência. Acredito que não seja hereditário, e a última coisa que quero é instalar uma paranoia na sua cabeça. Não sei de nenhum outro caso de câncer de mama em um parente próximo, por isso me recuso a acreditar que você sofre um risco maior de ter a doença.

Mas, ainda assim, conversei com seu pai e pedi a ele que reforçasse em você a necessidade de ser sensata, *como devem ser todas as mulheres*. Ele obviamente vai achar difícil... falar sobre isso. Então, esse me parece o momento certo, quando você se encaminha para a plena idade adulta, para que eu lhe dê um empurrãozinho carinhoso nessa direção.

Eleanor, como sempre, reviu o que escrevera enquanto a tinta secava e se perguntou se falara demais, cedo demais.

Ela tentou imaginar como seria para Melissa ler exatamente aquela página e, de repente, sentiu necessidade de tocá-la. A página. Eleanor manteve a mão sobre o papel por vários minutos... relutava em tirá-la dali.

Ela só se permitira chorar uma vez: na consulta em que a temida palavra "metástase" fora acrescentada ao seu vocabulário. No início, ficara chocada, mas quase agressivamente otimista quando a palavra começada com "c" fora mencionada pela primeira vez. Um momento de desorientação, seguido por um absoluto espírito de luta. Era tão nova, tagarelou com Max, no carro, a caminho da clínica, onde esperariam o resultado de mais testes e exames. *Seria um diagnóstico precoce e tudo ficaria bem. Não ficaria? E estou falando sério — a medicina é capaz de verdadeiras maravilhas nos dias de hoje. Com a operação de reconstrução, mal se consegue dizer o que houve. Ela vira um programa em que uma mulher na verdade parecia melhor depois da cirurgia do que antes. Não. Era sério.*

Eleanor não dividiria com Melissa como ficara terrivelmente chocada ao ouvir o médico explicar que o câncer se espalhara. E sobre os estágios da doença. Dizem que pacientes não ouvem mais nada depois da palavra "câncer", mas não foi assim com Eleanor. De jeito nenhum. Ela ouviu câncer na primeira confirmação de diagnóstico e pensou: muito bem. Merda. Mas vamos lutar contra isso? Sim? Então me diga como lutar contra isso.

Só depois daquela última consulta, quando haviam arrancado pedaços dela, inserido um fio dentro de seu seio, e examinado pedaços de tecido horrorosos em seus laboratoriozinhos terríveis. Não. Foi só depois que as palavras "estágio quatro" e "metástase" foram mencionadas. Só depois que estavam examinando os resultados e conversando inexplicavelmente sobre o fígado e os pulmões dela. Só então Eleanor parara de ouvir.

O médico que a acompanhava a alertara para não consultar o novo serviço de internet ao qual ele sabia que ela teria acesso na universidade através de Max.

"Se você tiver alguma pergunta, faça a mim, e não a esse novo mundo em rede. Está certo?"

Mas Eleanor já começara a ler a respeito. Toda e qualquer coisa que encontrasse. Folhetos. Descrições. Pesquisas. E, assim, enquanto Max ouvia atentamente o médico, que começava a conversar sobre tratamentos e prazos, Eleanor já estava com a mente em casa — entre livros de adesivos e varinhas mágicas; entre cortadores de biscoito e nuvens de açúcar de confeiteiro; olhando para a sua linda filha.

CAPÍTULO 8

Melissa — 2011

Enquanto Sam guardava os formulários do carro alugado no porta-luvas nenhum dos dois mencionou a mala — apertada, agora, no banco de trás do Clio. Grande demais para a mala do carro. Melissa pegou um guia turístico e um mapa.

— Se tivesse me deixado comprar um novo aparelho de GPS, Mel, poderíamos ter acrescentado o programa para Chipre.

— Posso seguir pelo mapa. Odeio GPSs.

Sam estava sorrindo, os olhos mais brilhantes depois do sono no avião.

— O que foi?

— Nada, Melissa. Você é mesmo ótima em ler mapas. Estou esperando ansioso por isso.

Ela ficou satisfeita ao ver que o humor dele estava melhor, parecia mais animado. Com a nova bolsa de viagem rosa e o diário da mãe em segurança dentro dela, na mala do carro, Melissa começava a pensar que talvez a viagem pudesse acabar sendo legal. Um tempo para ela lidar com a ideia do diário e também para construir pontes.

Melissa se virou para Sam quando ele, de repente, franziu o cenho para o painel do carro.

— Então, quando gostaria de subir os Troodos, Sam? — Sim. Aquela pausa poderia ser o que os dois precisavam.

— Não cheguei a pensar a respeito. Não importa. — Ele abaixou o quebra-sol e testou as setas.

Desde que o pacto deles se mantivesse firme. Depois daquele momento no restaurante, os dois haviam concordado em não entrar em uma espiral de conversas emocionadas e dramáticas durante aquelas férias. Sam concordara em dar tempo a Melissa para assimilar o pedido de casamento, e ela achava que o passeio aos montes Troodos poderia ajudar a ambos. Seria uma distração. Melissa estendeu a mão para acariciar a nuca de Sam.

— Bem, que tal nos acomodarmos por uns dois dias? Descansarmos? Então subiremos os Troodos... vamos dizer, na segunda-feira?

Sam se virou para olhar para ela, a expressão mais suave. Chipre fora ideia dele desde o princípio. Os dois queriam um lugar quente para recarregar as baterias depois de um período puxado no trabalho. Mas, em Chipre, Sam também poderia incluir um gesto muito pessoal para o avô, Edmund. O avô dele morrera oito meses antes, mas, nas semanas antes de a doença abatê-lo, revelara tanto a Sam quanto a Melissa seus planos ambiciosos de escrever uma autobiografia.

Por mais que gostasse do avô de Sam, Melissa teve que disfarçar um sorriso quando ele perguntou como se contratava um agente literário. *E ela achava que o livro venderia bem? A autobiografia dele?*

Diplomacias à parte, as várias conversas seguintes sobre o projeto se tornaram mais interessantes. A história incluiria detalhes sobre o tempo em que Edmund servira ao exército, em Chipre, no fim dos anos 1950. Depois da morte do avô, Sam teve acesso aos arquivos no computador dele. Sam era muito próximo da família, e ficou muito abalado com a história que Edmund queria compartilhar. Ele mostrara a Melissa todo o material de pesquisa e as anotações, e havia um episódio em particular — registrado apenas em um rascunho — que comovera profundamente os dois.

Durante os problemas em Chipre naquele período, o exército britânico fora enviado para tentar conter insurgentes antibritânicos que operavam nos montes Troodos. A história de Edmund se concentrava em um dia de início de verão, quando vários diferentes batalhões britânicos operavam na mesma área de montanha. Naquele dia em particular, os limites deles ficaram confusos. Edmund nunca chegou ao fundo da história, mas o resultado foi que um grupo de soldados britânicos acabou atirando em outro, e o avô de Sam se viu testemunhando a morte de um jovem soldado, em consequência do fogo amigo.

"Eu o segurei nos meus braços", escrevera Edmund. "Era só um menino. Realmente não havia percebido quanto era jovem até aquele exato momento."

As anotações de Edmund explicavam que, quando criança, na escola, ele lera um livro sobre a Primeira Guerra Mundial, em que observadores contavam que os soldados chamavam pelas mães no fim. Ele desaprovara o comentário, achara-o sentimental demais. Propaganda pacifista pensada para desencorajar o recrutamento. Um insulto à coragem. Mas, no rascunho de sua história, a atitude de Edmund mudou completamente.

"Devo dizer a verdade aqui, e a verdade é esta: ele era apenas um menino... aquele camarada nos montes Troodos. Dezenove anos, no máximo. E meu coração ficou absolutamente partido porque, naqueles momentos finais, o garoto estava com muito, muito medo, por mais que tentássemos cuidar dele. E não há vergonha alguma em lhes contar que ele só queria uma coisa, apenas uma coisa, em seus momentos finais. Que era, realmente, a mãe dele."

De repente, Melissa notou o desconforto que sentia nos olhos por mantê-los parados enquanto repassava essa frase sem parar na mente. Ela piscou várias vezes diante da vegetação empoeirada — só um borrão passando rapidamente pela janela do carro.

— É claro que não sei onde o vovô ficou baseado e onde exatamente tudo aconteceu. — Sam estava lutando com os controles do carro para tentar encontrar o limpador de para-brisa. — Mas acho que isso não importa realmente.

Edmund escrevera que seu plano, depois que o livro estivesse terminado, era voltar a Chipre e deixar flores para o soldado e para a família dele. Mas aquilo, é claro, nunca aconteceu.

A ideia de Sam era fazer a viagem aos Troodos em memória do avô. Ele agora estava dando mais detalhes a Melissa sobre a pesquisa que fizera, que o cemitério oficial britânico era de difícil acesso e que, de qualquer modo, os britânicos mortos aparentemente eram enterrados em uma "terra de ninguém" controlada pelas Nações Unidas, entre o sul de Chipre e o norte controlado pela Turquia.

— Uma área bastante sensível hoje em dia, e não estou disposto a aborrecer ninguém. Estava pensando em algo menos ambicioso. Você sabe... encontrar uma igreja. Acender uma vela. Prestar uma homenagem. O que acha, Mel?

— Com certeza. Eu já lhe disse, acho mesmo uma ideia fantástica.

— Muito bem, então. Na segunda-feira.

Melissa ainda se sentia muito cansada durante a viagem de carro, mas ficou surpresa com a onda de energia que a dominou quando eles chegaram ao resort pequeno e em ótimo estado, em Polis, e descobriram que o apartamento deles era ainda melhor do que fora descrito on-line. Era espaçoso e fora completamente reformado depois das fotos que estavam no site, com uma sala de estar arejada, um esquema de cores vibrante e um banheiro enorme e moderno, azulejado até o teto. Havia uma piscina comum aos hóspedes com um café ao lado, e era possível caminhar dali até a praia.

Mas, conforme ia rapidamente de um cômodo para outro, ambientando-se, Melissa se deu conta de um problema. A planta do apartamento era toda aberta. Não havia portas separando o quarto da sala de estar com o sofá-cama adicional. Ela não percebera isso quando haviam reservado o quarto e agora se perguntava como encontraria espaço e privacidade para ler o diário da mãe. Melissa ainda se sentia desconfortável por não ter contado a respeito a Sam. Mas precisava organizar as ideias em relação àquilo antes de decidir se era certo contar a ele antes de contar ao pai.

Sam gostava de dormir até tarde, mas poderia facilmente surpreendê-la como fizera na noite da véspera, e qualquer luz, até mesmo de uma luminária, acabaria por perturbá-lo.

Melissa franziu o cenho e relanceou o olhar através das portas da varanda. De forma alguma levaria o livro para a piscina. Poderia acabar molhando-o, estragando-o. Os terraços e a área para banho de sol também eram claramente à vista da varanda deles. Ela se sentiu subitamente nervosa, até mesmo de pensar no diário. Na imagem da mãe escrevendo-o.

— Você não se importa, não é, Mel, se eu for dar um passeio pela cidade? Para descobrir um lugar para comermos mais tarde?

— Sam, parado atrás dela, soava encabulado... sem se dar conta de que aquela dinâmica comum às viagens deles era agora um presente. Melissa gostava de nadar antes de desfazer as malas, enquanto Sam gostava de conhecer os arredores. Ele não sossegava até ter noção da situação no lugar.

— Como?

— Estava imaginando se você se incomodaria se eu fizesse um reconhecimento de terreno. Para procurar um restaurante.

— Ah, certo. Não. De jeito nenhum. Vá.

Melissa sorriu e observou da varanda quando ele dobrou a esquina parando por um momento para passar a mão pelos cabelos... aquele gesto tão familiar, tímido. Como sempre, ele também estava olhando para cima. Mesmo quando criança, Sam, o arquiteto nato, fizera aquilo — caminhara sempre com o queixo erguido, sempre reparando nas construções, nas varandas, nos telhados. E agora ele estava reparando nas placas de sinalização para a praça da cidade e seguiu até desaparecer de vista. Melissa pegou o livro da mãe da bolsinha com zíper que guardara dentro da bolsa de viagem cor-de-rosa, o coração em disparada até descobrir que... não; ele não se amassara.

Palitos de queijo

... e, depois, uma terceira dúzia de palitos que temperei com uma enorme quantidade de uma pimenta-caiena bem forte... bem no meio deles.

Santo Deus! Achei que tínhamos provocado um ataque cardíaco nele. É claro que não foi o caso. E valeu muito a pena. Você não imagina como isso me deixa feliz, Melissa, lembrar como rimos juntos.

Espero sinceramente que se lembre de como rimos...

Melissa lera por dez, talvez quinze minutos no máximo, e fechou o livro sobre a mesa encerada de pinho perto da quitinete... consciente de uma estranhíssima sensação de *retorno*. De estar subitamente de volta àquele quarto estranho. Ela abaixou os olhos para a madeira desconhecida — um pouco laranja demais, o verniz pesado marcado por manchas circulares de canecas quentes — e voltou a se esforçar para se lembrar da cena que a mãe estivera descrevendo. Dentes? Ela se lembrou de uma prancha com um tubarão... ou ao menos achou que se lembrava. Havia uma foto dela carregando a prancha em um porta-retratos na casa do pai... então talvez fosse disso que se lembrasse? Mas... não. Por mais que tentasse, não conseguiu se lembrar de jeito nenhum da brincadeira com os palitos de queijo.

Ela se levantou e começou a andar de um lado para outro. Foi até a janela, as mãos nos quadris, para observar a atividade perto da piscina. Havia um pai ensinando o filho a mergulhar. Ele sustentava o menino pela barriga, enquanto dobrava as costas no ângulo certo, esticando os braços mais retos e pressionando as mãos juntas.

Melissa continuou a andar de um lado para outro. Enquanto vasculhava a memória. Mas... não. Ela voltou para observar a criança completar o salto, o pai aplaudindo quando o menino voltou à superfície.

Então... onde fora tirada? Aquela foto dela? Ela pensou em Sam, sempre contando histórias de travessuras e brincadeiras quando criança, com o irmão mais velho, Marcus.

Melissa lera em algum lugar que a maior parte das pessoas conseguia se lembrar de eventos de quando tinha por volta de três anos. Aquilo tecnicamente lhe dava cinco anos de lembranças com a mãe. Então, onde exatamente colocara essas lembranças?

Ela voltou a guardar rapidamente o livro na bolsinha com zíper e a escondeu entre as camisetas, que tirara da mala monstro e colocara nas prateleiras do guarda-roupa do quarto. Encontrou, então, a roupa de banho e foi para a piscina. Cinco extensões de piscina de nado de peito. Cinco de nado crawl. Cinco de nado borboleta.

Quando voltou ao apartamento e acabou de desfazer as malas, Sam estava de volta — ansiando por um cochilo antes de saírem à noite.

Mais tarde, eles aproveitaram seu primeiro jantar no lugar em uma taverna excelente — bem no meio da praça da cidade, com crianças brincando em uma fonte desativada próxima. Melissa ficou observando-as, impressionada, sorrindo a princípio. Mas sua expressão mudou quando começou a se sentir desconfortável e quando a realidade lentamente começou a se fazer presente.

Sam também observava as crianças, mas fez questão de não fazer nenhum comentário. Em vez disso, os dois conversaram sobre a comida e o vinho e sobre como Polis era adorável, tão bem preservada. Sem prédios altos. Nenhum dos dois mencionou o assunto que naquele momento era temporariamente um tabu.

O futuro dos dois.

As crianças brincando na fonte.

* * *

Eles passaram o fim de semana relaxando e lendo na maior parte do tempo — conversando muito pouco —, então se levantaram cedo na segunda-feira para ir aos montes Troodos. Era impossível saber exatamente onde Edmund patrulhara, por isso escolheram uma igreja aleatoriamente no mapa, uns quarenta minutos dentro da floresta. A viagem levou mais tempo do que haviam esperado — eles não foram capazes de resistir a parar várias vezes para fotografar as vistas espetaculares das estradas sinuosas na montanha. A caminho da cidade que haviam escolhido originalmente, os dois acabaram em um pequeno vilarejo muito charmoso e particularmente agradável, com mulheres fazendo crochê e conversando ao redor de uma praça muito arrumadinha.

Depois de tomar café e comer doces em um café local, eles saíram da praça, passando sob um arco de pedra, e encontraram uma igreja bizantina fria e tranquila. Sam decidiu que não era preciso irem mais longe. Aquele lugar era perfeito. Ele acendeu duas velas — uma para o avô e outra para o homem que Edmund segurara nos braços tantos anos antes. Melissa observou o constrangimento masculino enquanto Sam ficava parado muito quieto, as mãos nos quadris. Ele fora muito próximo do avô, que o ensinara a pescar e que deixara todo o equipamento de pesca para o neto em testamento. Estava na garagem, e Melissa já pegara Sam lá, mais de uma vez, apenas olhando para o equipamento. Parado muito quieto por alguns instantes. As mãos nos quadris. Exatamente como estava naquele momento.

Ela esperou, sem dizer nada, até ele sair da igreja. Então, para que Sam tivesse uma lembrança do momento, tirou uma foto das duas velas contra o fundo do vitral, antes de acender uma terceira vela, silenciosamente, em memória de todos os jovens do Chipre que haviam perdido a vida. E outra para a mãe dela.

Eles haviam estacionado o carro alugado em uma rua íngreme nos arredores do vilarejo, já que não sabiam se conseguiriam encontrar vaga no centro. E foi quando caminhavam de volta para o carro, ao dobrarem uma curva ampla, que tudo mudou.

A calma e a tranquilidade da igreja foram subitamente substituídas por um rugido tremendo. Melissa estava caminhando alguns passos atrás de Sam, que havia entabulado conversa com um jovem local, quando percebeu o barulho. Ela se virou para ver uma nuvem de poeira se erguer enquanto a motocicleta perdia o controle na curva. Com um barulho alto do freio, a moto deslizou em um ângulo que a levava diretamente na direção de Sam.

E tudo aconteceu muito, muito rápido.

E, ao mesmo tempo, pareceu acontecer em câmera lenta.

CAPÍTULO 9
Eleanor — 1994

Eleanor abaixou o quebra-sol para examinar o rosto no espelho que havia ali e se inclinou para a frente para dar uma olhada em Melissa no banco de trás — com a nova prancha ainda no colo.

— Você pode colocar a prancha de lado, você sabe... meu bem.

— Vou chamá-la de Tubarão.

— Você não viu *Tubarão*. — Eleanor relanceou o olhar para Max, que sinalizava para ultrapassar outro carro. — Pelo menos... espero que não tenha visto?

— O papai me deixou ver as partes legais. Como aquela em que o garotinho copia o pai dele. E a outra em que estão todos na praia e...

— Achei que esse era o nosso segredinho, querida...

— Me diga que não deixou que ela visse *Tubarão*.

— Só um pedacinho, por acidente. Sem carnificina.

— Então foi por isso que ela quis a prancha com o tubarão?

Max deu de ombros.

— Estou surpresa por você não a ter deixado com pânico absoluto de entrar no mar. Ah, Max... sinceramente.

— Só há tubarões na América e na Austrália, mamãe. Não em Cornwall. E no filme eles matam o tubarão. Papai estava assistindo e eu estava colorindo.

— Eu mudei de canal, Eleanor. Não foi nada de mais. Nem percebi que ela estava olhando. Assim que me dei conta, mudei de canal. Foram só dez minutos. No máximo.

— Inacreditável.
— Você a deixa ver episódios de *Doctor Who*.
— Sim... mas não os ciborgues.
— Como?
— Ah, por favor, Max! *Tubarão?* Ela tem sete anos, Max.
— Tenho quase oito.

Max e Eleanor trocaram um olhar conciliatório.

— Desculpe, Eleanor. Serei mais cuidadoso. Ela não viu nada horroroso, eu garanto.
— Quanto tempo até chegarmos lá, mamãe?
— Mais uma parada para o café e, depois, cerca de uma hora.

Eles faziam aquela viagem duas vezes por ano. Fora ideia de Max. Os pais o levavam para Cornwall quando era pequeno, para que passasse as férias brincando com seu conjunto de pá e baldinho, e ele queria que Melissa conhecesse os altos e baixos de uma antiga cidade à beira-mar. O fechar do zíper de uma roupa de mergulho em um vento frio. Chá em garrafas térmicas. Areia nos sanduíches. Eleanor, cujos pais eram professores, passava os verões na França, quando criança — em um *gîte*, na maior parte das vezes, que eram casas ou apartamentos independentes nos mais diversos tipos de construção no interior do país —, e a princípio não ficou muito convencida, mas o conhecimento de Max das melhores baías e praias ao redor da península de Lizard logo a conquistou.

Quando Melissa já começava a andar, Max assumira um novo cargo na universidade e, com uma agenda mais flexível, eles com frequência conseguiam viajar por um fim de semana prolongado, além da semana da Páscoa e durante o verão. Com o tempo, Eleanor e Melissa acabaram tão apaixonadas por Cornwall quanto Max — adoravam as caminhadas pelo litoral, as ruas íngremes de chalés que se debruçavam sobre o mar e os inícios de noite que passavam vendo as crianças brincarem de corrida de caranguejos na beira da praia.

Melissa observava as outras crianças, boquiaberta — e ainda um pouquinho tímida para se juntar à brincadeira —, mas ria e dava gritinhos quando alguns dos competidores seguiam na direção totalmente errada.

Ela também passou a adorar todo tipo de peixes e frutos do mar, exatamente como a mãe — Max sabia exatamente onde comprar direto dos barcos pesqueiros.

Eles ficavam, sempre que possível, no mesmo chalé com vista para a praia, em Porthleven — um porto de pescadores pequeno e preservado, com galerias de arte e uma boa escolha de restaurantes, cafés e lojas de presentes, onde Melissa adorava comprar conchas e cordões de seixos polidos, enquanto Max observava os barcos voltando da pescaria.

Às vezes, Eleanor se perguntava se eles deveriam ampliar seus horizontes, mas estava tão cansada no fim de cada semestre que a familiaridade e o ritmo do mesmo chalé eram demais para resistir. Beach View, o chalé de três quartos que alugavam, era de um casal perto dos sessenta anos — os Hubert —, que morava no centro de Porthleven e usava o dinheiro do aluguel do chalé para incrementar a aposentadoria precoce de ambos. Eram gentis e atenciosos — deixavam uma bandeja pronta para o chá com pãezinhos, geleia feita em casa e creme de nata na geladeira para cada novo inquilino.

— Oba! Chá com creme! — gritava Melissa sempre que abriam a porta holandesa que dava para a cozinha, para aproveitarem a gentileza já servida à mesa. E Eleanor passara a amar o ritmo e o eco de todas essas coisas. A sensação de lembranças sendo colecionadas ficava cada vez mais profunda a cada repetição.

A verdade era que ela torcia e rezava para que os Hubert nunca vendessem o lugar, que o deixassem para os próprios filhos continuarem a alugá-lo — assim, um dia, Max e Eleanor voltariam ali com Melissa, o marido dela e os netos, e eles contariam a história de como haviam encontrado o lugar. Exatamente como os pais de Max faziam quando, às vezes, se juntavam a eles por alguns dias.

Histórias sobre Max na praia quando era um garotinho.

— Você está bem?

— Sim. Estava só sonhando acordada. — Eleanor sorriu enquanto Max deixava as malas no hall e Melissa ia direto para a geladeira em busca do creme.

Foi só mais tarde, quando desfaziam as malas, que Eleanor se pegou tentando não olhar para a segunda cama de solteiro no quarto da filha. O acordo era que não falariam a respeito. Ela e Max. Ainda estavam tentando — *tecnicamente*. Já vinham tentando havia mais de três anos, mas Max achava que não era necessário entrar em pânico e apelar para tratamentos de fertilidade. Não quando ainda eram tão jovens. E Eleanor estava tentando com todas as suas forças não entrar em pânico.

Tecnicamente.

— Então amanhã sairemos para comprar comida. Estava pensando que podíamos incluir ingredientes para biscoitos. Vai nos garantir alguma coisa boa para fazer se chover, não é Melissa?

De volta à cozinha, ela observava a filha espalhar uma quantidade alarmante de geleia sobre um pãozinho, enquanto Max vasculhava uma gaveta em busca de mais talheres.

— Sabia que em Devon colocam o creme primeiro? — interferiu Max.

— Podemos ter glacê cor-de-rosa?

— Para os pãezinhos?

— Não, papai bobo. Para os biscoitos que vamos fazer.

— Que absurdo, passar creme primeiro. — Eleanor fez uma careta para Max, secretamente, enquanto Melissa usava uma faca para tirar o creme de uma colher e colocar sobre a generosa quantidade de geleia. — Glacê cor-de-rosa? Adoro a ideia, meu bem.

— Você sabe que há uma confeitaria na rua da praia, não é? Se quiser biscoitos e bolos...

— Você não entende, não é?

— O quê?

— Quatro dias sem o chefe de departamento tendo ataques sobre quando os novos inspetores públicos irão aparecer para avaliar a escola. Quatro dias sem investigações de emergência sobre como um professor foi trancado em um maldito armário por alunos do segundo ano.

— Isso realmente aconteceu?

— Realmente aconteceu.

— E você pensa... vamos fazer biscoitos?

— Sim, penso. Uma bênção.

— Mamãe disse maldito.

— É verdade, Melissa. Mamãe é muito desobediente.

Max fez uma careta.

— Jamais vou entender as mulheres...

— É o pênis, Max. Atrapalha.

— Mamãe disse pênis.

— Não, ela não disse. Mamãe disse que é uma pena um homem não entender uma mulher. Agora, que tal terminarmos esse chá com creme para podermos nos preparar para ir à praia e experimentar Tubarão?

Na verdade, foi só na quarta-feira que as latas de biscoito saíram do armário — o tempo fora mais bondoso do que era justo esperar para a Páscoa. Dois dias inteiros de um sol glorioso e, então, uma chuvarada, que fez Max sair para pescar sob um enorme guarda--chuva — Eleanor pensou que também não entendia os homens —, enquanto ela e Melissa deixavam a massa de biscoito na geladeira para descansar.

Eleanor espalhou farinha sobre a mesa da cozinha, enquanto Melissa escolhia os cortadores da caixa de plástico que levara.

— Gosto do boneco de neve. Podemos usar o boneco de neve?

— Bem, não estamos exatamente na época de bonecos de neve, não é, querida? Por que não procura pelo coelho? Também há alguns em formato de coração. Deve estar em algum lugar por aí. Dê uma olhada.

Então Eleanor percebeu que, sem saber como, conseguira espalhar mais farinha sobre o suéter que usava do que sobre a mesa e começou a limpar a farinha do peito — em um ritmo rápido e firme, enquanto desejava ter levado um avental que a cobrisse toda. Então, se interrompeu subitamente.

Ela parou e voltou a limpar a área do seio esquerdo. Franziu o cenho. Talvez houvesse passado o dedo em algum nó do tecido do sutiã. Eleanor usou então três dedos para alisar o tecido. Mas isso não aconteceu.

— Pode dar um minutinho à mamãe? Só preciso lavar as mãos.

No banheiro — uma completa mudança em sua temperatura corporal, como se de repente estivesse do lado de fora. Um arrepio frio percorreu todo o corpo de Eleanor. Queria olhar. Mas também não queria.

Ela foi até o espelho grande colocado acima do porta-toalhas, tirou o suéter rapidamente pela cabeça e abaixou o sutiã no lado esquerdo. Então, apalpou a área com delicadeza a princípio e, depois, com mais firmeza. Lá estava o caroço, de novo.

Eleanor se sentou na beira da banheira.

— Encontrei o coelho, mamãe. — Era a voz de Melissa, do lado de fora da porta do banheiro.

Eleanor sentia os ouvidos e a ponta dos dedos latejando enquanto apalpava a axila esquerda. Outro nódulo.

— Muito bem, querida. Mamãe já está indo.

Ela lavou as mãos, voltou a vestir a jardineira e jogou água fria no rosto.

— Você está esquisita, mamãe. Seu cabelo está molhado.

— Eu estava sentindo um pouco de calor.

Eleanor começou a mexer nos cortadores selecionados e escolheu uma estrela, um coração e um homem de gengibre, a mão tremendo ligeiramente enquanto espalhava mais farinha na mesa.

— Qual é o problema com o seu olho? — Melissa ainda a encarava com atenção.

— Nada. Está tudo bem.

Eleanor conseguia sentir perfeitamente. O tremor intenso e furioso na pálpebra. Como um tique.

— Vamos lá, então. Vamos preparar esse biscoito?

CAPÍTULO 10
Melissa — 2011

Em sua mente, Melissa viu a moto atingir Sam — em cheio. Naquela primeira versão em câmera lenta, ela viu o clamor de metal e poeira explodir bem em cima dele. Era essa a versão que por semanas e meses reviveria em sonhos.

Mas não foi o que aconteceu. Essa imagem era o terror bruto nascido de uma visão, do medo, do pânico. Essa era a versão em que tudo terminava ali, naquela montanha. O que realmente aconteceu pareceu impossível. A moto derrapou pelo asfalto, levantando poeira, e o jovem de Chipre que estava conversando com Sam enquanto eles desciam a montanha agiu de repente, em uma velocidade que parecia não fazer parte da cena. Como se o movimento dele estivesse sendo aplicado à cena em uma velocidade diferente. Sim. Foi isso que pareceu.

O jovem se elevou no ar a uma altura que também pareceu impossível, jogou todo o peso do corpo sobre Sam, arremessando-o na direção do outro lado da estrada, de modo que, na hora do impacto, foi a perna direita do rapaz que ficou diretamente no caminho da motocicleta.

Melissa também teve que se mover rápido, recuando para a sombra das árvores, também do outro lado da estrada, para sair do caminho da moto e do motociclista, que continuavam a derrapar, parando finalmente muito adiante na montanha, enquanto ela corria de volta na direção de Sam e do salvador dele, o rapaz de cabelos escuros — ambos caídos na estrada.

— Ai, meu Deus. Sam. Jesus Cristo! — Ela se ajoelhou ao lado deles, logo percebendo o sangue e os cortes feios e fundos na perna do estranho, mas também percebendo que os dois estavam gemendo. Estavam ambos suficientemente conscientes e bem a ponto de conseguir sentir a dor. O que ela lembrava ser uma coisa boa. Dor. Consciência.

Então Melissa se deu conta de dois novos sons. Três pessoas apareceram no topo da colina — um senhor, uma mulher e um homem mais jovem, muito alto e magro —, todos gritando em grego acima do rugido de uma segunda motocicleta.

— Fiquem parados. O socorro está chegando.

Melissa estava com o braço pousado sobre o ombro de Sam, enquanto ele e o bom samaritano ferido permaneciam deitados um do lado do outro, ainda em choque, mas agora se agitando por causa da dor. Ela viu que as pessoas se aproximavam mais, acenando com as mãos e gritando ainda mais alto, novamente em grego, para os dois motociclistas — o segundo agora ajudava o primeiro a montar de novo na motocicleta.

Então Melissa viu, sem acreditar, os dois motociclistas simplesmente irem embora. Mais alguns segundos. Mais poeira levantada. E eles se foram.

— Desgraçados! — Ela não conseguia acreditar. — Ei! O que estão fazendo? Voltem! — gritou, obviamente sem sucesso. Para o nada. Mais e mais vezes. — Volte aqui seu desgraçado!

Foram os dois homens do vilarejo que assumiram, então, o comando da situação, o mais novo pegava um celular no bolso enquanto a mulher mais velha falava mais lentamente na direção dos dois homens caídos.

— Vou chamar uma ambulância, certo?

— Não. Sem ambulância. — O rapaz de Chipre, que mergulhara tão corajosamente para jogar Sam para o lado, agora mordia o lábio. — Foi só um corte feio.

— Pelo amor de Deus, Sam. Olhe como esse corte é fundo. Precisamos levar vocês dois para um hospital.

O corajoso desconhecido tinha um corte longo e profundo, chegando próximo ao osso, ao que parecia. Os ferimentos de Sam também eram feios — uma parte da pele estava levantada, por causa da fricção com o asfalto, que se entranhara nela. Superficial, mas feio assim mesmo. Os dois precisariam levar pontos.

— Vocês podem ter alguma fratura. Precisamos de uma ambulância. — Melissa pegou o próprio celular, as mãos trêmulas.

Os dois homens e a mulher locais agora falavam rapidamente em grego com o homem ferido, depois traduziam para Sam e Melissa.

— Ele quer ser cuidado na clínica médica mais próxima. Está dizendo que no hospital vai demorar horas. E quanto a vocês? Querem uma ambulância?

— Posso cuidar disso em Polis, Mel. Eles estão certos. Vai ser muito mais rápido. Há um centro médico bem perto do apartamento.

— Não sei. Não fico feliz com a ideia. E não acho que você deveria se sentar. Precisamos checar seu pescoço, não? Seus ossos. Jesus...

— Mel. Por favor. Você precisa se acalmar. Vamos ficar bem. Não foi nada grave. Só uma derrubada típica de rúgbi. E uma péssima aterrissagem. — Sam agora estava estendendo a mão para o rapaz que o salvara e que claramente estava em pior estado. — Você está bem? Estou tão grato. Muito, muito grato.

— Mas vocês podem ter quebrado alguma coisa. Ter alguma fratura. Pode haver algum dano interno... — Melissa levou as mãos à cabeça.

— Eles foram chamar meu irmão, Alexandros. Ele pode ajudá-los — disse o mais novo dos três que haviam chegado para ajudar e que agora estava novamente ao celular, falando rápido em grego. O homem logo guardou o celular e voltou a falar em grego com o homem mais velho, que assentia. — Ele está em casa de férias. Alexandros. Trabalhando no café. Acho que precisam ficar imóveis. Vai levar apenas alguns minutos.

Melissa detestava não conseguir acompanhar as conversas ao telefone — seu rosto traía o pânico que continuava a sentir. Não conseguia entender como um garçom...

— Ele é estudante de medicina. Meu irmão.

— Ah, certo. — Ela enrubesceu. Ainda teria preferido uma ambulância, mas não tinha ideia de quanto poderia demorar para chegar.

Melissa agora examinava o ferimento de Sam.

— Está tudo bem, Mel. Esses caras estão certos. Uma ambulância e depois o hospital, isso levaria horas. Vamos ficar bem. Vou lavar e desinfetar tudo no resort. Só estamos todos um pouco abalados. Mas vai ficar tudo bem.

— Querem que chame a polícia? — perguntou o rapaz de Chipre que os estava ajudando, enquanto consultava o relógio.

O jovem machucado balançou a cabeça, negando, e virou-se na direção de Sam, que deu de ombros, concordando.

— Muito bem. Sem polícia.

— Mas foi um atropelamento seguido de fuga, Sam. O cara precisa ser detido! — Melissa ainda não conseguia acreditar no que estava ouvindo. — Não podemos deixar que se safe assim.

— Foi um acidente.

— Ele perdeu o controle porque estava dirigindo rápido demais.

— Escute. Nenhum de nós precisa disso, Mel. Da polícia. Da papelada. — Os olhos de Sam estavam arregalados. — O circo todo. Esses caras são durões. E estão certos. Vamos ficar presos aqui por horas. Por favor. Deixa pra lá. Estamos bem.

Foi nesse momento que Alexandros se juntou a eles — isso teve um impacto imediatamente tranquilizador, todos se afastaram enquanto ele examinava metodicamente os dois homens, um de cada vez. Os olhos. Os membros.

— Dói aqui? E aqui? — Ele flexionou braços e pernas dos dois com muito cuidado e sentiu a pele das juntas. E também o peito e as costelas.

— Vocês dois tiveram muita sorte. Nada foi quebrado. Podemos lavar os ferimentos aqui. Limpar um pouco a área. Mas ambos vão precisar levar pontos.

— Sim, já havia percebido. Faremos isso em Polis. Há uma clínica lá, não muito longe de onde estamos hospedados. Mas e quanto ao outro rapaz?

— Também há uma clínica perto daqui. Vou cuidar de tudo.

— Alexandros se levantara e agora estava conversando em grego com os dois outros homens que ajudavam Sam e seu salvador a ficarem de pé.

— Vamos levar vocês dois para o café para limpá-los. Então... veremos. — O tom de Alexandros permaneceu calmo e gentil, e agora Melissa o estava reconhecendo. Fora ele que servira café e doces a ela e Sam apenas uma hora antes.

— É muito gentil da sua parte, Alexandros. Obrigada. Muito gentil.

— Sem problemas. Mas preciso avisá-los de que estou apenas no terceiro ano da faculdade. — Ele agora estava sorrindo. — Portanto... sem processos?

Sam agora conseguiu sorrir, enquanto deixava os homens o ajudarem a descer a estrada até o carro alugado, que todos decidiram ser uma opção melhor do que tentar ajudar os dois homens feridos a subirem a colina. Eles pegaram toalhas na mala para proteger os assentos do sangue, e Melissa dirigiu bem devagar, com Sam na frente e o outro homem deitado no banco de trás, enquanto Alexandros corria atrás deles a pé. Quando os dois feridos entraram lentamente no café, depois de terem aceitado a ajuda dos ombros de voluntários, Alexandros já arrumara uma mesa em uma salinha nos fundos, com uma tigela de água quente na qual ele derramou algum preparado de cheiro ruim. Ele também pegara ataduras e alguns curativos em um estojo de primeiros socorros grande, fechado com zíper.

A mulher mais velha, que Alexandros agora apresentou como sua mãe, distribuía pequenas xícaras de café forte.

— Açúcar — dizia ela, apontando para as xícaras. — Açúcar.

— Está adoçado. Por favor, bebam. Minha mãe está certa. O açúcar vai fazer bem depois do choque que sofreram. — Alexandros sorria enquanto apoiava a perna machucada do jovem que salvara Sam sobre uma cadeira, para examinar o ferimento com mais atenção. Ele estreitou os olhos e assentiu. — É bem fundo e vai precisar de vários pontos. Mas... você vai sobreviver. Posso fazer um curativo e arrumar uma maca. E vocês dois vão cuidar devidamente disso em Polis. Certo?

— Sim — adiantou-se Sam, antes que Melissa pudesse questionar mais.

— Muito bem. Mas precisa ser ainda hoje. Vocês precisam voltar para Polis antes das quatro da tarde. Vou ligar para eles e dizer para esperarem vocês, está certo?

— Faria isso? Seria fantástico. Obrigada, Alexandros. — Melissa agora estava sentada a uma segunda mesa, e a mãe de Alexandros trouxe um café para ela, junto com um docinho, acenando com a cabeça e sorrindo.

Então, Alexandros começou a fazer perguntas. O que estavam fazendo na região? Quanto tempo ficariam em Chipre?

— Estávamos apenas explorando por aqui — disse Melissa finalmente, sentindo-se um pouco na defensiva a respeito dos reais motivos deles. — Ouvimos falar que era um lugar muito lindo.

— Sim. Mas ninguém comentou com vocês sobre o problema que temos com motocicletas? — Alexandros estava balançando a cabeça. — Elas saem da estrada através do bosque à noite também. Uma loucura.

Ele continuou a falar, explicando que estava estudando medicina na Universidade de Nicosia, em uma parceria com a Universidade de Londres. O acordo determinava que os primeiros anos eram cursados em Chipre e os últimos, em Londres. Ele ainda estava negociando os termos para os estudos no exterior.

— Alexandros vai ser médico em Londres — comentou a mãe com um sorriso largo, enquanto o filho suspirava.

— Talvez. Vamos ver. — Ele abaixou o tom para que só Melissa e os novos pacientes ouvissem. — Eles fizeram muitos sacrifícios... a minha família... para me ajudar a realizar isso. Portanto, vamos esperar que dê tudo certo.

— Ora, você terá as melhores referências da nossa parte — disse Melissa, sorrindo e agradecendo à família e aos amigos dele, já que mais deles haviam chegado e agora se aglomeravam na salinha; a notícia do drama acontecido aparentemente se espalhara.

Depois que os ferimentos foram devidamente limpos e receberam curativos, Melissa já se sentia bem mais calma — e renovada pelo açúcar do doce.

— Então... você tem certeza de que está bem para dirigir, Mel? — Sam a estava encarando diretamente. — Sei que não gosta de estradas na montanha.

— Sim, sim, estou. É claro. Se Alexandros tem certeza de que não há problemas, devemos ir logo. O mais rápido possível.

Ela agradeceu de novo ao rapaz que tão corajosamente tirara Sam do caminho da moto e entregou seu cartão a ele, para o caso de algum dia ir à Inglaterra. Melissa tentou então pagar pelas bebidas e dar algum dinheiro ao café, em agradecimento, mas Alexandros e a mãe balançaram a cabeça, recusando. Ela, então, pegou um cartão do lugar no balcão, pensando que poderia no mínimo postar um elogio ao café na internet. Enquanto isso, voluntários ajudavam Sam a voltar para o carro.

Ele tomara um analgésico, havia sido aplicada uma pomada anestésica no local e curativos para fechar o ferimento, mas ainda estava pálido e claramente se sentindo desconfortável.

Melissa dirigiu bem devagar. Sam agora estava em silêncio, com os olhos fechados.

— Aguente firme. Deve demorar só uma hora.

Então, ela se sentiu embaraçada ao voltar para a estrada principal e ter que se esforçar muito para controlar uma onda de choque retardado que ainda não evoluíra para o alívio. Melissa procurou um lenço de papel no bolso. E sentiu tudo novamente — o terror daquela fração de segundo em que teve certeza de que o resultado de tudo seria muito diferente.

Ela precisou deixar o ar escapar aos poucos, fazendo um barulho esquisito. A respiração parecia descontrolada. No fim, teve que parar o carro no acostamento.

— Desculpe, Sam. Só preciso de um minuto.

CAPÍTULO 11
Max — 2011

A sensação de um soco no estômago, de novo. Max tentou com todas as forças nem sequer olhar para Anna, que estava totalmente inconsciente do que acontecia e absolutamente profissional, mexendo nos papéis, os óculos de leitura no alto da cabeça, como óculos de sol. Ele relanceou o olhar para o celular na mão e guardou-o rapidamente no bolso. Ainda não recebera resposta da mensagem de texto que mandara para Melissa. *Por que ela não podia pelo menos ler uma mensagem de texto? Demoraria um segundo...*
Ele levantou os olhos. Na verdade, não conseguia compreender nada daquilo — aquela reação absurda cada vez que Anna entrava na sala. Ela não era o tipo de mulher que se vestia para atrair atenção, e Max não era, normalmente, do tipo que flertava no trabalho — mais especificamente desde o desastre que fora Deborah, o único relacionamento que tivera na universidade.
Então, por que diabos estava sentado ali, naquele exato momento, lutando contra um desejo intenso de ficar olhando, mais uma vez, para aquela covinha na base do pescoço de Anna? As outras mulheres não tinham exatamente a mesma covinha? Por que aquele pescoço? Por que naquele momento?
Não, Max.
Ele ficou envergonhado ao perceber que seu olhar agora se desviava para a mão de Anna. Ela não usava aliança.
Pare com isso.

— É uma hora ruim, de novo?
— Não. Não. De forma alguma. Vamos em frente, Anna. — Ele ergueu a xícara de café como um convite e passou a se ocupar com o leite, enquanto ela começava a falar sobre seu grupo de trabalho.

Quando Max finalmente se virou de volta para Anna, com uma segunda xícara, ela pareceu surpresa por um instante. Propositadamente, Max nunca havia lhe oferecido café em nenhuma de suas reuniões anteriores.

Ela não usava aliança.

Então, enquanto ele servia o café, Anna subitamente estava sorrindo e, pela primeira vez, ao que parecia, de fato relaxando. Era um sorriso largo e cheio de alívio genuíno, que mostrava dentes perfeitos.

— Tem planos para o almoço, Anna?
— Como?

Cale a boca, Max.

— É só que eu estava planejando comer um sanduíche no Panier Cafe e, se você quiser se juntar a mim, podemos conversar um pouco mais. O que acha?

Jesus Cristo, Max... Você não aprende nada? Ele estava se lembrando da expressão no rosto de Melissa quando contara a ela sobre o fracasso com Deborah.

Nesse meio-tempo, Anna estava consultando o relógio.

— Bem. É só que... normalmente dou uma corrida na hora do almoço, na verdade.

— Ah, certo. Você corre, Anna?

— Bem. É mais uma caminhada com energia... mas estou treinando para a meia maratona com meu filho. Correndo o risco de sofrer uma grande humilhação.

— Ah, certo. Bem. Bom para você... por tentar, quero dizer. Isso é excelente. De verdade. Muito bom.

Um filho? É claro que ela é comprometida. Só porque não usa uma maldita aliança, Max, não significa que...
— Mas... o sanduíche foi um convite simpático. Obrigada.
— Sem problemas. Vamos terminar aqui, então.
— Certo.
— Ótimo. Excelente.

Naquela noite, Max deu uma corrida extra de três quilômetros antes do jantar. Ele foi bem além do limite normal e ficou curvado bem mais tempo do que o comum para recuperar o fôlego, antes de encarar os degraus da porta da frente.

Então, assim que entrou, não conseguiu se controlar mais. Suado e ainda ofegante, digitou um número no celular.
— Oi. Sou eu.
— Eu, Max?
— Isso. Eu, Max. Você está bem?
— Sim. Estou ótima. Acabando uma nova aquarela para a galeria. Tenho andado um pouco preguiçosa ultimamente e eles vêm me pressionando. Enfim. Acabou saindo muito boa e estou me recompensando com um segundo copo de um Sancerre fantástico.

Max relanceou o olhar para o sofá, depois para o short suado e foi até a janela. A luz do lado de fora estava mais fraca e ele já podia ver, do outro lado do parque, os primeiros sinais de um pôr do sol acima de um grupo de três carvalhos. Subitamente Max se sentiu com muito calor e desejou ainda estar do lado de fora. Na brisa. Sob os carvalhos.
— O céu está bonito aqui. E aí?
— Nada muito especial. Nublado.
— Que pena.
— Então você estava certo sobre a Grécia. Mais problemas, quero dizer.
— Sim. Uma confusão absoluta. Mas logo alguém vai ceder.

Ela ficou em silêncio por algum tempo.
— Muito bem. Você vai me contar qual é o problema, Max, ou vou ter que adivinhar?
— Estava pensando... me perguntando, na verdade, se poderia ir vê-la amanhã.
— Ah, certo. Entendo. — Houve uma clara mudança no tom de Sophie. Na cabeça de Max, uma voz teve vontade de sugar as palavras de volta. Outra desejou ter encarado aquilo muito tempo atrás.

Aquilo era quebrar as regras.

Max e Sophie viam um ao outro no primeiro fim de semana de cada mês. Sugestão dela. Regras dela. Eles jantavam, iam ao teatro e, às vezes, a uma exposição de arte. Depois, faziam um sexo extremamente agradável. Mas não ligavam um para o outro entre esses encontros, e Max já não fazia perguntas sobre o ritmo do resto da vida dela.

Sophie era inteligente, linda e diferente de qualquer outra mulher que ele já conhecera. Não assumia compromissos ou se envolvia em relacionamentos convencionais, e evitava todas as convenções usuais sobre como as relações normalmente progridem.

Max havia rompido a "conexão" entre eles, como ela chamava, uma vez antes, quando acontecera o desastre de namorar Deborah, da universidade. Melissa conhecera Deborah. Gostara sinceramente dela. Mas Max não conversava sobre Sophie com ninguém...

— É o que estou pensando, Max?
— Não sei.
— Você não sabe?
— Para ser honesto... não sei mais o que eu sei. Por isso preciso vê-la.
— Achei que já havíamos conversado a respeito, Max. Na última vez. Achei que ambos havíamos concordado.

— Sim, eu sei. É verdade. Mas não tenho certeza se realmente concordo.

— Entendo. — Outra pausa. — Muito bem. Max. Se você precisa conversar, é isso o que faremos. Amanhã, às sete da noite? Prepararei alguma coisa para nós.

— Ah, não cozinhe. Por favor, não tenha trabalho. Farei reserva para nós em algum lugar. No Hartleys?

— Agora estou realmente preocupada.

— Mandarei uma mensagem de texto para você. E passarei para pegá-la por volta das sete.

Max desligou o celular e ficou encarando o aparelho.

Não tinha ideia se estava fazendo a coisa certa, mas a verdade era que Sophie se tornara um paradoxo em sua vida, deixando-o ao mesmo tempo muito feliz e terrivelmente triste. Por esse exato motivo, não contara a Melissa sobre ela.

Eles haviam se conhecido em uma galeria de arte, a Tate Gallery, de St Ives, em Cornwall — admirando uma exposição que divulgava o trabalho de artistas que moravam no lugar. Fora anos depois de ele perder Eleanor — na fase em que os amigos achavam que Max deveria "seguir em frente". Mas ele não seguira. Mais tarde, naquele mesmo dia, Max e Sophie esbarraram um no outro novamente no museu Barbara Hepworth, que ficava perto da galeria. O assunto fluiu com facilidade entre os dois, eles foram caminhar na praia e então se sentaram para tomar um café que se tornou um almoço. Só depois que estavam se despedindo com relutância, após várias horas de uma conversa excelente, Sophie contou que ela mesma era uma artista.

Uma artista muito boa, como ele acabou sabendo. As pinturas de Sophie — aquarelas em sua maior parte e esboços em carvão — vendiam bem, principalmente, confidenciou ela, desde que começara uma fase mais sombria. Sophie começou a acrescentar sombras na água e no céu, que, fora isso, eram de cores fortes e intensas. O efeito sempre pareceu, ao menos para Max, terrivelmente triste e também muito brilhante.

Na maior parte do tempo, Sophie refletia os tons brilhantes de seu trabalho — como um archote aceso em uma sala. O tipo de pessoa que sempre tinha alguma história divertida para contar da TV ou do jornal de domingo, que ela parecia encontrar tempo para ler de ponta a ponta toda santa semana.

Por um curto espaço de tempo, Max imaginou que aquele poderia ser o relacionamento que iria surpreendê-lo. Mas... não. Não foram necessárias muitas semanas para que ele percebesse que a chave era exatamente o que o atraíra em Sophie: o enigma. Sophie tinha um interruptor. Ligado. Desligado. E por mais que ficasse muito feliz em estar "conectada" nos fins de semana ocasionais dos dois, não queria um relacionamento convencional.

Aquelas sombras escuras que atravessavam seus quadros.

Max imaginara se poderia ajudá-la com isso. Se eles poderiam ajudar um ao outro, talvez? Mas Sophie não via a própria situação como nada que precisasse ser resolvido. E, assim, Max simplesmente seguira as regras dela. Eles gostavam da companhia um do outro. Gostavam um do outro na cama. Ela era gentil, divertida e fazia a melhor sopa de peixe que ele já experimentara fora da França. Mas... uma pena; Sophie não telefonava e não precisava conversar entre os encontros mensais deles. Logo, logo, Max percebeu que fora exatamente isso que o fizera se sentir atraído por ela e por esse motivo ficara com ela.

Com Sophie, Max encontrara um lugar onde não precisava "*seguir em frente*" em relação a Eleanor.

O que era... sim, perfeito e um completo desastre ao mesmo tempo.

CAPÍTULO 12
Melissa — 2011

Melissa acordou com um sobressalto — a princípio desorientada e, então, lentamente registrando as novas referências. O zumbido do ar-condicionado. As persianas no lugar de cortinas na janela. A mala enorme e absurda projetando uma sombra em um dos cantos do apartamento.

Então, a mente dela se desviou para outro lugar — deslizando de volta só por um segundo para o sonho, fazendo-a fechar os olhos com força. Ela virou a cabeça na direção da parede e sentiu a mão direita se contrair. Imaginou a areia molhada entre os dedos dos pés. O som do oceano.

Melissa abriu os olhos e se sentou rapidamente para acordar de vez. Para tentar compreender o que estava acontecendo.

Jesus. Não tinha aquele sonho havia anos. Com o coração acelerado, ela se sentiu aliviada por ter se mudado para o sofá-cama durante a noite. Sam se sentira culpado — por estar se debatendo, virando na cama e mantendo ambos acordados.

Vou para o sofá-cama, Mel.

Não, Sam. Nós dois vamos dormir melhor se você ficar no quarto. Precisa de espaço para a sua perna. Só por uma noite.

Melissa ficou muito quieta e escutou. Nenhum som vinha do quarto ao lado. Sam finalmente devia ter adormecido.

Ela pegou o celular no chão, ao lado do sofá-cama e checou a hora: três da manhã. Melissa cerrou os lábios ao ver o aviso de que havia duas mensagens de texto do pai, a que ela ainda não respondera — seus olhos lentamente se ajustaram à meia-luz enquanto ela se recostava contra a parede para acalmar a respiração. Para esperar que seus batimentos cardíacos voltassem ao normal.

Não queria acordar Sam, mas precisava desesperadamente beber alguma coisa e, assim, depois de alguns minutos, jogou as pernas com cuidado pelo lado do sofá. Melissa foi pé ante pé até a cozinha e se serviu da água que estava em uma das garrafas grandes no balcão. Estava quente, nada agradável, mas ela não ousou correr o risco de abrir a porta da geladeira, já que não se lembrava se era barulhenta ou não.

Se Sam acordasse, iria querer se sentar com ela. E conversar. E, porque conhecia o rosto dela talvez melhor do que ninguém, logo perceberia ao fitá-la — e repararia nas mãos e no jeito dela — que não era apenas o acidente que a estava perturbando.

Melissa relanceou o olhar para a própria bolsa, bem fechada com zíper em um canto, que agora guardava o livro da sua mãe — Melissa o tirara do guarda-roupa.

Haviam se passado apenas quatro dias desde que ela pousara os olhos nele pela primeira vez, no escritório de James Hall. Como era possível... apenas quatro dias?

Até aquele momento, lera muito pouco do livro, mas, agora que Sam estava a salvo, Melissa não conseguia compreender exatamente sua relutância em lê-lo. E se sentia culpada a respeito.

Não deveria querer devorá-lo? Página após página? Para terminar logo?

Como poderia ser normal não querer fazer isso? Continuar a ler. Por algum motivo, não conseguia.

Melissa voltou a fechar os olhos, sentindo o tremor familiar atrás de cada um. E se lembrou de como, na escola, usava a aritmética para controlar o tique.

Oito vezes oito são sessenta e quatro. Nove vezes nove são oitenta e um.

Na época, Melissa tinha sempre aquele mesmo sonho. Certa vez perguntara a uma amiga se já havia sonhado com a mesma coisa muitas vezes. A amiga, Laura, respondera: *Com certeza*. Ela contou que costumava ter um sonho sobre estar sentada para fazer uma prova e não conseguir, porque a prova estava toda em uma língua estrangeira. *Falando sério. Tipo russo ou coisa parecida*. Bem mais tarde, na universidade, outros amigos lhe contaram que tinham sonhos recorrentes de estarem nus em público. Ou de terem que refazer os exames preparatórios para a universidade sem que tivessem estudado nada.

Melissa nunca contara a ninguém sobre o próprio sonho recorrente. Mais especificamente, nunca contara à mulher, na época da escola, com quem se encontrava uma vez por semana e, depois, uma vez por mês, para "conversas especiais".

A mulher não compreenderia. Ninguém compreenderia. Todos pensariam, entenda, que era um sonho ótimo. Reconfortante. Não compreenderiam a confusão. Não entenderiam que Melissa, na verdade, não queria o sonho. Não.

Porque, nesse sonho, Melissa estava caminhando na praia com a mãe. Estava de mãos dadas com ela e sabia com certeza que era a mãe — não apenas porque podia sentir a aliança de casamento no dedo dela, mas porque sabia no fundo quanto se sentia absolutamente feliz, amada e segura.

A princípio, as duas estavam caminhando na praia, mas logo corriam e riam, e Melissa podia sentir o vento nos cabelos e ouvir o barulho das ondas e o sabor do sal nos lábios.

Sentia-se *tão feliz*. E aquele, na verdade, era o problema que ninguém compreenderia. Achariam estranho que Melissa não quisesse sentir aquilo, como se ela fosse meio louca.

Mas a verdade era: Melissa não queria se lembrar de como tudo parecia bom. E quanto maior era a frequência com que tinha o sonho, mais tinha que se esforçar para não levantar os olhos para o rosto da mãe. Porque Melissa sabia que, caso se permitisse fazer isso à noite, olhar para o lindo rosto da mãe, sorrindo para ela, não suportaria a manhã seguinte. Ou o dia seguinte. Ou a semana seguinte.

E, assim, Melissa corria pela praia, no sonho, e corria, e corria. *Não olhe no rosto dela, Melissa. Olhe para a areia. Oito vezes oito são sessenta e quatro. Nove vezes nove são oitenta e um... Onze vezes doze...*

Melissa secou o rosto. E voltou a olhar para a bolsa onde estava guardado o livro.

Como era possível ter algo tão precioso e, ao mesmo tempo, estar tão apavorada de lê-lo?

CAPÍTULO 13
Max — 2011

Max se acomodou no assento do motorista e pegou os óculos no bolso do casaco. Então, completou o ritual de examinar o carro o mais completamente possível em busca de alguma coisa com asas.

A verdade era que muito raramente havia alguma coisa para encontrar — só às vezes, no verão, uma mosquinha minúscula precisava ser esmagada contra a parte interna do para-brisa —, mas Max não estava disposto a correr qualquer risco. Ele suspirou, lembrando-se da época em que aquilo era só uma piada. Quando não fazia disparar aquele súbito medo.

Durante todo o casamento deles, Eleanor implicara com ele a respeito.

"Ah, pelo amor de Deus, Max. É só uma mosca. Não vai lhe fazer mal."

Melissa também aprendera a se juntar à brincadeira e ria dele, como na vez em que o pai agitara um sorvete tão freneticamente para afastar uma mosca, em uma das férias em Cornwall, que a bola de sorvete de passas ao rum caíra direto no chão. Antes que ele tivesse tido a oportunidade de dar uma única lambida.

Então chegou o dia — oito semanas já no torpor de sua nova vida pós-Eleanor —, e foi uma mosca que trouxe tudo de volta à sua cabeça. Uma única mosca sem graça, mostrando como as opções de Melissa agora eram limitadas.

Era junho — montes de moscas ao redor — e ele estava farto delas, de afastá-las da comida quando estava na rua e das superfícies da cozinha. Mas Max não conseguia se conter, era incapaz de relaxar e ignorá-las como faziam as outras pessoas, incluindo a filha dele, tão jovem. Ele não conseguia suportar a ideia de moscas pousando em sua pele. Em seu rosto. Em seus braços. Em qualquer lugar.

Isso acontecia desde que Max era criança e assistira a um programa que analisava se era verdade ou não que as moscas faziam cocô e vomitavam na pessoa quando pousavam. E era verdade. As moscas, aprendeu Max, não tinham um mecanismo para mastigar alimento sólido, assim, a estratégia delas era vomitar enzimas sobre qualquer coisa em que desejassem diluir a parte sólida, antes de sugarem o resultado. Elas também bebiam muito líquido se comparadas a outras espécies e por isso tinham tanto a expelir.

Assim começou o ódio de Max às moscas e, naquela manhã fatídica, uns dois meses depois do funeral de Eleanor, ele estava com pressa — atrasado para a universidade depois de deixar Melissa na escola, no caminho. Max organizara um horário de trabalho flexível, mas ainda estava se esforçando para se adaptar à sua nova realidade. Naquele dia, precisava chegar mais cedo do que o normal para preparar uma apresentação para mais tarde e estava estressado. Não estava dando conta bem o bastante. Nem dos cuidados com a filha, nem do trabalho.

A via expressa estava completamente livre e, portanto, ele pisou fundo no acelerador. Primeiro erro. E estava repassando os planos para a apresentação na mente. Segundo erro. Então, subitamente, uma mosca minúscula começou a voar bem na frente do rosto dele. Max não conseguiu evitar. Tirou as mãos do volante para afastá-la e, naquela fração de segundo, o carro saiu completamente do controle. Quando relembrava o acontecido, era inacreditável que, de estar andando reto na faixa interna da pista em um segundo, apesar de muito rápido, pudesse estar derrapando e atravessando a pista em direção à barreira central no minuto seguinte.

Ele quase atingiu a barreira, o carro derrapava de forma alarmante enquanto Max lutava para recobrar o controle da direção, ainda apavorado sem saber onde estava a maldita mosca. Quando finalmente a situação voltou ao controle, o carro havia girado 360 graus e Max parou, horrorizado e desorientado, descobrindo que estava virado para a contramão.

Mas, graças a Deus, não vinha ninguém na direção oposta.

Max, com o coração quase saindo pela boca, fez a manobra mais rápida de sua vida e parou no acostamento. Ele lera em algum lugar que não se devia sair do carro no acostamento a menos que fosse uma emergência absoluta, mas Max não tinha escolha.

Ele saiu do carro, deu a volta até a frente do veículo, passou por cima da barreira baixa e se sentou na grama, do outro lado. Então, para seu horror, se entregou.

Fez a única coisa que se esforçara tanto para não fazer, pelo bem de Melissa.

Max se descontrolou completamente.

Descontrolou-se por causa do último suspiro de Eleanor e das últimas palavras que dissera a ela no hospital. *"Por favor, não vá... Não estou pronto."*

Descontrolou-se por causa de Melissa, que agora o seguia pela casa como um cachorrinho assustado.

Descontrolou-se lembrando-se do sabonete com perfume de baunilha que ele não jogava fora, em casa, porque era o último sabonete que Eleanor usara.

Descontrolou-se por todas as latas de biscoito e livros de receitas que guardara em uma caixa, porque não conseguiria suportar... **maldição... olhar... para... eles.**

Max rosnou de fúria. Chutou plantas, galhos e a barreira de metal. Pegou pedras e uma lata vazia de Coca-Cola, onde guardou as pedras e, ainda rosnando, arremessou a lata na vegetação rasteira.

Tudo por causa de uma maldita mosca. De um inseto idiota, vomitador e vagabundo, que poderia ter deixado a filha dele sozinha para encarar toda aquela merda.

E então, sim... Max agora revistava o carro todo cada vez que entrava nele. Procurava por moscas e não saía com o carro até ter absoluta certeza de que não havia nenhuma distração suja e fedorenta — ou pelo menos nenhuma que estivesse em seu poder de controle.

O caminho até a casa de Sophie levou perto de uma hora e meia. Ele havia saído com antecedência, prevendo uns quinze minutos de engarrafamento e, assim, não estava sob pressão.

O Hartleys era o restaurante favorito dela, um lugar bem pequeno, com uma lareira enorme, um chão escorregadio com o piso de cerâmica original. Tinha apenas uma dúzia de mesas pequenas, o que criava o ambiente exato de tranquilidade e intimidade que os dois adoravam. A própria Sophie era uma excelente cozinheira e, por isso, uma cliente difícil de agradar, mas o Hartleys nunca os decepcionava e Max precisava que ao menos a refeição fosse boa naquela noite.

Eles não haviam se falado desde o telefonema em que combinaram a saída, e Max se perguntava exatamente como seria. Os dois estariam tristes. Tensos. E ele ainda acrescentaria culpa e nervosismo a isso. E torcia para que, dessa vez, ela não tentasse com tanto empenho fazê-lo mudar de ideia.

Max já havia terminado o relacionamento com Sophie uma vez antes. Por causa de Deborah. Eles não se viram durante os dezoito meses que ele passara com Deborah. Porque Max, por mais que tentasse, não conseguia ser como Sophie.

Quando tudo implodira com Deborah — ele se encolheu ao lembrar e segurou o volante com muita força —, não ocorrera a Max voltar a entrar em contato com Sophie. Que tipo de pessoa isso o tornaria, pelo amor de Deus?

Não. Foi Sophie que descobriu. Sophie que o consolou, o apoiou e o convenceu a voltar para ela. E, sim, foi fraqueza dele retroceder. Sem amarras. Sem estresse. Sem futuro.

Naquela noite, ela estava linda — com um vestido turquesa em estilo chinês, com estampas de dragão em um azul profundo com minúsculos botões de pérolas na frente e um xale também de um azul intenso. Mas Sophie estava excepcionalmente calada enquanto os dois seguiam de carro pelos vinte minutos que separavam a casa dela do restaurante. Então, quando se sentaram à mesa e Max pediu apenas água com gás para beber, ela inclinou a cabeça.

— Então... você realmente não vai passar a noite comigo, Max? É isso mesmo?

Ele planejara pegar a mão dela e estava tentando se lembrar do discurso que ensaiara no caminho, mas tudo lhe fugia naquele momento.

— Sabe qual é o seu problema... Maximillian Dance?
— Não.
— Você é gentil demais.
— Não, Sophie.
— Não. É verdade. Alguém menos gentil manteria as opções abertas.
— Espero que não seja assim que você acha que a vejo. Como uma opção? Realmente nunca tive a intenção de...
— Não... meu homem querido. Sei que não é assim que me vê. — Ela levantou o copo de vinho e correu um dedo pela borda. — Você sabe, Max, que ainda me encontro com outras pessoas. Só de vez em quando. E não vejo problema em que você faça o mesmo.

Eles já haviam discutido aquilo antes e Max nunca soubera exatamente como se sentia a respeito.

— Realmente achei que não queria me apaixonar de novo, Sophie.

— Ah. Aquela história antiga.

— Sim. Aquela história antiga. Realmente achei que, depois de Deborah e do modo terrível como tudo deu errado, eu encararia o fato de que Eleanor foi única. E que não era necessário continuar a procurar.

— E agora escuto o "mas"?

Max olhou para os pratos diante deles. Já havia terminado de comer — um filé de robalo com gengibre e cebolinha. Leve. Delicioso. Sophie escolhera perdiz assada com zimbro e tomilho e estava brincando com os restos. Nesse momento, o celular dele bipou.

— Desculpe. É muito indelicado, eu sei, mas se importa se eu checar rapidamente o que chegou? Estou esperando uma mensagem de Melissa.

— De forma alguma.

Era uma mensagem da filha, finalmente. **Tudo bem. Pare de se preocupar. Bjs.** Max balançou a cabeça.

— Está tudo bem?

— Sim, tudo ótimo. Ela está bem. — Ele guardou o celular de volta no bolso.

— Escute, Max. Sei que já lhe disse isso antes, mas há vários tipos de afeto, e a versão que temos não é errada.

— Sei disso, Sophie. E aprecio muito o que temos. Repassei isso milhões de vezes na mente. Mas sei que todo esse tempo que venho me encontrando com você... Bem. Simplesmente já não me parece certo.

Ele queria acrescentar que havia aquele vazio, aquele buraco oco dentro dele que não conseguia preencher não importava quantas pedras jogasse ali, ou quanto corresse para longe dele.

Sophie juntou os talheres no prato e secou a boca com o guardanapo engomado, de tecido adamascado. Ela afastou os olhos para o fogo e logo voltou a encará-lo.

— Há outra pessoa? Outra Deborah?

— Não. Não exatamente. Não ainda. O problema é que ultimamente tenho me surpreendido sentindo de novo que pode haver. Ou melhor, sendo honesto comigo mesmo, sentindo que eu ainda gostaria que houvesse. Faz algum sentido?

— Desisti há muito tempo de tentar ver sentido em você, Max.

Ele sorriu.

— Agora você está parecendo a Melissa falando.

— Tem certeza de que não quer que continuemos amigos, Max? Esperar um pouco. Ver como as coisas andam?

Ele balançou lentamente a cabeça. Sophie respirou fundo e pegou um cartão de dentro da bolsa bordada.

— Minha próxima exposição. Há um quadro que eu gostaria que fosse seu. Um presentinho de despedida, se preferir.

— Não, não. Eu não poderia. Sophie. Absolutamente não. Já é difícil o bastante...

— Você vai gostar. E se tem algum carinho por mim, Max, então vai me ouvir. Esses foram tempos felizes para mim. Somos muito diferentes. Eu sempre soube disso, mas vou sentir saudades de você e me sentirei melhor se aceitar o presente. Deixarei o quadro para que pegue na sexta-feira. Não estarei lá. Mas gostaria que visse a exposição. Fará isso por mim?

Max olhou para o cartão. A exposição seria dali a algumas semanas, em uma galeria próxima.

— E não pareça tão preocupado. Não é uma armadilha. Não estou tentando atraí-lo de volta. Só estou tentando dizer adeus adequadamente, Max. — Sophie encostou o copo de vinho dela no copo de água dele e inclinou a cabeça. — Para agradecer a você.

CAPÍTULO 14
Melissa — 2011

Era a segunda noite no sofá-cama e Melissa estava aliviada de novo por ter espaço para pensar. A perna de Sam ainda estava muito dolorida, mas, com a ajuda de analgésicos fortes, ele estava ao menos conseguindo levar. Mas Sam não estava gostando nada de eles dormirem separados — nem das desculpas que ela estava dando para ganhar um pouco de privacidade para ler o diário. Melissa não tinha ideia do que fazer a respeito.

Durante o dia, Sam agora passava a maior parte do tempo na piscina, à sombra, e Melissa passara a se esconder atrás de romances, insistindo em que ele precisava fazer o mesmo. Só para as coisas esfriarem, para que superasse o acidente. A verdade era que ela precisava desesperadamente de espaço para si mesma, para assimilar tudo o que acontecera. O acidente. O sonho. O diário. Mas Sam, como era de esperar, estava ao mesmo tempo agitado e desconfortável por causa do calor, e Melissa com frequência o pegava encarando-a de cenho franzido. Ela agora começava a se preocupar com a possibilidade de ele enlouquecer de agitação se simplesmente ficassem em Polis, e começou a dar ideia de algumas outras viagens. Mas aquilo também não fora bem recebido.

Sam claramente queria conversar. Ela não queria.

Ao longo dos últimos dias, Melissa se descobrira, acima de tudo, obcecada por uma caixa que guardavam na garagem do prédio. Era uma das três que Max levara do depósito anexo à casa dele, quando Sam e Melissa se mudaram para o apartamento. Duas caixas continham uma variedade de coisas — luminárias, roupa de cama, antigos anuários escolares e lembranças que ela arrumara muito tempo antes. Mas a terceira caixa, para surpresa de Melissa, continha os equipamentos de cozinha da mãe dela. Max guardara alguns logo depois que Eleanor morrera. O argumento dele era que havia coisas demais para o espaço nos armários da cozinha — mas a verdade era óbvia até mesmo para a pequena Melissa. Aquilo tudo chateava Max. Quando ele levou as caixas para ela, disse para a filha se sentir à vontade para doar qualquer coisa que não quisesse para a caridade. Mesmo antes do livro, Melissa achara desconcertante e desconfortável ver o equipamento de cozinha da mãe. As velhas latas e caixas, a batedeira Kenwood Chef tão usada, enrolada em uma toalha para ficar protegida. Ela não quis subir com nada daquilo para o apartamento. Mas também não havia como se desfazer da caixa.

Naquele momento, alisando a coberta sobre o sofá-cama, estava tentando desesperadamente visualizar o conteúdo da caixa em mais detalhes. Melissa virou a cabeça e, por um momento, teve um súbito relance: uma imagem clara da mãe conversando enquanto segurava um pano de prato molhado e limpava respingos de massa do botão da batedeira. Ela fazia isso toda vez que usava o aparelho. Limpava a superfície branca e a borda de um azul--claro até que ficasse brilhando, então dobrava o pano de prato com cuidado por cima da batedeira para poder limpar ao redor das dobradiças e bem no cantinho do botão, para tirar qualquer grão de farinha ou açúcar.

Melissa sentiu agora o paradoxo já conhecido. O nó que a apertava por dentro. Sem saber se queria pensar naquilo ou não. Ela esperou até ouvir o ritmo suave do ronco de Sam, então foi lenta e silenciosamente até a varanda, levando junto o livro da mãe.

Melissa manteve a bolsinha de seda cinza perto da cadeira de vime, para que pudesse esconder o livro caso Sam se levantasse.

Ela permaneceu apenas sentada por um tempo, ainda não se sentindo pronta para ler. Ficou encarando a capa, se perguntando de novo se, caso estivesse em casa, teria simplesmente alegado estar doente para faltar ao trabalho e lido tudo de uma vez. Da primeira à última página. Talvez. Provavelmente não. Ela ainda se sentia desorientada demais por todas as emoções que o livro provocava.

Passara o dia pensando sobre o sonho. Se perguntando se ele retornaria mais uma vez caso ela lesse o livro. E novamente insegura se aquilo era algo que ela queria naquele momento. Ou não?

Melissa ficou muito quieta e escutou. Nada. E ouviria a porta de correr se Sam acordasse e saísse do quarto.

Ela olhou através da vegetação acinzentada até o mar, a distância — uma metade de lua baixa no céu. Normalmente, Melissa adorava estar no exterior, em um país tão diferente do dela. O calor da noite. O leve cheiro de mar e o barulho dos grilos. Mas, naquela noite, nada daquilo lhe trouxe calma.

Melissa não era religiosa. Não acreditava em intervenções, em destino, ou nada do tipo. Mas estava se perguntando se não haveria destino e acaso. Se eles deveriam mesmo estar naquela estrada na montanha naquele exato momento.

E se houvessem tomado só mais um café antes de deixar Polis? Ficado mais alguns minutos na igreja?

Melissa fechou novamente os olhos para as cenas da outra versão do acidente — na qual não havia um estranho se jogando para salvar Sam — e puxou o xale com mais força ao redor da cintura até os nós de seus dedos ficarem brancos. Então, ela abaixou os olhos, respirou bem fundo e afastou o cartão-postal que estava usando como marcador, para que pudesse virar a página.

Geleia de morango

2 libras* de morangos (não devem estar maduros demais)
1,5 libra de açúcar granulado (não é necessário açúcar específico para geleia)
Suco de um limão
Três pires deixados no congelador
Confiança!!!!

Corte os morangos na metade e deixe-os mergulhados no açúcar por algumas horas, ou do dia para a noite (isso vai ajudá-los a manter seu formato). Quando estiver pronta para fazer a geleia, use uma panela grande e resistente. Aqueça a fruta + açúcar delicadamente em fogo baixo até TODO o açúcar ter se dissolvido. Então, acrescente suco de limão e aumente o fogo para que ferva rapidamente. Marque oito minutos e desligue o fogo. Use um dos pires gelados a seguir: coloque uma colher de chá de geleia sobre o pires frio e deixe por um minuto. Empurre com o dedo... se a superfície da geleia estiver macia e enrugada, você conseguiu. Caso contrário? Ferva rapidamente por três minutos e tente de novo. E mais uma vez se necessário. Quando tiver conseguido, deixe a mistura esfriar por dez minutos e coloque em vidros de geleia que devem ter sidos lavados e aquecidos no forno para esterilizá-los. Tã-dã!!!

Minha menina querida. Sei exatamente o que está pensando. Geleia? Está louca? Isso não é uma Associação de Damas. Tenho vinte e cinco anos. Não há a menor possibilidade de eu fazer geleia.

---

* Uma libra corresponde a 453,59 gramas. Em receitas, arredonda-se para 450 gramas.

Por favor, eu lhe peço, venha comigo nessa! Decidi tentar fazer geleia depois de uma daquelas esplêndidas férias em Porthleven. Você se lembra? A proprietária do chalé sempre deixava o chá arrumado em uma bandeja com uma geleia feita em casa, diferente de qualquer coisa que eu já havia experimentado. Enfim. Acabei convencendo-a a me passar a receita que, ao que parece, é bem clássica. Ela guarda em pequenos vidros de geleia, e gosta demais. Portanto, estou meio que trapaceando... esse não é nenhum segredo de família, mas sim algo especial do nosso passado.

A primeira vez em que preparei a geleia, levei 8 min + 3 min + 3 min. A segunda vez foi diferente: só 8 min + 3 min. Ou seja, não é uma ciência exata e isso é parte do charme. Não tenho como lhe explicar a sensação de conquista quando se consegue fazer certo. Por isso estou passando-a para você, porque espero que a faça se lembrar de tempos muito bons.

E decidi que esse trecho deve ser só de alegria. Sem lamentos. Sem tristezas. Só um pequeno empurrãozinho para mostrar a você coisas que nós adorávamos.

Ah, Melissa... você se lembra do críquete na praia em Cornwall? Lembra-se de como seu pai levava terrivelmente a sério tudo aquilo e como ficava irritado por nós duas termos tanta dificuldade para acertar a maldita bola?

— Se vocês conseguirem pelo menos se CONCENTRAR, meninas! — Então, pobre querido, ele ficava tão ofendido. — Por que estão rindo de mim? Estou tentando ensinar uma coisa importante para vocês. E acham engraçado?

Lembra-se das tortas salgadas enormes da confeitaria à beira--mar? Com grandes pedaços de nabo e batata? Muito, muito apimentadas. Papai sempre comprava três exatamente do mesmo tamanho (por isso, leia-se ENORMES) e eu sempre dizia: *Não é melhor escolhermos uma menor para Melissa?* E ele retrucava: *Ah, não. Tenho certeza de que ela está com mais fome do que você acha.* E, assim, ele tinha a desculpa para terminar a sua, depois de acabar com a própria torta. Abençoado seja.

Lembra-se da roupa de Branca de Neve que fiz para você no dia do concurso de fantasias na feira da escola? Deus... fiquei tão orgulhosa daquela roupa. Você estava uma delícia, Melissa, senti vontade de mordê-la! Então, os juízes idiotas acharam que havíamos comprado a roupa para você e, por isso, não ganhou o prêmio. Fiquei tão desapontada por você... e pensei que poderíamos muito bem ter deixado você usar a roupa que havíamos comprado na Disney. Todas aquelas horas na máquina de costura!

O que mais? Ah, sim. Espero que você se lembre do jogo de boliche. Dica dos psicólogos infantis — mas essa é mesmo bem interessante. Sabe, li em algum lugar, quando você era bem pequena, que mães que trabalham precisam ter muito cuidado para não cair naquele discurso de "mais tarde, querida". Sempre muito, muito, muito ocupadas. Sempre com um milhão de coisas para fazer. Como eu já lhe disse, estou escrevendo um capítulo especial sobre maternidade moderna (a versão sem cortes) no final desse livro. Mas essa referência pertence a esta parte.

Entenda, eu queria dar um bom exemplo a você, trabalhando e fazendo algo pelo que sou apaixonada. Para mim, isso é educação. Continuar a dar aulas. Mas, mesmo com todos os feriados e férias escolares, acabou sendo muito mais cheio e muito, muito mais difícil do que eu esperara. Trabalhar e ser mãe, quero dizer.

Então, voltando para aquela dica do "mais tarde, querida". Li que é importante brincar regularmente com o filho até ele estar exausto de você. Não toda vez (porque você simplesmente não tem tempo), mas com frequência o bastante para a criança entender que é a sua prioridade (o que posso lhe garantir que você era).

Por isso, escolhi o jogo de boliche. Você tinha um conjunto lindo, com pinos de madeira pintados, que meu pai lhe deu de presente. Toda semana nós o arrumávamos no longo corredor e brincávamos até VOCÊ querer parar. Esse é o truque, ao que parece.

E que revelação.

Admito que, com muitas outras coisas, eu precisava me adiantar e parar com a brincadeira. Deixar jogos de lado para preparar o jantar. Parar de ler para que você fosse dormir. Desligar a televisão para ajudá-la a fazer o dever de casa. Sentar você diante de um vídeo enquanto eu corrigia trabalhos.

Mas com os pinos eu me certificava de que você fosse a chefe. *De novo?* É claro. *E de novo?* Por que não?

Melissa fechou o livro. Sentia os ouvidos latejarem de novo. Ficou inteiramente surpresa com o lugar onde estava. A varanda. A temperatura caíra apenas o bastante para ela perceber a brisa. Até então, Melissa se esquecera completamente dos pinos de boliche e, então, foi exatamente como a foto dos cupcakes. A dica. Ela estava se lembrando de como os joelhos da mãe às vezes estalavam quando ela se levantava para arrumar de novo os pinos. E de novo, e de novo. E o fato de não ter pensado a respeito antes — nunca — fez com que se sentisse desorientada. Sorrindo por dentro, mas também culpada por algum motivo.

Por que não se lembrara dessas coisas antes? *Por quê?*

Então, em um piscar de olhos, se deu conta de outra sensação. Ela voltou para a página da receita e, a princípio, se lembrou do barulho. *É uma fervura em bolinhas. Olhe, Melissa.* As borbulhas e a doçura densa da geleia. A lembrança do aroma. Então, exatamente como naquele momento em que tentamos lembrar o nome de alguém e estamos quase conseguindo, e viramos a cabeça, tentando agarrar a informação, mas ela foge.

Melissa virou a cabeça mais uma vez e sentiu de novo o aroma, mas muito sutil. E se foi, antes que ela pudesse agarrá-lo. Antes que pudesse assimilar adequadamente a sensação. Um arrepio a percorreu, então, e não por causa da brisa, enquanto Melissa fechava os olhos e percebia o que era aquilo. Por um instante fugaz, tentador e inatingível, foi como se lembrar exatamente de como era ter a mãe no mesmo cômodo. Não uma lembrança. Não uma imagem. A *sensação* de verdade. Melissa rapidamente guardou o livro de volta na bolsinha cinza e fechou o zíper. Ela pigarreou. E ficou parada diante da grade da varanda por algum tempo, recebendo o ar mais frio para acalmar a respiração. Depois, voltou a entrar na sala de estar e pousou o notebook sobre a mesa de centro.

Ela cerrou o punho direito e sentiu as unhas pressionando a palma da mão. Mas aquilo não era como um sonho. A voz no livro fez com que se sentisse diferente de algum modo, e Melissa se deu conta de que *queria* a sensação de volta. Estava pensando que poderia procurar no Google pelo chalé em Cornwall. Encontrar uma foto da cozinha. Da bandeja com pãezinhos e com a *geleia*... ela digitou rapidamente no espaço de busca, mas a luz externa na varanda, que era visível pelas portas do pátio, de repente começou a piscar. No mesmo instante, a conexão com a internet morreu.

Merda.

Melissa tentou se reconectar rápido.

Sem rede Wi-Fi detectada

Ela tentou reconfigurar a rede — procurou pelo apartamento por um folheto com informações e a senha. Mas não encontrou nada.

E agora se fora. O momento. O frêmito. A lembrança e o aroma da geleia.

Tudo aquilo.

Se fora.

CAPÍTULO 15
Max — 2011

Max saiu cedo para correr, para conseguir acrescentar dois quilômetros extras. Ele afastou a sensação de que um peso havia sido tirado de seus ombros, que finalmente fizera a coisa certa e que era capaz de colocar a vida de volta nos trilhos. Muito bem, talvez se sentisse solitário por algum tempo. Muito bem, sentiria falta do sexo. Era humano. Mas já vinha pensando em fazer o que fizera um bom tempo atrás e se sentia melhor. Mais leve. Sim. Com certeza fizera a coisa certa.

Uma hora mais tarde, Max estava sentado à mesa da cozinha, encarando o cronômetro na mais abjeta incredulidade. Não era possível que tivesse levado tanto tempo para fazer só cinco quilômetros. Cristo. Se realmente demorara tanto, estava andando para trás.

Ele fechou os olhos, sentindo o suor correr pelas costas. Que maravilha. Você ficou para trás. Perdeu terreno. Não apenas sua condição física, mas toda a história. Deu adeus a quem foi possivelmente a única mulher decente que lhe dispensaria algum tempo e, mais ainda, o deixaria deitar na cama dela. Você está ficando grisalho, está perdendo seu preparo físico, sua filha já não responde mais às suas mensagens de texto, portanto você agora está cem por cento solitário.

Ele ficou sentado ali por dez longos minutos, entorpecido pelo pêndulo dessas emoções, olhando sem ver para os nós de carvalho no piso de madeira. E se perguntou se aquela era a sensação de estar deprimido, aquela capacidade de ficar sentado, imóvel, por tanto tempo, sem nenhuma vontade de se mexer. Ou aquele era só outro sintoma da verdadeira meia-idade? A temida ladeira abaixo?

Em um breve momento de pânico, ele considerou a possibilidade de ligar para Sophie e confessar que cometera o erro mais terrível, mas... não. Aquilo também não ajudaria, pensou.

A verdade era muito simples, porque Max, na verdade, era uma alma muito simples. Ele ainda sentia falta de Eleanor...

Mesmo depois de todos aqueles anos, Max sentia falta de simplesmente estar com ela. Sentia falta de todas aquelas coisas pequenas e rotineiras do casamento deles, que tivera como garantidas.

Max olhou para o outro lado do cômodo, para o quadro grande com uma montagem de fotos daquela outra versão dele mesmo. Max no dia do casamento. Max com Melissa adormecida sobre o peito quando era muito bebezinha. Max no controle do jogo de críquete na praia, em Cornwall. Lembrou-se com uma pontada de desconforto de como, às vezes, naquela outra vida frenética, ele ansiara por pequenos períodos de tempo para si mesmo e os aproveitara com prazer quando conseguia. A corrida. O caminho de carro até a universidade.

E agora? Quando a filha finalmente não precisava mais dele e aqueles pequenos períodos de tempo de solidão ficavam cada vez maiores?

Foda-se... destino.

Simplesmente *foda-se*.

No chuveiro, Max abriu a água em uma temperatura tão alta que a sua pele estava escaldada e alarmantemente vermelha quando ele finalmente percebeu — *merda* — que havia brincado com a sorte e agora, além de todo o resto, teria que correr para a primeira aula.

Já no escritório, ao perceber que não havia tempo para tomar café, estava pensando que as coisas com certeza não poderiam ficar piores...

— E aí, vai me dizer exatamente qual é o seu problema comigo?

Sem bater na porta. Sem aviso. Sem um *tem um minutinho?* Apenas Anna parada no escritório dele, o rosto em brasa.

— Como?

— Estava me perguntando, professor, se terá a decência de dizer na minha cara exatamente o que fiz de errado.

Max estava temporariamente idiota.

— Não? — Ela arregalara os olhos e um conjunto de linhas se formou em sua testa por causa das sobrancelhas erguidas. Estava furiosa.

Ah, certo. O e-mail.

— Escute, Anna. Se está aborrecida por causa do e-mail, posso conversar com você a respeito mais tarde. É só que estou atrasado...

— E é engraçado como você está sempre atrasado. Toda vez, toda santa quarta-feira desde que consigo me lembrar, quando eu estava tentando ao máximo começar bem e passar uma boa impressão. Fazendo sabe Deus quantas horas extras para tentar conseguir um bom resultado. Olhando para você... meu suposto orientador... em busca de apoio. De algum retorno. Um mínimo de encorajamento. E não apenas não tive nenhuma dessas coisas, como recebo essa manhã um e-mail com uma única frase me empurrando para outro orientador. Para o bendito Frederick Montague. E ambos sabemos muito bem o que isso significa.

— Frederick é um bom professor. E um colega respeitado...

— E está a dois anos de se aposentar. Não tem influência, nenhuma ambição ou interesse nas políticas desse lugar. E todos sabemos que essas políticas são tudo hoje em dia... E ele não tem absolutamente nenhum interesse no meu futuro, o que claramente é um traço que vocês dois têm em comum.

— Acho que já basta, Anna.

— Bem, para sua informação, eu apenas comecei. Estou levando o caso direto para o RH, professor Dance. Você não vai se safar dessa.

Agora Max sentiu o sangue fugindo do rosto. O maldito RH.

— Escute, Anna. Transferi você para a equipe do professor Montague exatamente porque tenho um sincero interesse em seu futuro aqui. Só sinto que não sou a melhor pessoa para levar adiante a enorme energia e entusiasmo que você já tem mostrado para esse novo papel. Minhas outras responsabilidades tornam difícil, a essa altura, dar a você o tempo que claramente quer e precisa. Não sou a pessoa certa, o orientador certo. O professor Montague tem mais tempo.

— E você não poderia ao menos ter discutido comigo a respeito?

Max respirou fundo. Então, encarou Anna e, por uma fração de segundos, considerou a possibilidade de dizer a verdade em voz alta.

— Anna. Posso lhe pedir só para me dar um pouco mais de tempo em relação a isso? Antes de você levar ao RH. Permita-me explicar devidamente meus motivos.

Ela o encarou com intensidade — e sem sinal algum de ter se acalmado.

— Podemos nos encontrar de novo aqui, Anna? À uma da tarde?

Anna afastou os olhos na direção da janela e voltou a encarar Max — os olhos ainda em brasa.

— Não vou ser ludibriada. Posso ter vindo de onde todos vocês zombam dizendo ser uma antiga escola técnica, mas sou uma boa professora universitária.

Merda. Então, era isso que ela estava pensando.

— Não vou permitir que meus esforços e ambições aqui sejam comprometidos só por causa de um elitista, machista e antiquado...

— Acho que realmente já basta, Anna.

E só então ela finalmente ficou um pouco ruborizada.

— À uma da tarde, Anna? Estou atrasado para uma aula. — Max se levantou, pegou o casaco do cabide ao lado da estante, mantendo os olhos propositalmente afastados dela. — Aqui, de volta, à uma da tarde.

Então, ela se foi, batendo a porta ao sair.

Max foi direto dar o que muito possivelmente foi a pior aula de sua vida. Uma comparação entre leis antitruste. Abordagens diferentes para diferentes países em relação a negócios e monopólios. Uma aula tão mal preparada que mesmo os alunos favoritos de Max pareciam perdidos. Em um determinado momento, ele se enrolou de maneira tão óbvia que teve que fingir os sintomas de uma gripe para se desculpar pela confusão.

A verdade era que, enquanto explicava se a legislação deveria ou não estar controlando o crescimento do Google, ele estava pensando: que diabos vou dizer para me explicar ao RH?

Desculpe, sra. Bramble, mas estou caído por ela. Não paro de me distrair olhando para a alça do sutiã de Anna, por isso decidi que não seria inteligente da minha parte continuar como orientador e supervisor dela.

Merda, Max!

Eram onze e meia e ele estava de volta ao escritório. Checara e-mails antigos e descobrira nada menos que dez mensagens recentes, detalhadas e, sim, muito bem escritas, de Anna, destacando as mudanças que sugerira para melhorar o curso, que tiveram respostas muito curtas e, poderia se dizer, até indiferentes.

Max nem mesmo percebera que estava fazendo aquilo. Ignorando-a.

Ele imaginou Giselle Bramble lendo aqueles mesmos e-mails e se perguntou se haveria alguma outra opção que não ser sincero com Anna. Não. Merda. Aquilo só tornaria as coisas muito, muito piores.

Uma hora da tarde chegou rápido demais, assim como a batida na porta, e Max percebeu, mortificado, que ainda não conseguira elaborar nenhuma estratégia de ação inteligente. Então, para sua surpresa, Anna entrou na sala parecendo completamente diferente. Não apenas mais calma, mas, na verdade, intimidada. A cabeça baixa. Ruborizada.

— Sobre o que aconteceu mais cedo? — Ela se sentou na cadeira oposta à dele. Max prendeu a respiração. Talvez Anna já tivesse passado no RH? Talvez estivesse parecendo intimidada porque ele estava prestes a ser suspenso. As perspectivas dele, a aposentadoria... tudo se fora.

— Eu talvez tenha sido um pouco mais direta do que pretendia. E agora foi a vez de Max ficar sem chão. Aquilo era bom. Totalmente inesperado, mas bom. E desorientador também. Ele respirou fundo e optou pelo silêncio — enquanto repetia para si mesmo apenas um mantra. *Não pergunte, Max. Não. Pergunte.*

— Entendo que não foi nada profissional da minha parte trazer a minha vida pessoal para o trabalho. Imperdoável. E nada parecido comigo. Realmente não queria que você pensasse...

— Sua vida pessoal?

— Tive um péssimo fim de semana e recebi seu e-mail, que me pareceu estar colocando por terra todos os planos que eu tinha feito para o curso. Bem... foi a gota d'água. O que não significa que não esteja desapontada. Imensamente desapontada, na verdade, e quero que compreenda que não estou pronta para desistir. De todas as minhas ideias, quero dizer. Mas entendo que o modo como falei com você mais cedo... não é o modo como costumo lidar com as coisas. Não é a reputação que quero ter aqui. A de uma mulher histérica.

— Entendo. — Max não entendia nada.

Então, aconteceu algo absolutamente aterrador, algo com que Max nunca soube como lidar. Nem com Eleanor. Nem com Melissa.

Anna começou a chorar.

Ah, não. Por favor, não.

Ela se esforçou para controlar as lágrimas e estava claramente envergonhada por elas — ergueu o braço e se virou para a porta, como se fosse sair.

— Não vá. Por favor... Anna. Ao menos, sente-se por um momento. Por favor.

Anna agora escolheu, por algum estranho motivo, se sentar em uma cadeira em um canto da sala, perto da porta. Permaneceu de costas para ele, procurando por lenços de papel na bolsa, enquanto Max se perguntava que diabos deveria fazer naquele momento. Se fizesse alguma tentativa, fosse qual fosse, de consolá-la, corria o risco de se denunciar. Pior, seria levado ao RH por uso inapropriado das mãos. Caso não a consolasse, seria o intolerante, insensível, frio e desinteressado que ela acreditava que fosse.

— Lamento por isso, professor Dance. Não é nada profissional da minha parte.

— Não seja boba. Todos temos nossos momentos.

Momentos. Que palavra idiota, Max. Pense em alguma coisa.

Ela assoou o nariz, então torceu a boca para o lado, como se estivesse se lembrando de alguma coisa.

— É só que...

Max agora estava tendo maus pensamentos sobre Anna ter tido uma briga com o marido, o parceiro ou o que quer que ele fosse. O homem cuja aliança ela não usava.

Anna desabafou.

— Meu filho. Sabe a meia maratona?

— Ah, sim. Você mencionou isso.

— Ele não vai participar.

Max ainda não estava conseguindo acompanhar.

— Ah, entendo.

— Vai ficar com o pai, em vez disso. No exterior.

Nesse momento, algo no estômago de Max se moveu fisicamente, como se um músculo houvesse se contraído involuntariamente enquanto Anna se levantava, balançando a cabeça.

— O que, obviamente, não tem a menor importância aqui. Para o meu trabalho, quero dizer. E não devo deixar que afete as coisas... não devo sequer mencionar. Mas é isso. Fiquei chateada e me permiti agir de forma pouco profissional. Exagerei. E acho que lhe devo desculpas por isso.

CAPÍTULO 16

Eleanor foi filha única, fruto tardio do casamento de dois professores, Michael e Susan. Não foi grande surpresa que também ela se tornasse professora. Para começar, ela se perguntava por que alguém iria querer trabalhar em outro emprego que não no magistério, em algum outro que não acomodasse, como o dela, a possibilidade de se passar todo o verão na França. Aos poucos, foi se dando conta dos comentários depreciativos a respeito — *aqueles que podem se permitir, blá-blá-blá* —, mas Eleanor via como os pais tinham orgulho de suas carreiras. Via a enorme gama de expressões que iam da repreensão ao sorriso de puro prazer com que encaravam as pilhas de livros separados para serem corrigidos sobre a mesa de jantar. E os ouvia reclamar da intromissão dos políticos, de secretários de educação que *não sabiam nada sobre educação*.

Michael ensinava biologia em uma respeitada escola pública de ensino secundário. Susan ensinava francês em uma escola secundária para meninas. Eleanor se decidiu por literatura inglesa, baseada no fato de que isso permitiria que lesse o tempo todo, o que parecia até brincadeira. Durante todo o tempo da universidade, ela se perguntou quando alguém iria desmascará-la.

Seu primeiro emprego foi um desafio, exatamente como os pais a haviam alertado — uma escola pública grande e de baixo desempenho, onde já era considerado um prêmio conseguir que as meninas passassem de ano sem um bebê a reboque.

Havia muitas baixas. Certa vez, quando quatro alunos a surpreenderam desaparecendo pela janela do térreo durante uma de suas aulas, Eleanor surpreendeu o resto da turma saindo pela janela para ir atrás dos fujões. Como era boa na corrida, alcançou-os com facilidade e levou os quatro até o diretor, sob pena de suspensão. Para ser franca, Eleanor quase esperara que eles a mandassem para o inferno e continuassem a correr, mas os quatro pareceram chocados demais diante da agilidade e da rapidez dela e simplesmente jogaram a toalha.

Depois disso, Eleanor se determinou a ser mais severa e, ademais, introduziu o clichê eficiente de letras de música e séries populares na TV para atrair os alunos para poesia e estruturas narrativas, antes de sutilmente guiá-los na direção dos clássicos que constavam no plano de estudos. Alguns nunca seriam seduzidos pela matéria, não importava quanto ela tentasse. Mas Eleanor conseguiu manter toda a turma na sala e os resultados melhoraram o bastante para fazer com que ela ganhasse direito a uma transferência, depois de três anos, para uma escola secundária melhor, com uma taxa de aprovação que causava impressão.

A escola ficava na área oeste de Oxfordshire — uma região que Eleanor viria a amar. Plana no sul, mas a apenas alguns quilômetros da glória que eram as colinas ondulantes de Cotswolds. E foi ali, durante o segundo semestre, que ela recebeu a incumbência de ciceronear o professor de economia de uma universidade local (*"não é Oxford... mas não seja pedante"*), durante um evento de orientação profissional, depois que o coordenador do departamento de matemática foi subitamente abatido por uma *diarreia explosiva*.

— Diarreia explosiva? — comentara Max, achando graça na franqueza de Eleanor e apertando a mão dela no que foi o primeiro encontro dos dois.

— Sim. Traz à mente uma imagem e tanto, não acha? Eu me pergunto se a esposa dele não poderia ter sido um pouco menos descritiva ao telefone ao se justificar, mas ele precisou que eu lhe fizesse esse favor. Devo avisá-lo de que não sei nada de economia, portanto minha apresentação talvez não lhe faça justiça.

Foi então que Eleanor percebeu que ele não estava piscando. O professor Maximillian Dance, sênior da cadeira de economia — *quem se importava que não fosse de Oxford?* —, estava encarando-a diretamente, sem piscar. Por isso, mais tarde, quando o observava no palco, surpreendendo todos os pais presentes com uma apresentação muito educada e tranquila sobre a importância crucial da economia para compreendermos o mundo ao nosso redor, ela se pegou agradecendo a Deus pela diarreia explosiva. E quando mais tarde Max disse que estava se perguntando "*se ela gostaria de jantar com ele algum dia*", algo no estômago de Eleanor mudou para sempre.

Ela resolveu levar a situação com tranquilidade. E logo estava rindo de si mesma enquanto mudava seus pertences para o apartamento dele, apenas um mês depois. Não havia nada para não amar.

Max tinha uma energia e um entusiasmo pela vida que eram ao mesmo tempo contagiantes e empolgantes. Nada parecia abatê--lo. Adorava esportes. Adorava cozinhar. Adorava caminhar. Adorava economia. E adorava Eleanor.

Ele tivera uma infância muito feliz, o que, quando ela pensava a respeito, provavelmente era a base daquilo tudo, e era um desses raros homens que realmente queriam muito se casar e formar uma família. Ficaram para trás os babacas com fobia de compromisso que haviam partido o coração dela no passado. Max estava comprometido com o relacionamento deles desde cedo.

Os dois se apaixonaram rápida e inteiramente. E permaneceram apaixonados, com apenas um contratempo mais sério ao longo do caminho.

Dinheiro.

Max passou por um período súbito e inexplicável em que resolveu que a educação não era um bom campo de trabalho para se conseguir dinheiro suficiente para sustentar uma família. Eleanor, nada materialista e com expectativas financeiras modestas, discordava completamente. E os dois tiveram uma briga espetacular a respeito. Foi muito, muito doloroso, e Eleanor preferiu apagar da mente o ocorrido.

Tudo o que importava era que, no fim, eles acabaram se entendendo.

E assim, naquele dia claro de primavera, na mesma igreja em que os pais dela haviam se casado, Eleanor se viu parada diante da igreja, olhando para aquele homem lindo e tão, tão gentil, ainda sem conseguir acreditar inteiramente em sua sorte.

Até uma manhã em que assava biscoitos com a filha em um chalé em Cornwall e estava limpando a farinha da roupa.

No fundo, Eleanor sabia que era loucura não contar a Max sobre o nódulo e não consultar logo um médico. Não era a coisa mais inteligente a fazer, e ela era uma mulher inteligente. Mas tudo na vida de Eleanor tinha sido tão mágico até aquele momento, que ela teve a terrível sensação, bem no fundo também, de que todos os caminhos haviam levado àquele momento, e que ela precisava, de algum modo, adiar *saber*. Eleanor fez algumas pesquisas e tentou, por um tempo, se convencer de que era um fibroadenoma — não só benigno, como muito comum em mulheres na casa dos vinte e trinta anos. Poderia ser. Mas o nódulo, quando Eleanor examinou mais detidamente, na privacidade do banheiro, parecia ir bem fundo no peito, até embaixo da axila. Também havia certa descoloração na pele do seio que já estava ali há algum tempo. Uma erupção com a qual ela já se acostumara e que presumira que era algum tipo de alergia ou eczema. Havia também o fato curioso de que vinha perdendo peso sem nem tentar.

Muito mais tarde, Eleanor tentaria responder à mágoa e à exasperação de Max em relação a ela ter demorado a investigar todos aqueles sintomas — mesmo por uma semana, quanto mais pelos meses que, na verdade, adiara —, mas não conseguia encontrar palavras, ou um raciocínio para explicar a ele que, na verdade, não queria saber.

Enquanto cantava no carro, a caminho do primeiro resultado sobre as estatísticas, e sobre como era improvável que fosse qualquer coisa mais séria, Eleanor escrevia mentalmente um roteiro muito diferente — já sabia como terminaria tudo aquilo. Era mais do que pessimismo. Na verdade, ela sentia que já sabia. Não por causa de nenhuma experiência psíquica, mas por uma consciência física que provavelmente tinha mais a ver com o câncer que já se espalhara dentro dela do que Eleanor imaginava. Só não queria que fosse confirmado.

Assim, para Max, ela assumiu um ar de falso otimismo durante todos aqueles exames desgraçados, até eles estarem sentados diante do médico, cuja expressão já lhes disse tudo, antes mesmo de o homem abrir a boca.

Era um câncer em estágio quatro. Já se espalhara para o fígado e para os pulmões de Eleanor. Por isso, ela perdera peso e vinha se sentindo tão cansada. Todos sentiam muito, muito mesmo, mas as circunstâncias dela eram muito raras. O tratamento não seria curativo, embora houvesse muito o que poderiam fazer em termos de qualidade de vida.

Max ficou sentado ali, tomando notas — o rosto muito branco enquanto escrevia e escrevia, pressionando a caneta com tanta força que o papel rasgou. Eleanor não ouviu mais nada do que foi dito.

Em sua mente, já fizera o caminho de volta até a frente daquela igreja. Estava de volta àquela outra ala do hospital, quando a parteira dissera que o bebê era uma menina. Estava deitada no chão, levantando pinos de boliche. Estava jogando críquete na praia. E estava reunindo todos os ingredientes para os biscoitos de Páscoa.

Agora, quando escrevia o diário para Melissa, ela recordava esses momentos de extremo pânico, os detalhes já começando a se confundirem, e se preocupava com o quanto deveria compartilhar com a filha. Tudo? Apenas uma parte?

Em uma das vezes em que se sentara para escrever no livro, Eleanor descrevera em três páginas inteiras como se sentira no dia do seu casamento. O aroma de flores de laranjeira que invadia a igreja cada vez que alguém abria uma porta. E também... o dia em que Melissa nascera. O cheirinho delicioso de um bebê recém-nascido, que ela não conseguia encontrar palavras para descrever. E a história das raspas de casca de laranja e dos cupcakes. Como haviam usado raspas de laranja pela primeira vez. Melissa se lembraria daquilo? Devia escrever para ela? A história. Então, pensando na laranja, Eleanor se pegou em uma enorme agitação — passou duas horas completas tentando encontrar uma foto em particular da mãe visitando-a no hospital no dia em que Melissa nascera.

Eleanor se lembrava que na foto a mãe estava usando um moletom de um laranja forte que parecia se refletir no rosto de todos, e distorceu os tons de pele quando as fotos foram reveladas.

— Estamos parecendo oompa loompas, mamãe.

— Não seja tola. O bebê é lindo. Absolutamente lindo.

— Para um bebê oompa loompa. Junto com seu moletom.

Mas Eleanor não conseguiu encontrar a foto. Ela procurou por toda parte, mas não estava em nenhum lugar. Eleanor mencionou isso no diário — a história dos reflexos laranja do moletom — e então não conseguiu decidir o que fazer. Arrancar a página, se não encontrasse a foto?

E durante todo o tempo, Max ficava perturbado... por vê-la perturbada.

"Não compreendo por que você precisa da foto hoje, Eleanor! Não podemos encontrá-la em outro momento? Ela provavelmente está em um porta-retratos em algum lugar. Por favor, não fique assim. Odeio vê-la assim."

CAPÍTULO 17
Melissa — 2011

— Escute... sei que eu disse que estava tudo certo. Que pararíamos de falar dessa coisa toda de casamento, mas descobri que simplesmente não consigo, Melissa. — Sam finalmente concordara com um passeio. Eles agora estavam no caminho de volta de uma desastrosa visita à Tumba dos Reis, perto de Paphos.

Melissa, que estava em plena síndrome de abstinência de cafeína e distraída com a confusão que era a montanha-russa provocada pelas palavras da mãe, insistira para que partissem cedo para o passeio. Um erro. Os dois estavam exaustos. E mais, dois dias à beira da piscina pareciam ter deixado Sam em um humor ainda pior, e a perna dolorida passou a coçar insuportavelmente por causa do calor.

Melissa contara com a visita à tumba para levantar o humor dos dois. No site, as Tumbas pareciam impressionantes — era um site sobre os Patrimônios da Humanidade. Ela imaginara um centro de visitantes com ar-condicionado, onde Sam poderia ao menos descansar a perna, se o passeio se provasse cansativo demais. Mas não. Não havia centro de visitantes, nem café, apenas uma abrasadora extensão de terra a ser explorada — com mosquitos entrincheirados nas tumbas.

E também não havia reis.

"Por que eles chamam esse lugar de Tumba dos Reis... se não há reis?" Sam, que mancava pelas trilhas de terra batida, no calor intenso, parecia estar no limite da paciência. Em qualquer outro

dia, em qualquer outra circunstância, era um passeio que teria amado... teria devorado cada palavra do guia.

Mas, naquele dia, depois de menos de uma hora, eles jogaram a toalha. Um rápido almoço em um café em mau estado próximo e já estavam voltando para casa.

— Está me deixando mal, Mel. Quero dizer... você parece tão distante de repente. Está dormindo no sofá. Sempre procurando uma desculpa para fugir de mim. É assim mesmo que vai ser a partir de agora? Você disse que estava tudo bem, mas está se comportando como se não quisesse ficar no mesmo cômodo que eu. Tudo porque eu a pedi em casamento.

— Não é assim, Sam. Escute. Não sei o que dizer.

— Não diga nada, Melissa. Absolutamente nada. Só me explique. O que você está pensando. O que está sentindo. Por que você não apenas se sente tão insegura sobre casamento, mas também por que, de repente, ainda se retraiu desse jeito...

— Escute. É como eu lhe disse no restaurante. Não vejo necessidade de um pedaço de papel. Achei que havíamos combinado simplesmente deixar correr. Ver como as coisas andam. Você acabou de sofrer um acidente, Sam. Não acho que esse seja o momento...

— Mas não é só um pedaço de papel, é? Tem a ver com assumir que você realmente quer ficar com alguém.

— Quero, sim, ficar com você, Sam. Você sabe disso. Eu lhe disse isso.

— Mas não a ponto de se casar comigo? E nem, ao que parece, de sequer querer conversar comigo.

Melissa podia sentir os batimentos cardíacos acelerando. Ela mudou a marcha do carro, mas o motor reagiu de forma barulhenta e a fez retornar para a marcha anterior. Sam afastou os olhos para a janela.

Eles seguiram em silêncio por algum tempo e Melissa lutava contra uma onda de azia que queimava seu estômago. Sam agora se recusava até a olhar para ela. Melissa aumentou o ar-condicionado.

Por um momento, ela voltou a uma brincadeira soturna que fazia quando era criança. O jogo da beira do penhasco. Imagine que você pula de verdade. Tarde demais. Pulou. A decisão tomada em uma fração de segundo e não havia mais volta. Ela jamais faria aquilo de verdade. Pular. Se colocar em risco. Mas a assustava saber que era capaz de ter pensamentos soturnos e medos. Que a vida, mesmo hipoteticamente, podia mudar por causa de uma decisão tomada em uma fração de segundo. *Conte a ele*. Diga. Faça coisas e diga coisas que não poderão ser desfeitas. Era o mesmo pânico de quando aquela mulher na escola primária pressionou e pressionou e continuou a pressionar...

— Escute. Você sabe que tenho dificuldade para falar de certas coisas, Sam.

— Nossa, a declaração do ano.

Era raro que Sam fosse sarcástico daquele jeito. Melissa se retraiu e respirou pelo nariz, fazendo um barulho desagradável. Passou a mão pelo bolso em busca de um lenço de papel. Normalmente, quando ela estava enfrentando uma situação daquelas, Sam a ajudaria. Seria gentil. Mas ele continuava a manter os olhos teimosamente afastados e Melissa via pelo perfil dele que tinha os olhos pesados. Como no restaurante, quando ele desaparecera pelo que pareceram séculos no banheiro e voltara com os olhos exatamente daquele jeito.

— Escute. Sei que sou difícil às vezes. Mas não é o que você está pensando, Sam.

— Então o que é, Melissa?

Ela usou o lenço de papel para assoar o nariz desajeitadamente, com apenas uma das mãos. Sam ainda não a encarava.

— Sabe o que eu costumava pensar, Melissa? Que você, na verdade, tem medo de se apaixonar. Medo de se permitir ser feliz. Costumava pensar que tudo o que eu precisava fazer era ser paciente. Que isso tinha a ver com o que lhe aconteceu quando você era criança. E que eu só precisava ficar por perto, esperar. Mas agora começo a achar... que talvez estejamos apenas marcando passo.

Ela não sabia o que dizer.

— Você quer terminar tudo, Melissa? Quer que eu saia de casa quando voltarmos?

— É claro que não! — Ela estava chocada por ele sequer pensar nisso...

— Por que você diz "é claro que não", como se fosse óbvio? Não parece querer nem estar mais no mesmo cômodo que eu.

— Isso não é verdade.

— Muito bem. Então, que tal eu lhe dizer o que é verdade. A verdade é que eu estava observando você da varanda essa manhã, enquanto você nadava, cedo, antes de partirmos. Nós não havíamos trocado nem um bom dia, Melissa. E tudo o que eu pensava era como diabos posso fazer essa mulher feliz. Porque você não me parece feliz. Você nadou... o quê? Quinze voltas na piscina, em alguma hora absurda... como se estivesse dominada por alguma espécie de fúria. Então, se sentou na beira da piscina com o sol batendo direto em seus olhos, como se estivesse em outro planeta. Não estava ali, de forma alguma. E é essa a mesma impressão que tenho nesse exato momento. Como se você nem estivesse comigo, Melissa.

— Minha mãe me deixou um livro, Sam. Um diário. — Beira do penhasco. *Fale, Melissa*. Os olhos dela ficaram marejados. — Eu o recebi quando fui ao escritório daquele advogado. — Os nós dos dedos dela estavam brancos pela força com que apertava o volante.

— Como?

— Quando fui ver aquele advogado e disse a você que houvera um erro? Que ele era um caçador de herdeiros? Era mentira. Não foi um erro. O advogado tinha um livro para me entregar. Deixado pela minha mãe. Eu deveria ter lhe contado.

Agora Sam estava paralisado... a boca aberta.

— É um diário de receitas, cartas e fotos que ela reuniu quando estava... — Melissa respirou longa e profundamente. — Que ela reuniu quando estava muito doente. Para quando eu crescesse.

— Jesus Cristo. — Ele finalmente a encarou.

— Agora vejo que deveria ter lhe contado. Mas estava sob o efeito do choque. Desculpe, Sam.

— Então... quando isso aconteceu? Antes do restaurante?

— Não. Foi na manhã seguinte. Não estou dizendo que é por isso que estou insegura em relação ao casamento. Ainda não consigo explicar essa parte. E não estou tentando usar o livro como desculpa. Só estou dizendo que é por isso que ando tão perturbada. E, por isso, todo o resto, como querer ficar sozinha. Não é porque eu não queira ficar com você. Só queria ler o livro com um pouco mais de privacidade. Para organizar as ideias antes de lhe contar e para descobrir como vou contar ao meu pai.

— Você está mesmo dizendo que ainda não leu o livro todo?

— Não, ainda não o li. Na verdade, estou achando muito... — Que palavra usar? Ela tentou encontrar alguma, estreitou os olhos, mas não conseguiu.

— E seu pai não sabe a respeito?

— Não.

— Jesus Cristo. Precisamos parar em algum lugar, Melissa.

— Desculpe.

— Você precisa parar de dirigir.

Ao menos, ele se virara para olhar para ela.

— Isso é muito importante, Melissa. Ali. Naquele café. Pare ali...

Ela agora secava o rosto. Lágrimas silenciosas. Alívio, medo e culpa a atingiram em uma única grande onda quando Melissa se examinou no espelho.

Isso é muito importante...
Ela estava sinalizando que estacionaria diante do café, muito aliviada por Sam ter voltado a olhar para ela. E por ter dito aquilo. Pisar no freio agora... que ela apertou com muita força. Então o freio de mão. Melissa visualizou a batedeira Kenwood Chef branca e azul-clara — a superfície cintilando depois de ser limpa por um pano de prato úmido. Ela abaixou os olhos para uma única lágrima que caíra sobre o linho pálido da calça que usava e pensou... sim, isso mesmo.

Aquilo era mesmo muito importante.

Boeuf Bourguignon

3 libras de carne de vaca para ensopado (parece demais — mas não para um camarada faminto)
Uma cebola grande ou um punhado de chalotas
Uma embalagem de bacon em cubos
Dois dentes de alho grandes
Um pacote de bons cogumelos — fatiados
Alguns poucos raminhos de tomilho bem escolhidos — picados com tesoura
Uma garrafa de bom vinho tinto (não economize!)
Temperos + 3 colheres de sopa de farinha + uma pitada de açúcar
Uma pequena quantidade de um bom caldo de carne, se necessário

Pique a carne para ensopado em pedaços grandes (eles encolhem dramaticamente depois de cozidos) e doure-os em azeite de oliva quente, em uma caçarola de boa qualidade — vá transferindo aos poucos para um prato a carne pronta. Frite então a cebola picada (ou as chalotas) em mais azeite, junto com a panceta e, por fim, acrescente o alho picado. Então, volte a carne picada e dourada para a panela. Polvilhe a farinha por cima e misture tudo com uma colher de pau. Não entre em pânico com o grude que se forma nesse momento. Acrescente lentamente o vinho tinto e vá misturando com cuidado conforme o molho engrossa em fogo baixo. Coloque toda a garrafa de vinho e acrescente um pouco de caldo de carne de qualidade até cobrir a carne, se necessário. Tempere bem, acrescente o tomilho picado, os cogumelos e meia colher de chá de açúcar, para equilibrar a aci-

dez do vinho. Deixe cozinhando em fogo baixo, então transfira para o forno por TRÊS HORAS a cerca de 160°C. Mais uma vez — isso é mais tempo do que pede a maioria das receitas. A sua panela PRECISA ter uma tampa que a vede bem. Se não tiver, coloque uma folha de papel-manteiga por cima do conteúdo da panela para ajudar a selar. Você não quer que todo aquele lindo molho evapore.

Antes de mais nada, Melissa. Ignore todas as receitas que dizem que duas libras de carne, cerca de um quilo, alimentarão seis pessoas. Quem eles estão alimentando? Pardais? Essa é a receita favorita do seu pai entre todas as outras e sempre preparo no aniversário dele — e acredite em mim, quando um cara gosta de um prato, ele quer uma travessa bonita, fumegante, de bom tamanho, não uma porçãozinha delicada de restaurante. E daí se sobrar? Confie em mim em relação à quantidade. Pelo menos três libras de carne, cerca de um quilo e meio. Na verdade, a maior quantidade que você conseguir colocar dentro de uma boa caçarola. (Sempre recomendo a Le Creuset. Com certeza vale o investimento. Talvez seu pai tenha passado adiante uma das minhas?) Mas não. Não vou pensar nisso enquanto escrevo. Hoje, não.

Porque... sabe de uma coisa, Melissa?

O simples fato de escrever essa receita já está me fazendo sorrir de orelha a orelha. Estou pensando em ANIVERSÁRIOS. No do seu pai. No meu. *Especialmente no seu.* Ah, como adoro aniversários, minha querida!

Seu pai ri de mim. Acha que eu passo dos limites. Mas... não consigo me conter. Isso quer dizer que tenho três dias muito, muito especiais, ao longo do ano — e isso se nem pensar ainda na Páscoa e no Natal.

Descobri a paixão de seu pai por esse prato em uma viagem à França. Meus pais costumavam me levar para passar todos os verões na França, por isso sempre amei a comida de lá. Seu pai prefere que planejemos as férias com bastante antecedência, que Deus o abençoe (e de preferência em Cornwall), mas, daquela vez, eu o convenci a ser corajoso. Bastaria uma passagem de balsa e o guia Michelin.

Nós nos divertimos tanto, Melissa! Indo de um lugar para outro, de acordo com a nossa vontade e com o quanto gostávamos do lugar. E, nessas férias, comemos as melhores comidas de que me lembro. Uma sopa de peixe, em um café de aparência nada promissora na beira do caminho, por exemplo, que era inacreditável!

Mas estou divagando.

Porque o ponto alto da viagem foi descobrir esse hotel maravilhoso e completamente despretensioso, com um restaurante minúsculo que parecia já colocar a panela de *boeuf bourguignon* no forno ao nascer do dia. Estou falando sério. O aroma começava a escapar da cozinha quando ainda estávamos tomando o café da manhã.

Nossa, gostaria de ter uma foto da expressão do seu pai durante aquela primeira garfada! Jamais esquecerei.

Ele diz que o meu *boeuf bourguignon* hoje é tão bom quanto o do restaurante daquele hotel e, embora com certeza seja mentira, devo dizer que acho que a minha versão chega muito perto. Venho aperfeiçoando-a por tentativa e erro, testando versões clássicas ao longo dos anos. E essa é com certeza a receita que seu pai ama. (A propósito, você talvez precise engrossar um pouco o molho no final. Isso varia muito. Pode deixar ferver no fogo até reduzir um pouco o molho, ou acrescentar uma pasta de farinha com manteiga, ou ainda amido de milho + água — e mexer furiosamente.)

Aniversários!

A minha principal dica no mundo é que é impossível festejar em excesso. Sim, sim. Seu pai diz que pareço uma criança no que diz respeito a aniversários — mas, para mim, eles resumem tudo em relação a amor e a relacionamentos de todos os tipos, Melissa.

Prometi alguns conselhos nesse diário, meu bem. E no que diz respeito a pessoas que você realmente ama, na verdade, é muito simples. Você colhe aquilo que planta.

E se prepara alguma coisa especial para o aniversário de uma pessoa que você ama... bem, não há sensação melhor no mundo do que a expressão no rosto dessa pessoa quando a surpresa dá certo. E é exatamente esse tipo de lembranças especiais — de âncoras, se preferir — que a ajudam em tempos mais difíceis. Nos bons e maus momentos que todos os relacionamentos inevitavelmente terão.

Lembra-se do seu sexto aniversário, meu bem? Foi um dos meus favoritos — apesar da perturbação que me causou a tabela de marés daquele ano! Naquela época, você era uma criança da água, passava o dia todo de roupa de banho durante as nossas viagens para Cornwall. Chovesse ou fizesse sol.

Fico impressionada por você não ter ficado toda enrugada.

Como seu aniversário é no outono, já havíamos tido nossa semana em Lizard. Assim, seu pai e eu organizamos um fim de semana extra em um hotel dando para a praia mais incrível.

Tenha paciência comigo. Isso foi muito importante.

Você tinha visto um filme em que uma pessoa escrevia uma mensagem na areia — acho que deve ter sido um pedido de casamento. Alguma coisa assim, não consigo me lembrar exatamente. Enfim. Você se tornara um pouco obcecada com isso.

O hotel nos colocou em uma suíte familiar e você dormia em um sofá-cama, no quartinho ao lado do nosso. Meu maior medo era que você acordasse cedo demais de tão empolgada — o que com certeza aconteceu. Por isso, banquei a malvada e disse que era cedo demais para se levantar, mesmo para uma menina que fazia aniversário, e que eu precisava ir para a academia de ginástica antes do café e dos presentes.

Cheguei a vestir minhas roupas de ginástica! Está se lembrando?

Então, saí para preparar a surpresa, enquanto seu pai continuava a fazer o papel do guarda mau — insistindo para que você tentasse dormir até uma hora decente.

Voltei por volta das oito da manhã, apavorada porque a maldita maré estava subindo rápido demais!

Então, afastei as cortinas e levei você até a sacada.

Parecia ainda melhor do terceiro andar do que eu ousara imaginar. *Feliz Aniversário, Melissa* escrito na areia... bem diante da nossa sacada.

A essa altura, outras pessoas estavam aparecendo, e me lembro de olhar para elas e ver todas sorrindo de suas próprias sacadas, quando você começou a pular de animação.

Todos começaram a acenar para você e terminamos cantando parabéns junto com todas as sacadas.

Lembra-se disso? Por favor, diga-me que se lembra.

Eleanor se recostou na cadeira, se deliciando com o sorriso no próprio rosto. Então, estendeu a mão para a primeira gaveta da cômoda e pegou o álbum de fotos que guardava ali. Era um pequeno álbum em espiral com as fotos favoritas dela.

Havia uma foto da mensagem na areia, bem no momento em que a maré subia para apagá-la. Outra da barreira e do fosso que eles haviam construído para tentar desviar a água por algum tempo. E, então, fotos de Melissa na festa organizada para aquele sexto aniversário depois que eles voltaram para casa.

Eleanor balançou a cabeça, sorrindo, diante da foto de Max com o apito na boca.

Vamos ser processados, Eleanor!

Lembrou-se da expressão de pânico dele, enquanto ela rolava de rir — Max acenava com os braços, frustrado, e apitava com vigor —, "Seis por vez! Isso não é engraçado", e enquanto todas as amigas de Melissa entravam ao mesmo tempo no castelo inflável.

Eles haviam alugado um salão de festas para que Melissa pudesse convidar toda a turma da escola. Quando alugaram também o castelo — o único de um tamanho que caberia no salão em questão —, haviam imaginado inocentemente que o fornecedor ficaria durante a festa para supervisionar.

Mas não. *Não está no contrato, camarada.*

Em vez disso, o homem entregou a eles uma prancheta com uma enorme e alarmante lista de "regras". Não eram permitidas mais de seis crianças no castelo de cada vez. Era preciso tomar cuidado para que não mordessem a língua ao pular. Ou batessem com a cabeça. E tivessem uma concussão.

Eleanor se lembrava perfeitamente da expressão de pânico no rosto do marido quando o homem, logo depois de entregar a lista, pegou um apito grande e o passou pelo pescoço de Max. *"Vai precisar disso."*

Coitado daquele pobre pai.

— Não, crianças, estou falando sério. Seis de cada vez. O máximo absoluto é de seis — dizia, e soprava o apito e acenava com os braços, horrorizado, enquanto meninos e meninas, agitados por conta da grande quantidade de açúcar ingerida, não davam a menor atenção a ele.

É claro que ninguém se machucou. Todos comeram bolo demais. Todos beberam Coca-Cola demais. Um vomitou no banheiro. Mas ninguém mordeu a língua. Ou teve uma concussão. Ou foi processado.

E uma garotinha aniversariante muito cansada foi colocada na cama aquela noite parecendo muito feliz.

— Foi você que escreveu a mensagem na areia lá em Cornwall, não foi, mamãe?

— Não. Não tenho a menor ideia de como aquilo aconteceu. Foi algum tipo de mágica. — Eleanor beijara a filha na testa e passara a mão por seus cabelos.

— Amo você, mamãe.

CAPÍTULO 18
Melissa — 2011

Melissa permitiu que Sam lesse apenas as primeiras páginas do diário. Achou que já seria o bastante.

— Santo Deus, Melissa... — Ele parecia inquieto e pousou a mão sobre a dela, os dois sentados diante da mesa de pinho laranja demais, envernizada demais, do quarto deles no resort. Sam estava pálido. — Leve o tempo que precisar com isso. Está me ouvindo?

Ela assentiu com a cabeça rapidamente.

— Obrigada, Sam.

— Deus. Estou me sentindo um completo imbecil agora. Por ter arrumado briga com você.

— Não seja tolo. A culpa foi minha.

Ele se levantou, foi até a varanda e ficou olhando na direção da piscina, com as mãos nos quadris.

— Há umas partes duras de verdade, Sam. Como a abertura. E no começo não consegui dar conta. Foi por isso que não contei nada. Mas há também umas lembranças muito doces no livro. E outras partes me remeteram a coisas das quais eu havia me esquecido completamente. Estou me acostumando com isso agora.

Sam se virou para encará-la, mas o sol estava atrás dele e a luz era tão intensa que Melissa não conseguia ver direito sua expressão. E ficou feliz por isso.

— Na verdade, tive um sonho, Sam. Na primeira noite em que dormi no sofá-cama. É um sonho recorrente que eu costumava ter com a minha mãe, quando eu era criança.

— Você nunca me contou a respeito...

— Eu sei. Nunca contei a ninguém. Sei que parece estranho, mas o sonho realmente me chateia. Ele voltou quando comecei a ler o livro e acho que agora me lembro do que é. Eu estava segurando a mão dela na praia. Da minha mãe. Acho que era uma surpresa de aniversário ou coisa parecida.

— Ah, Melissa...

Ela sorri para a silhueta dele. As mãos nos quadris contra o céu de um azul intenso — a imagem interrompida apenas pela grade preta da varanda atrás dele. Nesse momento, o celular de Melissa vibrou sobre a mesa.

— Merda. Aposto que é o meu pai. Não tenho ideia de como vou contar a ele, Sam. Vai ser um choque tão grande...

Melissa pegou o celular para checar a mensagem, enquanto relanceava o olhar para o diário. **Feliz por você estar bem. Gostaria que respondesse a todas as minhas mensagens! Divirta-se. Bjs. PS Você diria que sou machista?**

Melissa ficou surpresa, torceu os lábios e virou o celular para mostrar a Sam.

— Machista? Seu pai? Que história é essa?

— Só Deus sabe. Espero que ele não esteja tendo nenhum problema no trabalho. — Melissa suspirou. — Merda. Papai fez isso só para que eu ligasse para descobrir o que aconteceu. Mas não posso falar ao telefone com ele agora. Simplesmente não consigo.

— Muito bem. O que você quer fazer, então, Melissa? Hoje, quero dizer. Nadar? Ler? Almoçar? Caminhar?

— Você vai se importar muito se eu levar o diário para o café na beira da praia? Para ler lá, sozinha, por algum tempo. Vou mandar uma mensagem de texto para o meu pai, acalmá-lo e organizar minha cabeça.

— Se é isso o que você quer.

— E você poderia me encontrar lá para o almoço? Ao meio-dia e meia, vamos dizer? O que lhe parece?
— Me parece ótimo.
Melissa pegou a bolsa, colocou o diário no bolso lateral. Então pegou também os óculos de sol e o chapéu de palha, enquanto Sam a observava e fingia que aquilo não era esquisito, e relanceava o olhar para as famílias na piscina, através das portas abertas da varanda.
— Eu também fico nervosa, Sam.
— Como?
— Com o que vai acontecer. Conosco. E no diário. A cada trecho que eu leio, fico muito nervosa. Em relação ao que vem a seguir.
Sam atravessou a sala mancando para beijá-la na testa, e Melissa segurou o braço dele.
— Sinto muito mesmo, por não ter contado a você antes.
— Está tudo certo. Eu entendo, Melissa. De verdade. Mas desde que você me ligue se precisar de mim, certo? E tente não me afastar demais, tá?
Ela assentiu.
— E quanto ao seu pai, então?
— Ah, vou mandar uma mensagem de texto neutra para ele. E conversaremos direito quando voltarmos para casa. Cara a cara, quero dizer.
Ele a abraçou com força, então, e estava olhando da varanda quando Melissa saiu da escada já no térreo, passou pela piscina e acenou para ele da trilha que levava à praia.
Melissa ficou surpresa por se sentir tão melhor agora que Sam sabia. Mais leve. E inesperadamente mais calma. Aquela sensação ligeiramente distante de se recuperar depois de um abalo.
O caminho até a praia passava por um pequeno bosque onde locais e turistas com orçamento apertado estavam acampando. Era uma cena relaxada, até mesmo hippie, com roupas lavadas pendu-

radas em varais presos entre árvores e uma variedade de barracas, em sua maioria pequenas, com mesas e cadeiras espalhadas a esmo nos espaços abertos. Melissa sentiu um sorriso se abrir em seu rosto e desejou ser o tipo de pessoa que se dispunha a dormir em uma barraca naquele calor.

Como era meio de semana, o café em frente à praia tinha muitas mesas vazias à sombra, e um reggae tocava baixinho no bar. Bob Marley basicamente. Ela pediu uma Coca-Cola, que eles não tinham, e acabou ficando satisfeita com uma Pepsi. Melissa sempre se perguntara como as pessoas sabiam a diferença entre as duas.

Havia vários grupos de jovens de Chipre jogando cartas em mesas diferentes — garotas incrivelmente lindas, com corpos perfeitos em biquínis minúsculos. Homens bronzeados. Todos se divertindo muito.

Melissa invejou os sorrisos relaxados deles. O barulho e a risada. Imaginou-os fazendo sexo ardente e muito suado em suas barracas minúsculas entre as árvores e se sentiu enrubescer quando o garçom interrompeu seus pensamentos — aparecendo de repente com o refrigerante que ela havia pedido.

Melissa e Sam haviam feito amor exatamente uma vez naquelas férias. Então ela tivera uma gastrenterite. Depois, o acidente. E o diário...

Melissa checou o sinal do celular. Observou o oceano a distância. E as crianças pequenas, cobertas de areia molhada, brincando com uma bola de futebol em uma faixa de praia à direita dela. E se viu divagando de volta àquele momento em que recebera o livro da mãe. A faixa de mogno da mesa e o envelope acolchoado. O estresse de ficar parada diante da mulher da companhia aérea com a maldita mala sobre a balança. O acidente. A freada da moto. A expressão no rosto de Sam, no carro, durante a briga no caminho de volta de Paphos.

Por que a sua vida não podia ser mais despreocupada, como a daquelas pessoas ao redor? Por que as férias tão raramente se mostravam o intervalo relaxante que imaginamos quando fazemos as reservas? Por que não podia ser apenas o aroma do mar? O cheiro de sexo?

Ela voltou a ficar ruborizada.

O diário da mãe estava guardado na bolsa que levara. Esperando. Era um alívio tão grande não ter mais que escondê-lo. Mas ainda assim ela continuava... sim, continuava nervosa com a perspectiva de ler o diário.

Melissa pegou o livro na bolsa e colocou-o sobre a mesa. E ficou encarando-o por algum tempo.

A mãe encontrara Sam umas poucas vezes quando ele e Melissa eram crianças. Gostou dele.

Parece ser um menino muito legal, aquele Sam.

Melissa alisou a capa do livro. E se perguntou o que a mãe pensaria e diria agora sobre a terrível confusão que a filha parecia estar fazendo em relação a tudo. Dizendo a Sam que não estava certa sobre casamento, sem nem saber direito por quê.

Ela resolveu que, naquele dia, só releria algumas partes do livro, agora já familiares. Sim. Sobre os cupcakes. E o boliche. Ela demorou algum tempo para encontrar as partes certas, mas os cabeçalhos com o nome das receitas ajudaram. Eram como capítulos. Ela releu as páginas lentamente, se deleitando com a letra da mãe. Com a tinta preta da caneta. Imaginando a mãe diante da escrivaninha, a cabeça inclinada para a frente, concentrada. E agora Melissa podia sentir primeiro o cenho franzido, então um sorriso aparecendo. Santo Deus. Ela realmente se lembrava daqueles momentos. Os pinos de boliche. As duas mãos erguidas no ar quando conseguia derrubar todos. Sim. Aquele som muito particular da bola de madeira acertando os pinos também de madeira. E logo a imagem era outra. O pai dela voltando para casa certa vez — passando pela porta da frente quando as duas ainda estavam jogando no corredor e a mãe dizendo para ele: *Sinto muito, ainda nem parei para pensar no jantar.*

E o jogo de críquete na praia? Melissa levou a mão à boca, os olhos arregalados. Eles costumavam visitar aquela praia muito linda em Cornwall. Como se chamava? Ela pareceu se lembrar do pai dizendo que fora ali que Daphne du Maurier aprendera a nadar, ou coisa parecida. O ponto era que a praia nunca parecia estar cheia demais, nem mesmo no início do verão; assim, era fácil conseguirem um trecho dela para jogar críquete. E agora Melissa ficou surpresa ao se ver realmente sorrindo conforme a lembrança se tornava mais forte e mais vívida. O vento nos cabelos deles — os da mãe tão compridos quanto os da filha na época. *Você tem os cabelos de sua mãe, Melissa.* As duas prendendo os cabelos em um rabo de cavalo. Ela e a mãe cúmplices. Fazendo caretas e piscando pelas costas de Max. Nunca muito dispostas em relação a toda aquela encenação do críquete, mas também não querendo desapontá-lo.

Se vocês conseguirem pelo menos se concentrar, meninas.

As duas rindo juntas enquanto o pai levava toda a coisa tão a sério — marcando com passos a distância entre as estacas de madeira e a extremidade de arremesso. Marcando as linhas na areia.

Melissa voltou a olhar para os meninos jogando futebol e ainda estava sorrindo. Então o celular vibrou. Era uma mensagem de texto de Sam, para checar se ela estava bem.

Melissa respondeu que estava ótima e que o veria ao meio-dia e meia e teve o cuidado de acrescentar vários beijos. Então, se lembrou de mandar uma mensagem curta para o pai. **Me divertindo. Conversamos quando eu voltar. Bj.**

Demoraria mais uma hora até que Sam se juntasse a ela. Melissa ajustou o guarda-sol sobre a mesa para lhe garantir mais sombra e ficou sentada com a mão apenas descansando sobre o livro. Ela tomou o refrigerante que pedira, então um café, e mais um, enquanto observava as crianças brincando, o oceano a distância e o trecho de vegetação logo atrás do bar, onde lagartos disparavam e logo ficavam imóveis, criando pequenas nuvens de poeira enquanto fugiam do calor do jeito deles.

CAPÍTULO 19
Max — 2011

Max agora estava em dúvida. Ele deu a si mesmo a desculpa de que um lugar público na universidade seria mais seguro para seu próximo encontro com Anna, enquanto paradoxalmente achava que algum elemento de privacidade também seria necessário.

Tivera a esperança de que Melissa fosse telefonar para ele depois que recebesse a mensagem de texto. Que ele poderia, então, perguntar tranquilamente a opinião dela. Melissa, quando investida de seu papel de jornalista, era muito boa com essas questões legais. Leis trabalhistas. Blá-blá-blá. Ela estava sempre defendendo os menos favorecidos, daí as pessoas estarem sempre ameaçando processá-la. Mas... não. Melissa não telefonara e Max prometera a si mesmo que não ligaria para ela. Portanto, estava por conta própria naquela confusão.

Finalmente, depois de muito andar de um lado para outro, ele optou pelo Litebite Bistrô, que estivera cheio de calouros no início do semestre, quando os empréstimos estudantis deles haviam sido depositados, mas que, depois de poucas semanas, já fora abandonado — os mesmos alunos agora andavam ao redor com potes de macarrão instantâneo nas mãos e provavelmente redirecionavam o dinheiro minguado para as bebidas alcoólicas.

Com certeza o Litebite estava bem vazio — apenas dois outros membros da equipe acomodados a uma mesa em um canto. Max ocupou uma segunda mesa no outro extremo do café e checou o celular. Não havia nenhuma mensagem de texto de Anna cancelando o encontro. Ótimo.

No fim, ela chegou apenas cinco minutos atrasada, usando uma capa de chuva longa, grafite, e com uma expressão no rosto difícil de ser interpretada. Max colocou um cardápio diante dela, que lutava para despir a capa — ele se sentia constrangido demais para oferecer ajuda.

— Obrigado por se encontrar de novo comigo, Anna. Acho que se comêssemos alguma coisa... bem; seria um pouco mais... — Ele ia dizer relaxante, mas subitamente passara a se preocupar com cada palavra que escolhia. — Escute. Sabe de uma coisa, Anna... vou colocar todas as cartas na mesa, agora.

Merda. Max realmente não tinha ideia de nenhuma estratégia melhor.

— Fiquei muito abalado quando você mencionou a possibilidade de reclamar com o RH. Quero dizer... nunca tive nenhum problema nesse departamento. Jamais. E essa possibilidade me chocou. Me fez achar que deveríamos conversar um pouco mais. Esclarecer devidamente as coisas?

Ela empregou o ardil do silêncio.

— Escute. Gosto das suas ideias, Anna. Acho sinceramente que elas têm grandes possibilidades e gostaria de vê-las sendo levadas adiante, mas realmente não tenho tempo para acompanhar você, com todas as mudanças que estão acontecendo no departamento nesse momento. Além do mais... Falando francamente? A última vez em que me envolvi a fundo em orientar a criação de uma nova matéria que exigia uma série de encontros *tête-à-tête* com uma colega, bem... Você provavelmente ouviu a respeito.

— Deborah Hawkins?
— As fofocas.
— Sempre as fofocas.

— Então é melhor você ouvir a verdade da minha boca. Não houve nada impróprio. Nenhum favorecimento. Nenhuma vantagem oferecida, isso eu posso lhe jurar. Éramos ambos solteiros. E começamos a namorar muito depois de termos começado a trabalhar juntos no projeto. Mas sinceramente? Achei difícil equilibrar o lado pessoal e o lado profissional do nosso relacionamento, porque comecei a me preocupar com a possibilidade de as pessoas me acusarem de favoritismo... mesmo não tendo havido nenhum. Enfim... Quando o relacionamento não deu certo, houve toda uma nova leva de questionamentos e dificuldades no que dizia respeito àquele projeto conjunto. Tentei o melhor que podia garantir um tratamento justo para Deborah. Mas... bem. Prometi a mim mesmo que agiria com muita cautela no futuro, quando orientasse...

— Mas não estamos namorando.

— Não, é claro que não. Não tive a intenção de sugerir um paralelo. É só que estou um pouco...

— Paranoico?

— Prefiro dizer cauteloso.

— Está dizendo que não pode trabalhar com mulheres?

— Não. É claro que não é isso. — Deus, como eu desejava que Melissa tivesse me ligado... Ela teria me orientado no que não dizer. Cristo. Talvez me aconselhasse contra aquele encontro a sós. Talvez dissesse que era uma péssima ideia.

— Qual é o problema então?

— Estou só dizendo que, levando em consideração as fofocas sórdidas, eu não gostaria que essa história... a minha com Deborah, quero dizer... de forma alguma comprometesse ou empanasse suas ótimas ideias.

— O projeto de Deborah não conseguiu ser aprovado?

— Não, ele não foi aprovado. O que foi um absurdo — disse Max, furioso. — Eu votei a favor e pedi os votos dos outros abertamente, mas o projeto foi vetado. Como você sabe, hoje em dia tudo é política e cálculos de resultados.

— E você tem medo de que Deborah possa ter pensado que... Ele deu de ombros.

E agora Anna estava sorrindo.

— Ah, meu Deus, Max. Um professor com escrúpulos?

Max não tinha certeza se ela estava implicando com ele, mas, logo depois, Anna abaixou os olhos para o cardápio.

— Estou pensando em... um panini? E você?

— Detesto paninis. Sempre queimo a língua. E todo aquele queijo derretido. — A expressão no rosto dele lembrava tanto a de uma criança contrariada que Anna caiu na gargalhada. — Sempre peço a mesma coisa. Batata com ataque cardíaco.

Ela ergueu uma única sobrancelha.

— Bacon crocante com queijo. E como você consegue fazer isso? Esse negócio com a sobrancelha. Sempre quis conseguir fazer.

Ela deu de ombros e fez o mesmo com a outra sobrancelha.

— Agora eu a odeio. Estou com muita inveja.

— Vou de panini vegetariano e cappuccino light. — Anna devolveu o cardápio para ele.

— Eu me engano dizendo para mim mesmo que queimarei o bacon na corrida, mais tarde.

— Você também corre, Max?

— Sim. — Ele se levantara. — Mas nem pense em tentar me arregimentar para a sua maratona beneficente. Não corro mais maratonas.

— Que pena. É por uma boa causa.

— Não é sempre?

Quando ele voltou à mesa com as bebidas e um número para a comida que pediram, Anna o fitava atentamente.

— Escute... Max. Sinto muito mesmo pela minha explosão no outro dia. E agradeço a sua explicação. É só que estou levando terrivelmente a sério essas novas ideias. E preciso de verdade de alguém para defendê-las.

— Eu sei. E você está certa. Pensando melhor, Frederick Montague foi uma escolha feita em um momento de pânico. Acredito que não seja a pessoa que melhor se encaixa no que você precisa. Que tal eu pensar melhor a respeito e ver se consigo encontrar alguém que tenha tempo e o perfil exato nesse momento? Alguém que esteja no auge atualmente. O que lhe parece?

— Parece muito melhor. Obrigada.

Eles conversaram sobre corrida, então — Max se interessou pela rotina de treino dela e deu dicas de sua própria experiência. Já fazia um longo tempo desde que ele correra uma maratona — correra a última uns dois anos antes, explicou a ela, e, no início, gostou muito do cronograma de treinamento. Era algo a que se dedicar. Mas, no fim, descobriu que preferia correr sozinho, contra seu próprio cronômetro.

— Eu ia desistir — disse Anna, recostando-se na cadeira enquanto serviam a comida deles. — Quando meu filho desistiu, quero dizer. Mas então pensei... diabos, posso muito bem ir até o fim agora.

— E... não há como persuadi-lo a mudar de ideia? Seu filho? Ela torceu a boca para o lado.

— Escute, Max. Minha absurda crise de choro, outro dia. Obrigada por não a mencionar. Estava um pouco preocupada que ela tivesse sido o motivo para você sugerir esse almoço. Que fosse ser meio paternalista. Uma delicada repreensão verbal.

Max se sentiu ruborizar.

— Eu lhe prometo que não acontecerá de novo. Deus, não consigo acreditar que realmente fiz aquilo. Chorar... — Ela apoiou a cabeça nas mãos.

Max, ainda sentindo o próprio rosto muito quente, bebeu água rápido demais para compensar.

— Desculpe. — Ele tossia contra o guardanapo, preocupado por um momento que aquilo fosse acabar em um engasgo sério.

Os dois esperaram. Max ergueu a mão para sinalizar que estava se recuperando. E que Anna deveria continuar a falar.

— É só que estamos tendo alguns problemas para nos entender. Meu filho e eu. Questões clássicas de adolescentes.

— Sei bem do que está falando... — A voz dele saiu alta demais. À beira de um engasgo. Humilhante.

— Tem certeza de que está bem?

— Sim, estou. Obrigado.

— Então, você também tem um adolescente?

— Sim. Bem, muito mais velha agora. Uma filha, Melissa. Muito bem encaminhada agora. Ela está com vinte e cinco anos. Posso lhe garantir que no fim tudo dá certo.

— É o que todos me dizem... — Ela começou a mordiscar a ponta do panini, hesitante, então se encolheu e pegou o copo de água.

— Está vendo? Eles sempre queimam a nossa língua. Os paninis. — Max espalhou mais bacon sobre a batata e sorriu.

Anna acenou com a mão em frente à boca aberta, antes de tomar mais água.

— Acho que acabei subestimando as coisas.

— Em relação à maratona?

— Não... ao divórcio. Ao impacto que teve sobre Freddie.

Max se ajeitou na cadeira. Ele a convidara para aquela reunião extra para esclarecer as coisas entre os dois. Para acalmar tudo. Mas não esperara por aquilo.

— Desculpe. Eu o estou deixando constrangido? Falando demais de mim? Um mau hábito. É só que sinto que preciso retribuir a confiança que você depositou em mim. Que devo me explicar devidamente. Em relação a como agi no outro dia, quero dizer.

— Está tudo bem, Anna. Não quero que você se sinta constrangida. — Max realmente não tinha ideia do que era certo ou errado dizer naquela situação.

— O divórcio. Meu marido e eu ficamos dois anos separados antes disso. Achei que isso daria tempo a Freddie para se ajustar à ideia e que, assim, seria mais fácil para ele. Mas eu estava errada.

Agora, Max se esforçava para não demonstrar as reações internas que experimentava. Mas estava olhando de novo para o dedo anular dela.

— Estou fazendo a mesma coisa, mais uma vez, não estou? Deixando-o desconfortável, Max? Falando desse jeito. Não sei qual é o problema comigo.

— Está tudo bem.

— Não. Não está. Desculpe. Eu não deveria ter ameaçado você com o RH. Passei dos limites.

Que alívio. Ser Max de novo para ela.

— Eu o julguei mal, fui injusta.

Anna deu mais um gole na água.

— Então. Enfim. Fui ingênua em achar que um novo começo, em um novo lugar, seria bom tanto para mim quanto para Freddie, por isso consegui esse emprego e matriculei-o no ensino médio, para se preparar para os exames finais. Freddie pareceu aceitar bem toda a ideia. Até a semana passada.

— E?

— E então, de repente, ele decidiu que morar aqui é um "saco". Que a escola nova é um "saco". Que fazer a maratona beneficente é um "saco". Que morar com a mãe é um "saco". E que preferia passar as férias todas morando com o pai, que, no momento, ensina inglês como língua estrangeira na Alemanha.

— Ah, Deus.

— Estou com esperança de que tudo isso passe. Que seja uma fase. Ele está a meio caminho dos exames preparatórios para a universidade, pelo amor de Deus. Mas isso acabou me tirando um pouco do prumo.

— E você gosta daqui?

— Adoro. Conseguimos um lugar para morar perto do rio. Sinceramente, é a minha ideia de bênção. A água perto. Há ótimos espaços para caminhar e para treinar. É um lugar menor do que ao que estávamos acostumados, mas tive a esperança de que Freddie fosse ser um pouco mais compreensivo.

— Lamento, mas para os adolescentes só eles importam. São todos iguais. Dê tempo a ele. Vai passar.

— Você acha?

— Tenho certeza.

— E... você é próximo da sua filha? Melissa, você disse?

— Sim. Gosto de pensar que sou. Ela trabalha como jornalista hoje. Com defesa do consumidor. Tem uma coluna que é publicada em vários jornais regionais. Sobre assuntos bem sérios. Fraudes em empréstimos consignados. Golpes contra aposentados... esse tipo de coisa. Estou muito orgulhoso dela. Na verdade, Melissa acaba de receber a oferta de um contrato freelancer para um dos jornais de distribuição nacional.

— Nossa! É um feito e tanto ainda tão nova.

— Sim. Tudo muito promissor...

— E ela mora perto de você atualmente?

— Não muito longe.

— Era exatamente esse o tipo de coisa que eu precisava ouvir. Você entende. Acabou encontrando uma ótima forma de seguir em frente com sua vida. Depois do divórcio, quero dizer. A maioria das pessoas me diz que no fim dá tudo certo. Com os filhos. E é o que fico repetindo a mim mesma. Que tudo vai terminar bem.

Max se concentrou nos últimos pedaços de sua batata assada, serviu um pouco mais de molho de salada da pequena jarrinha de porcelana sobre as folhas e os pedaços de tomate, observando o azeite que se derramava refletir a luz contra o prato branco. Não importava quantos anos se passassem, ele sempre detestava aquela parte. O ponto em que você precisa decidir se corrige uma suposição totalmente razoável.

No início, aquilo o ofendia seriamente. A sugestão de que Eleanor teria escolhido deixá-lo. Atualmente, Max sabia que a questão era puramente estatística. A maior parte dos homens da idade dele, que estavam solteiros de novo, era de divorciados. Ele mencionara que estava solteiro quando namorara Deborah, assim, é claro que Anna presumira um divórcio.

Às vezes, Max se livrava da situação simplesmente mudando de assunto...

— Então... sua ex-mulher, Max. Ela ainda mora na Inglaterra? Não quero ser invasiva, é só que meu ex-marido está falando em se mudar da Alemanha para a Austrália. Para ser honesta, não acho que ele é organizado o suficiente para levar esse plano adiante, mas ainda assim morro de medo. Ele morar na Alemanha e não aqui já é ruim o bastante, mas, pelo menos, fica a uma curta distância de avião. E não tenho ideia de como diabos eu reagiria se Freddie quisesse ir para a Austrália.

— Ela morreu.

— Como?

— Minha mulher.

— Ah, meu Deus. Lamento tanto, Max... — A cena congelada, então. Aquele momento excruciante em que ambos param de comer. Param de se mover.

— Está tudo bem. Já foi há muito tempo. — Ele sorriu e fez o que aprendera a fazer tão bem... tentar diminuir o constrangimento do momento. Para insinuar que, por ter sido há muito tempo, ele estava tranquilo a respeito. Max sempre fazia isso. Tentava ele mesmo acabar com qualquer constrangimento, como se, de algum modo, fosse sua culpa.

Já tinha muita prática... sim... Embora estranhamente nunca deixasse de se surpreender com a breve agitação interna: aquela rápida, mas horrível, contração muscular que Max imaginara que passaria com o tempo, mas que não passara e que, assim, ele precisava ignorar toda vez, para que a pessoa que cometera a gafe involuntária não ficasse constrangida demais.

Por algum motivo, a contração muscular foi especialmente forte naquele dia, e Max tentou compreender o motivo, enquanto comia o restante da salada e Anna completava o círculo de desconforto tão conhecido e que ele tanto odiava.

Max não queria que ninguém sentisse pena dele, menos ainda Anna. O que ele queria era ser um homem que não perdera a mulher que amara e, como isso era impossível, queria que acabasse aquele jogo em que era um homem novo, mas precisava repetir vezes sem conta a mesma coisa.

Que, por favor, não era necessário nenhum constrangimento. Mas que a esposa dele realmente estava morta.

Pavlova

4 claras de ovos — EM TEMPERATURA AMBIENTE (ovos de tamanho médio)
8 onças de açúcar impalpável
1 colher de chá de amido de milho
1 mínima quantidade de vinagre de vinho branco (mal chega a uma colher de chá)
Três gotas de extrato puro de baunilha
Forno a 140°C

Primeira chatice — nem pense em tentar essa receita com ovos saídos diretamente da geladeira. E sua tigela deve estar muito limpa. Sem óleo ou vestígios de gemas. De jeito nenhum! Bata as claras em neve com a batedeira até conseguir picos suaves. Você deve poder virar a tigela de cabeça para baixo sem que caia tudo. Então acrescente o açúcar aos poucos, mas sem parar. Junte também o amido de milho, uma pequena quantidade de vinagre e a baunilha. Você agora terá um merengue cintilante. Use uma colher de metal para espalhar o conteúdo da tigela em um pedaço de papel-manteiga, e depois faça uma pequena depressão no centro. Leve ao forno por 1 hora e 15 minutos. Próximo passo: desligue o forno, mas deixe o merengue lá dentro, com a porta aberta, até esfriar completamente. Então vire-o em uma linda travessa e recheie com chantilly e com suas frutas favoritas — eu gosto com morangos e framboesas misturados.

Muito bem. Respire fundo. Então, a primeira coisa a dizer sobre essa receita é: não tenha medo, o que é curioso vindo de mim, já que fugi da pavlova por anos e anos por puro terror. Minha mãe fazia uma pavlova fabulosa, muito crocante por fora e macia por dentro. Logo depois que me casei, fiz a minha primeira e você precisava ver o desastre. No. Jen. Ta. Não tenho ideia se bati demais ou de menos, ou o que aconteceu. Enfim. Sendo a terrível perfeccionista que sou, joguei a toalha até poucos anos atrás, quando você mudou de turma na escola primária e a sra. Edwards (Lembra-se dela? Do quinto ano, cabelos longos e escuros e óculos vermelhos?) me pediu para comprar ou para fazer um merengue para a festa de Natal. Nossa. Eu deveria ter comprado, é claro. Teria sido a coisa mais sensata, mais sã a fazer. Mas... Ah, não! Passei uma quantidade absurda de dias experimentando três diferentes receitas, de três livros diferentes, e finalmente cheguei a essa aposta certa aí de cima. É sério, Melissa. Funciona. Se você segui-la ao pé da letra, não vai errar. É sempre um espetáculo quando está recebendo e pode usar a receita para fazer pequenos ninhos — diminuindo o tempo de forno, obviamente. E tudo bem se precisar caminhar um milhão de quilômetros para evitar que todo aquele açúcar se acumule nas suas coxas, mas não vou perder nem um segundo nesse diário com toda essa bobagem. Toda mulher precisa descobrir sozinha a melhor equação entre comida versus curvas e tudo o que digo é: o que quer que a faça feliz, *seja feliz*. Pelo amor de Deus, só não desperdice tempo demais se preocupando com o que deixa as outras pessoas felizes. Principalmente as francesas.

E agora um assunto menos doce. Gostaria de não ter que mencionar isso, mas as coisas acabaram tomando um rumo inesperado. A consulta com o meu oncologista hoje foi esquisita. Me pegou de surpresa e acho que não tenho escolha senão mencioná-la novamente.

Ele é um homem adorável — o meu oncologista — que aceitou minha decisão de, a partir de agora, não fazer mais qualquer tratamento pavoroso, em favor de um tempo de qualidade, e que agora envolve o que ele chama de equipe de "conforto". Paliativo é um termo menos agradável, mas, seja como for, eles estão fazendo um excelente trabalho. Hoje, me sinto mais "confortável" na maior parte do tempo do que vinha me sentindo. Tive muita sorte por nunca ter perdido todo o meu cabelo e o que perdi agora está crescendo novamente, portanto posso parar de usar aqueles apliques para cobrir as falhas. Para ajudar, resolvi cortar o cabelo bem curtinho e, embora você tenha ficado chocada a princípio (Deve se lembrar de que eu o pintei de um louro bem dramático!), agora já se acostumou. E seu pai diz que está "muito chique, muito Paris", o que quer que isso signifique. Percebi que você já notou que eu nem sempre estou bem e que você tem dormido bastante na casa da sua avó (graças a Deus pela mãe de Max, tão querida). Parece que começamos a ter umas conversas estranhas com você sobre problemas na barriga, o que me preocupa um pouco, porque tenho medo de que confunda isso com conversas de meninas sobre menstruação. Mas não acho que você está preocupada demais. Me parece feliz. Relaxada. Que é o que eu quero.

Enfim... voltando ao dr. Palmer (Hugo, em um bom dia), meu oncologista. Essa manhã, ele levantou subitamente o assunto de exame genético. Eu já sabia que Hugo havia estado envolvido em pesquisas anteriores sobre esse assunto. Pode ser que na sua época já seja de conhecimento comum — a mutação do gene BRCA1 —, mas, enquanto escrevo este livro, ainda é tudo muito novo e só aqueles de nós que estão lamentavelmente nesse território de interesse ouvimos falar a respeito. Não há outros casos de câncer de mama na família que eu saiba, então como poderia ser possível alguma transmissão genética?

Como você sabe, perdi a minha mãe — tão querida e jovem demais — para um câncer desgraçado, mas de um tipo inteiramente diferente. De ovário. Particularmente, sempre me perguntei se isso teria tragicamente alguma coisa a ver com o fato de mamãe ter tido tantos abortos espontâneos. Que foi a razão pela qual eu fui filha única, nasci quando já estavam casados havia um bom tempo.

Mas meu oncologista me disse uma coisa hoje que me abalou. Fico me perguntando, agora mesmo, enquanto escrevo, se não deveria deixar isso para lá até ter mais informação. Mas o problema é que realmente não sei quanto deste livro será preenchido. Então, vou compartilhar a história conforme ela se desenrola — e com sorte vou terminar conseguindo tranquilizá-la completamente, o que agora é meu maior objetivo.

Respirar fundo. Lembra-se de quando mais atrás, neste diário, eu a aconselhei a fazer o autoexame com regularidade como precaução básica e a procurar imediatamente o médico se encontrar algo fora do comum? Eu disse isso quando sinceramente acreditava ser verdade — que essa coisa maldita é uma anomalia estatística apenas no meu caso. Não quero ser paranoica e, no fundo, não acredito que o que eu tenho a ponha em qualquer risco.

Mas a conversa com o dr. Palmer essa manhã nos levou a uma direção inesperada, Melissa...

Eleanor ouviu a chave de Max na porta e sentiu uma estranha mistura de irritação e alívio. Ela, na verdade, não queria mais continuar a escrever e ficou feliz por parar e deixar o livro de lado, mesmo que sem dúvida o assunto fosse continuar a pairar acima dela. Sentira-se melhor naquele dia, ironicamente, e por não se sentir tão cansada como costumava, resolveu escrever aquele bendito trecho. Eleanor checou o relógio... e ficou confusa. Max só deveria chegar dali a horas.

— Querida? — Os passos dele na escada.

— Aqui em cima. Eu não estava esperando você. Está tudo bem? — Fingiu estar tomando notas em um bloco... o livro de Melissa já em segurança no fundo da segunda gaveta.

Max deixou escapar um longo suspiro.

— Você parece ótima hoje. As bochechas rosadas. Como foi? Na consulta.

— Bem. Quer dizer... bem na maior parte. Na verdade, há algo que precisamos discutir. Mas o que você está fazendo em casa? Pensei que tinha um grupo de estudos a orientar essa tarde.

— Empurrei-os para o Andrew. De qualquer modo, metade da turma está fora hoje, em um trabalho de campo. No Banco da Inglaterra. Portanto, não foi problema.

— Eu já lhe disse que não precisa fazer isso, Max. Essa história de ficar voltando cedo para casa. Estou bem. Vou ligar para você se não estiver. E se ofereceram para me mandar uma enfermeira domiciliar municipal sempre que eu precisar. É muito melhor quando você está no trabalho. Parece melhor. — A verdade era que ela detestava ver a preocupação nos olhos de Max, a sensação de impotência. Manter a rotina antiga deles parecia melhor para Melissa. E para Max também.

— Sim. Bem... é como eu disse, só havia uns poucos alunos por lá hoje, então não é nada de mais.

— Não quero que você arrume problemas no trabalho, Max.

— Estou longe de arrumar problemas. Sou a estrela em ascensão do departamento, lembre-se.

Ela sorriu. Ele estava citando um trecho de uma crítica feita a um dos últimos trabalhos publicados dele, que ganhara boa atenção da mídia. Max havia prendido o comentário do *Sunday Paper* acima da escrivaninha dele, no andar de baixo, com "estrela em ascensão" destacado por um marcador amarelo vibrante. Melissa acrescentara estrelas douradas ao papel tiradas da gaveta de artigos de papelaria dela.

— Então, que parte da consulta não foi exatamente boa, Eleanor?

Ela girou as pernas para o lado da cadeira, para olhá-lo melhor, e ficou em silêncio por um instante.

— O dr. Palmer... Hugo... veio com uma conversa hoje que me pegou de surpresa. Sobre aquele novo exame genético a respeito do qual conversamos uma vez, antes.

Max mudou o peso do corpo de um pé para o outro. Eles haviam tido uma conversa muito rápida sobre pesquisa genética — no início, quando ainda se lamentavam pela terrível má sorte de Eleanor. De ter sido atingida tão jovem pela doença.

Àquela altura, não havia nenhum padrão na família dela que sugerisse qualquer relevância do fator genético. A mãe vivera por cinco anos depois do diagnóstico e do tratamento do próprio câncer. Não havia nenhuma sugestão de uma ligação entre os casos.

Mas o dr. Palmer agora mencionara que estava envolvido em pesquisas mais avançadas que avaliavam a possibilidade de que o defeito genético fosse relevante nos dois cânceres. Aparentemente havia sido descoberto um segundo gene — BRCA2 —, e o dr. Palmer queria saber se Eleanor consentiria em ser envolvida nesse novo trabalho de pesquisa.

— Por quê? O que ele está dizendo?

— Bem. Acho que ele está querendo saber se eu consentiria em fazer o exame genético como parte da nova pesquisa dele. Você sabe... Para ver se eu herdei alguma mutação genética que possa ser a razão para isso.

— Mas não tem nenhum outro caso de câncer de mama que nós saibamos. Achei que esse exame era para grupos. Para famílias com muitos casos de câncer de mama...

— Sim. Bem. Oficialmente eles acham que esse novo exame só vai ser oferecido para famílias com uma incidência muito óbvia. Mas é esse novo ângulo. O câncer de ovário...

— Não. Não. Eleanor. Você não acha que já temos bastante coisa acontecendo? Não quero que você faça um exame que não precisa fazer. Além do mais, para quê? Só para ele poder ter mais material para a própria pesquisa?

— Você está certo. Eu disse a ele que achava que você não gostaria da ideia. Fiquei só um pouco mexida com tudo isso. Nenhum deles mencionou Melissa.

Depois do jantar, eles estavam absurdamente animados para compensar. Max ficou andando de um jeito engraçado para divertir Melissa, enquanto preparava um risoto especialmente delicioso. Só voltaram ao assunto muito, muito mais tarde, quando Melissa já fora para a cama e Max e Eleanor ainda estavam no andar de baixo, ouvindo uma peça na Rádio Four. Quando terminou, Eleanor desligou o rádio e ofereceu a ele uma bebida quente.

— Então, Eleanor, sobre esse exame. Essa nova história genética. O dr. Palmer disse que poderia ter implicações para Melissa? É isso o que ele está dizendo agora?

Eleanor acendeu a luminária no canto da sala, que projetou uma luz cálida. Quando ela voltou a se virar na direção de Max, viu que o rosto dele estava branco em contraste.

— Por favor, me diga que ele não está, agora, cogitando a hipótese de que Melissa possa estar correndo algum risco.

CAPÍTULO 20
Melissa — 2011

A água estava maravilhosa — clara e morna. Melissa ficou olhando a onda arrebentar em seus dedos dos pés e sentiu o puxão da areia sob os pés quando a água recuou. Ela ficou parada, imóvel, até a próxima onda, muito mais forte, pegá-la de surpresa.

— Eu vou rir se você cair no mar. — Sam se afastou da água, ainda preocupado com a perna machucada, as sandálias em uma das mãos.

Melissa se juntou a ele e os dois recuaram até a areia mais firme e seca, para se sentarem, e Sam esticou a perna machucada diante do corpo.

— Deus, adoro essa hora do dia. Antes de ficar quente demais. Eu deveria levantar cedo assim com mais frequência. — Melissa estava com o corpo inclinado para trás, apoiada nos braços esticados, a cabeça inclinada na direção do sol, os olhos fechados.

— Sim, eu também. O calor forte de mais tarde faz essa maldita perna coçar muito.

— Quer tomar o café da manhã no café da praia?

— Boa ideia...

Estava sendo tão melhor desde que Sam soubera sobre o diário. Ela mostrara a ele algumas partes que selecionara com muito cuidado. O trecho sobre os biscoitos e a receita do *boeuf bourguignon*. Melissa ainda se mostrava cautelosa, mas eles estavam começando a conversar um pouco sobre algumas das lembranças que os textos da mãe dela haviam despertado. E Melissa estava surpresa com quanto isso ajudava.

Na verdade, ela vinha fazendo algumas anotações desde que se lembrara da caixa de equipamentos de cozinha na garagem do prédio. Melissa vinha anotando todas as breves cenas que as receitas e os textos haviam trazido à tona. Os comentários que a mãe fazia quando estava cozinhando. O som da geleia fervendo. Aquela imagem do pano de prato úmido na mão da mãe enquanto ela limpava orgulhosamente a batedeira Kenwood Chef. A escritora em Melissa sentira vontade de registrar no papel seu choque com tudo aquilo, com o fato de que comida e o ato de cozinhar pudessem disparar aquelas lembranças, ainda mais em alguém como ela, que até então fora tão pouco interessada em culinária. Uma parte de Melissa queria compartilhar aquelas anotações, mas ela não sabia bem como.

— Escute, Melissa. Estive pensando. Sobre o diário. Que tal prepararmos todas essas receitas em sequência quando voltarmos?

Melissa se sentou muito ereta, mas não exatamente surpresa por eles estarem pensando no diário ao mesmo tempo.

— Está falando sério? Eu? Geleia e... pavlova? Acho que eu não...

— Ah, vamos, Melissa! — Ele se virou na direção dela, tentando decifrar a expressão em seu rosto. — Você não é uma cozinheira tão ruim quanto finge ser. E com certeza vai querer fazer isso. Já pensou a respeito?

Melissa o encarava agora atentamente.

— Você está certo. — Ela limpou a areia das pernas. — Quero experimentá-las, sim... é claro que quero. Na verdade, venho pensando bastante em todas as lembranças que aquelas receitas despertaram.

Melissa estava se lembrando daquela vez na varanda. A sensação muito fugaz, mas forte, de como era ter a mãe no mesmo cômodo que ela.

— Mas quero fazer do jeito certo. Não quero me apressar. E estou preocupada em como contar para o meu pai.
— Entendo. E não estou sugerindo fazer tudo com perfeição. Só pensei em testar algumas receitas. Para ver como você se sente. Imagino que seja isso o que sua mãe esperava que acontecesse.

Melissa estava quase contando a Sam sobre sua ideia de escrever alguma coisa a respeito. Não queria expor a família, é claro — e não faria nada até ter terminado de ler o diário, falado com o pai e clareado as ideias. Mas estava pensando que seria realmente interessante criar algum tipo de plataforma aberta para compartilhar o que a mãe chamara de "histórias diante do fogão". Talvez algum tipo de blog? Sim... um espaço para ao mesmo tempo compartilhar e homenagear o modo como a comida e a cozinha podem surpreender. *Revelar coisas.* Ela não poderia, com certeza, ser a única a experimentar as sensações poderosas que as receitas da mãe haviam despertado. Talvez pudesse encorajar outras pessoas a compartilharem as próprias histórias também?

Melissa estava pensando em como apresentar essas ideias a Sam, quando o celular dele tocou. Ele fez uma careta. Eles haviam tido muito poucas intromissões naquela viagem. Só uma pequena consulta do escritório — um contratempo em relação a uma permissão de obra em um prédio tombado, outra capela que seria convertida e que apenas Sam poderia resolver.

Melissa viu os olhos dele se arregalarem.

— Sim. E também amo você, camarada. Mas você parece estar precisando de um café. Onde você está, Marcus?

Melissa franziu o cenho. Era o irmão mais velho de Sam.

Ele ouviu por mais algum tempo, interrompendo quando podia.

— Escute. É ótimo saber de você, também, camarada, mas estou em uma praia. Em Chipre. Você precisa tomar um café e descansar. — Ele ouviu um pouco mais, franziu o cenho e voltou a arregalar os olhos. — Está certo. Sim, estou escutando você. Mas vou ter que desligar agora, Marcus. Está bem? Você precisa ir para a cama, cara. Sim. Sim. E também amo você.

Sam encerrou a ligação, mas, no mesmo instante, começou a digitar o número de alguém.

— Desculpe, Mel. Mas vou ter que ligar para os meus pais. Ele disse que está na casa deles. Bêbado como um gambá.

— Eles estão bem? Seus pais?

— Parece que sim.

Sam caminhou e falou ao celular por vários minutos, andando pesadamente para a frente e para trás, o rosto perturbado. Ele levantou o braço direito acima da cabeça. A postura era de pânico.

Finalmente Sam desligou, deixou escapar um longo suspiro e inclinou a cabeça na direção do bar da praia.

— Venha. Conto tudo enquanto tomamos café da manhã.

Sam esperou até que o café deles chegasse, os lábios cerrados. O rosto pálido. A história, quando ele finalmente contou, mostrou ser chocante. Ao que parecia, Marcus estava de volta à casa dos pais, completamente arrasado, depois que a esposa, Diana, o deixara de repente.

— Está brincando? — Melissa realmente não conseguia acreditar. Marcus e Diana eram o casal de ouro. Tinham carros conversíveis que combinavam. Um apartamento estilo loft à beira-mar. Apenas dois anos antes, eles haviam tido a cerimônia de casamento de sonho, em um hotel com decoração *art déco*, em uma ilha em Devon. Os dois haviam deixado a recepção em um helicóptero.

— Ajuda muito na minha campanha pela abençoada vida de casado... — Sam colocou o conteúdo de dois envelopes de açúcar no café.

Melissa enrubesceu.

Sam explicou, então, que o pai dele tivera a esperança de conseguir poupar Sam e Melissa daquela crise até que os dois voltassem de viagem. E não percebera que Marcus, que acabara de voltar de táxi para casa depois de passar a noite bebendo com um amigo, ligara para Sam. Eles não queriam estragar a viagem. O resumo da história era que a empresa de Marcus estava indo por água abaixo. Ele hipotecara a casa uma segunda vez sem consultar Diana. E ela, que não sabia dos problemas financeiros e desconfiava de que Marcus estivesse tendo um caso, decidira em um rompante dar o troco. Ao que parecia, os desentendimentos haviam começado seis meses depois do casamento. Marcus queria começar logo uma família e Diana, com certeza, não queria. Eles não haviam pensado em conversar devidamente a respeito antes de subir ao altar.

— E parece que, agora, Diana foi embora com um cara do departamento de TI do banco dela.

— Ah, meu Deus, não. Coitado do Marcus.

— Bem, segundo meu pai, Marcus foi um idiota completo. Enfiou a cabeça na areia para não ver a confusão financeira em que se meteu. Ignorou chamados do banco para reuniões. Está em maus lençóis.

— Nossa... E eu sempre tive um pouco de inveja deles. Os dois sempre pareceram tão bem resolvidos.

— Tudo fachada, ao que parece. E o pior é que Diana ainda não sabe que, financeiramente, a bolha estourou. E, assim, está contando com um acordo de divórcio bastante favorável.

— Bem, eu não quero estar no mesmo cômodo quando a verdade for revelada. — Melissa ergueu a sobrancelha quando o garçom apareceu com uma cesta de pães quentes, um pratinho com manteiga e a geleia em uma tigela pequena.

— Disse a papai que vou dar atenção a isso assim que voltar.

— É claro.

Melissa examinou com atenção o rosto de Sam enquanto ele espalhava manteiga em um pedaço grande de pão.

— Sinto muito mesmo, Sam. Então não há volta para eles? Ele balançou a cabeça. E bebeu mais café. Afastou o cabelo para trás. Desviou os olhos para o mar. Sam idolatrava o irmão mais velho. Marcus podia ser um pouco arrogante — fora o que Melissa achara quando o conhecera —, mas tinha um bom coração. E Melissa, como filha única, sempre invejara e admirara a proximidade entre os irmãos.

— Você... quer conversar sobre isso? Sobre Marcus?

— Se incomoda se não falarmos disso? Que tal conversarmos sobre você e a nova proposta de emprego, em vez disso? Sei que não teve energia para pensar a respeito... com a história do diário, quero dizer. Mas vai ter que tomar uma decisão logo. Ou adiar a reunião com o editor.

Sam brincava com os envelopes de açúcar.

— Ainda está indecisa?

Sam capturou o olhar do garçom e pediu mais pão e mais dois cafés, deixando os envelopes de açúcar já perto da colher.

— Ah... não sei, Sam. Ainda estou apavorada... — Melissa sentiu um arrepio de culpa quando se deu conta de que deveria estar pensando mais a respeito, em vez de deixar a mente divagar com ideias para novos projetos de texto. — Você me conhece. Tenho doutorado em temer o pior. E não tenho ideia do que fazer.

Fora tudo tão inesperado. E o fato de ser um tabloide tornava as coisas mais complicadas. Melissa dissera impetuosamente uma vez que jamais trabalharia para um jornal sensacionalista. Mas já criara um nicho para si mesma como colunista de atendimento ao consumidor, começando com artigos como freelancer em seu último ano na universidade e continuando durante o período como estagiária no *The Bartley Observer*.

Melissa não apenas amava o jornalismo voltado para o consumidor, mas acabara de derrotar colegas mais experientes e ganhara um prêmio nacional como colunista, depois de fazer uma campanha contra proprietários no estilo Rachman — o homem que ficara conhecido por explorar os inquilinos na área de Notting Hill, em Londres, nas décadas de 1950 e 1960 —, que estavam se aproveitando da onda de compras de imóveis para aluguel e cobrando alto demais por acomodações de baixa qualidade e até mesmo perigosas em alguns casos. Todo o mercado de aluguel enlouquecera desde que a bolha imobiliária estourara. Muitos proprietários em potencial estavam morando de aluguel, esperando que os preços dos imóveis caíssem. Outros estavam alugando simplesmente porque não tinham escolha. Não tinham economias para comprar. A matemática da oferta e da procura transformara o mercado imobiliário em um território fértil para os proprietários, e alguns dos menos escrupulosos estavam abusando da situação.

Melissa expusera os piores casos em uma série de colunas. O editor dela estava ficando tenso com a pilha de ameaças de processo que vinham recebendo, mas Melissa sabia que eram todas ameaças vazias. Ela adorava o assunto e aquelas ameaças de processo só a tornavam mais determinada. Jornalismo de denúncia era, por natureza, potencialmente difamatório. Mas Melissa pesquisava cada caso com muita atenção e publicava apenas quando estava certa de ter a proteção da "justificativa" para manter feliz o departamento jurídico do próprio jornal.

Graças ao padrão dos negócios imobiliários, a polícia acabou sendo envolvida. Um estudante sofreu graves queimaduras quando um aquecedor defeituoso explodiu na propriedade de um dos donos de imóveis que Melissa estava denunciando. O inquilino havia reclamado várias vezes sobre o aquecedor e Melissa expusera o caso em sua coluna, mas os protestos não haviam sido ouvidos.

A história ganhou os telejornais nacionais e Melissa foi entrevistada e citada na televisão, rádio e imprensa nacional. Ela imediatamente começou a receber ligações de caçadores de talentos para empresas — e a melhor oferta foi a de um contrato de um ano como freelancer para lançar uma coluna nacional de assistência ao consumidor no tabloide. Mas Melissa se preocupava com a reputação de jornalismo sensacionalista. E também com o próprio futuro.

— O que me preocupa, Sam, é que isso seja colocar o carro na frente dos bois. Que eu acabe me enrolando toda, seja demitida e acabe sem nada.

— Sempre olhando para o melhor lado... — Sam estava sorrindo.

A verdade era que Melissa estava assustada com a possibilidade de trabalhar como freelancer. A insegurança financeira. Ela era uma pessoa de ideias, o que era bom para o trabalho de freelancer. Mas, apesar disso, também gostava da certeza de um contracheque no fim do mês. Mas os colegas dela no *Bartley Observer* estavam roxos de inveja — argumentando que as luzes estavam se apagando mesmo na indústria de jornais locais. O que ela teria a perder, afinal?

— Você sabe o que penso. Que você deve ir com tudo. Aceitar o contrato. — Os olhos de Sam estavam fixos nos dela, enquanto Melissa mexia o café. — Quero dizer... olhe para Marcus. Tanto falou de ser financeiramente organizado. Lembre-se de que hoje em dia nada é seguro. Você pode muito bem aceitar o risco, Melissa. Pode funcionar!

Ela manteve o olhar preso ao dele por um momento, então respirou fundo e afastou os olhos na direção da praia, enquanto o garçom chegava com a segunda cesta de pães e mais café. Por um instante, Melissa teve uma ideia nova, súbita. Talvez o editor de Londres também gostasse da ideia do blog. Ela estreitou os olhos e franziu o cenho. *Não. Pessoal demais. E não sou qualificada. Não sei nada sobre comida. Não seja absurda, Melissa. Uma coisa de cada vez.*

— Ah, não sei. Vamos ver. Bem... sobre Marcus, então. Ele estava muito bêbado?

— Bem, vamos dizer que ele me telefonou especificamente para dizer o quanto me ama. Que eu sou o seu melhor amigo no mundo todo.

Então, Sam encostou sua xícara de café na de Melissa em um brinde.

— Férias felizes, hein?

Ela inclinou a cabeça.

— Ele vai ficar bem? Marcus?

— Só Deus sabe.

CAPÍTULO 21
Eleanor — 1994

— Então você não acha que essa história de exame genético, esse novo trabalho que o dr. Palmer está desenvolvendo, tenha algum efeito indireto real para Melissa? — Max estava checando a gravata no espelho. Eles não haviam conversado sobre o assunto, já que a última consulta de Eleanor havia abalado tanto os dois. Separadamente. Secretamente.

— Não me pareceu que possa ter, mas vou perguntar novamente a ele hoje. Para esclarecer, entendeu? Então, como vai ser o seu dia hoje?

— Normal. E não deixe que ele a convença a participar dessa experiência. Chega de exames, é o que quero dizer. Só para agradar aos colegas estrangeiros dele.

Max deixara claro que aquela era uma decisão não negociável. A menos que houvesse algo envolvendo Melissa, ele não queria fazer parte do estudo. *Escute, eu apoiei a sua ideia... de não contar a Melissa, de não a preparar. É preciso que me apoie também. Está bem, Eleanor?*

— Posso ir com você, se quiser. Na verdade, eu gostaria de ir.

Agora, ele estava sentado na beira da cama, abrindo o botão de cima da camisa, que ficava embaixo da gravata. Eleanor sentiu um aperto no peito. Eram as idiossincrasias cotidianas. Abotoar a camisa, colocar a gravata e então abrir o primeiro botão da camisa logo depois. Pousar a xícara de chá ao lado do pires depois do primeiro gole — nunca sobre o pires, por algum motivo que ele não sabia explicar. Tinha alguma coisa a ver com respingos. Rasgar guardanapos de papel em longas tiras do mesmo tamanho quando saíam para tomar um café. Sempre apertando duas vezes o botão que trancava o carro. Sempre examinando um novo cômodo em busca de moscas. Sempre esquecendo alguma coisa.

Todas aquelas coisas a matavam lentamente porque já a haviam irritado e, agora, a cada repetição, Eleanor se fazia a mesma pergunta.

Quantas vezes mais?

— Honestamente, prefiro que você vá trabalhar. Minha consulta não vai durar mais de cinco minutos hoje. Não há necessidade de alterar seu dia.

— E prometa-me que não vai ser convencida a fazer nada.

— Não vou ser convencida a fazer nada.

Ele a beijou na boca, fechando os olhos e fazendo o que sempre fazia nos últimos tempos: demorando-se um pouco mais com os lábios sobre os dela. Um segundo. Dois. Três.

— Vá. Você vai se atrasar.

— Está certo. Ligarei para você.

— Vá logo.

Ela o ouviu ir até o quarto de Melissa para acordar a menina, ouviu a resposta da filha — *Vá embora, papai* — e os passos dele na escada. O tilintar das chaves. A porta da frente. Eleanor esperou. Dois minutos depois, a chave estava de volta na porta. E ele praguejando.

— Esqueci um livro. Desculpe.

Ela ouviu a agitação do marido ao redor, mais xingamentos e então, finalmente, a batida da porta da frente pela segunda vez. Eleanor sorriu.

— Já está acordada, Melissa? Venha para a cama da mamãe.

Melissa era como Max pela manhã, precisava de algum tempo para acordar. Era absolutamente contraproducente tentar conseguir a colaboração dela para tomar café da manhã, escovar os dentes ou se vestir até que passassem por esse período de ajuste ao novo dia. Assim, aquela era a sequência de ações preferida. Max acordava Melissa. Eleanor esperava um pouco, então chamava a filha para arrumar os cabelos da menina tranquilamente na cama do casal. A essa altura, Melissa já estaria acordada o bastante para encarar o dia.

Não era apenas prático, mas para Eleanor, naqueles tempos, era um momento importante do dia: a escova deslizando silenciosamente pelos cabelos da filha que ficava sentada, abraçando os joelhos, com o queixo pousado sobre eles. Ainda meio adormecida.

Melissa tinha o que Eleanor gostava de chamar de cabelo sugestionável. Com o calor do secador, secava liso e sedoso. Mas, se deixado para secar naturalmente, tinha um encaracolado sutil. Fios brilhantes, escuros, com lampejos de outono na luz certa.

— Você tem um cabelo lindo.

— Você sempre diz isso, mamãe. Todo dia.

— Rabo de cavalo?

Melissa apenas deu de ombros em meio a um bocejo, assim, Eleanor continuou a pentear a filha com gentileza. Ela pegou um prendedor de cabelos preto, de veludo, na mesinha de cabeceira, passou ao redor do pulso e continuou a escovar os cabelos da filha, os gestos compassados.

— Você já se acostumou com os cabelos curtos da mamãe?

Outro dar de ombros.

— Nossa, é muito fácil de cuidar, embora eu ache que devemos manter o seu longo. É bonito demais para ser cortado... pelo menos até você estar bem mais velha.

Ela percebeu que a filha bocejou de novo, enquanto passava o prendedor pelos cabelos e dava duas voltas ao redor do rabo de cavalo, para que ficasse bem firme.

— Ai.

— Desculpe, meu amor. Pronto. Feito. — Eleanor abraçou a filha com força então. — Precisamos ensinar seu pai a arrumar seus cabelos.

— Não quero que papai faça isso.

— Ora. Talvez ele gostasse de fazer. Só às vezes.

— Eu teria que acordar mais cedo.

Eleanor riu.

— Não, meu amor. Você não precisaria acordar mais cedo.

Ela fez panquecas com limão e açúcar em um café da manhã especial e, apenas meia hora depois, viu Melissa desaparecer no parque da escola, virando-se para um último aceno.

Quantas vezes mais?

Eleanor tinha uma hora antes da consulta, e aproveitou para ligar o computador e ver o que conseguia descobrir. Max era o mago do computador da família. Ela, o dinossauro. Nos últimos tempos, ele vinha tentando explicar a ela sobre a nova função de busca na internet, mas Eleanor fora cínica a respeito — um estraga-prazeres, com certeza seria a pá de cal nas bibliotecas de verdade e na integridade intelectual. Mas naquele momento Eleanor precisava daquele recurso e, por isso, se esforçou para lembrar das orientações que Max lhe dera. O nome dos genes. BRCA1 e BRCA2. Algumas páginas foram lentamente listadas e Eleanor começou a ler — e sentiu o coração afundar no peito.

Não tinha ideia de que as pesquisas já estavam tão avançadas. Mas, quanto mais lia, agora, mais compreendia por que o dr. Palmer estava interessado no caso dela.

O último trabalho parecia estar sugerindo que o gene defeituoso que haviam encontrado poderia ser carregado silenciosamente, não apenas por mulheres, mas por homens também. Eleanor era filha única. A mãe não tinha irmãs, apenas dois irmãos. Então, o que aquilo significava? Em relação aos riscos? Para a árvore genealógica deles? Que as duas únicas mulheres da família em três gerações tinham tido "azar"?

O artigo que Eleanor encontrou sugeria que apenas às famílias com múltiplos casos de câncer apontando para uma ligação, ou para um defeito genético, deveriam ser oferecidos aconselhamento e exames no futuro. Aquilo ainda não era para ser amplamente divulgado. Isso era senso comum.

Eleanor desligou o computador e pegou o diário que estava escrevendo para Melissa. Ela havia colado antigas fotos de família e uma árvore genealógica muito básica com algumas histórias contadas pela mãe. Eleanor abriu o fim do diário, onde começara um capítulo novo, separado, sobre maternidade.

Eleanor sabia que uma jovem Melissa teria muito pouco interesse naquela parte a princípio e por isso colocara o capítulo no fim. Ela lembrou de si mesma aos vinte e cinco anos. Santo Deus... ter filhos era mesmo um divisor de águas na vida de alguém.

O antes. O depois.

E também dividia o mundo da pessoa em dois grupos. O dos que tinham filhos e compreendiam. E o dos que não tinham filhos e não compreendiam. Não era uma visão crítica, não sugeria que um grupo era melhor ou pior do que o outro. Era apenas um fato.

Até a pessoa ter andado de um lado para outro em casa, de madrugada, com uma criança com cólica nos braços, ela não compreendia. Até ter visto uma enfermeira enfiar uma agulha no braço do seu bebê e ter que controlar a vontade de dar um soco na pobre mulher enquanto seu filho urrava, não havia como compreender.

É possível imaginar, cogitar, como deve ser essa sensação, mas não há como compreender.

E, assim, Eleanor estava escrevendo aquele capítulo sobre maternidade porque odiava pensar no futuro de Melissa. Uma mãe sem mãe. Uma mãe sem uma referência materna.

Além disso, era com certeza a parte mais deliciosa de escrever. Dicas práticas em relação a cólica e dentição de bebês e a como sobreviver à loucura de não dormir (*lembre-se de que privação de sono é usada como uma forma de tortura, portanto é normal se sentir insana*). Honestidade brutal sobre o momento em que a absoluta exaustão daqueles primeiros dias faz a mãe se questionar perversamente. A divagação vergonhosa de se realmente fez a coisa certa. Se algum dia conseguirá se sentir novamente no controle da própria vida. Os delírios com os velhos tempos. Longos banhos de banheira, ler livros.

Mas sempre, no fim... *a alegria, Melissa*. A alegria indescritível. Aquele cheirinho. A dor no braço quando o bebê adormecia ali. O som da boquinha sugando quando mamava. O contato visual.

Santo Deus. Quase se esquecera daquilo. O contato visual.

O soco no peito cada vez que seu filho captura seu olhar, no parque, na frente do palco na escola ou do alto de um brinquedo. *Eu sentia aquele soco no peito quando a via, minha menina querida. Todo dia. E espero que, um dia, você saiba exatamente do que estou falando.*

Porque eu lhe juro que, de repente, é para esses momentos que você vai passar a viver...

Merda. Eleanor checou a hora e percebeu que teria que se apressar. Aquilo acontecia com frequência demais. Cansaço. Pressa. Estar atrasada.

Eleanor telefonou para a secretária do oncologista para garantir que estava a caminho — se atrasaria no máximo dez minutos

—, pegou o casaco, enfiou o diário embaixo da lingerie na segunda gaveta e parou só por um instante para se perguntar se aquilo daria a impressão errada. A preocupação em esconder aquilo de Max e o que ele pensaria a respeito no futuro. Eleanor também se deu conta de que, naquelas poucas semanas, toda a ideia e todo o propósito daquele livro para Melissa começavam a mudar.

CAPÍTULO 22
Max — 2011

Max estava quinze minutos adiantado quando parou o carro na vaga dele, no estacionamento da universidade, e permaneceu sentado, ouvindo as últimas notícias sobre a crise do euro na Grécia. Finalmente haviam concordado com a segunda operação de resgate financeiro. Cinquenta por cento de redução da dívida grega e um trilhão de euros como fundo de resgate.

Vários líderes europeus foram eloquentemente otimistas em suas declarações, mas Max balançou a cabeça. Eles pareciam estar esquecendo que a Grécia continuava falida. Com ou sem resgate financeiro.

Ele desligou o rádio, virou-se para o assento traseiro e descobriu que a pasta verde com os trabalhos dos alunos, que ele tinha cem por cento de certeza de ter colocado junto com as chaves, por incrível que pudesse parecer, não estava ali.

Merda.

Max esticou o corpo desajeitadamente para tatear o piso do carro. Provavelmente caíra no vão bem atrás do banco do motorista. Mas não.

Merda, merda, merda. Deixara em casa os malditos trabalhos e as observações que fizera a respeito. E não atualizara as notas on-line. Max praguejou um pouco mais, checou o relógio para ver se daria tempo de passar correndo em casa depois da primeira aula e, quando se virou para abrir a porta, quase morreu de susto.

— Desculpe. Desculpe.

Ela enrubesceu enquanto Max tateava de novo, dessa vez em busca do controle para abrir a janela, o coração aos pulos.
— Não tive a intenção de assustá-lo, Max. É só que vi seu carro. E queria...
Anna estava usando roupas de corrida. Uma camiseta preta com listras roxas e calça de moletom grafite.
— Achei que você corria às quartas, na hora do almoço.
— Ah, sim. — Ela levantou a cabeça, aparentemente surpresa por ele se lembrar disso. — É verdade. Às quartas-feiras, na hora do almoço. Mas acabei me metendo em uma enrascada com essa meia maratona. Não estou pronta. É mais fácil fazer o treino extra aqui e usar os chuveiros antes de começar.
— Certo.
— Escute, Max. Sobre o outro dia...
— Por favor. Está tudo bem, Anna. Isto é, se você estiver feliz com a mudança. Estou falando de Sarah como sua nova mentora. Então, estamos bem.
— Na verdade, não estava me referindo a isso. Embora já tenhamos tido uma reunião, Sarah e eu, e acho que você está certo. Nos demos bem. Ela é muito entusiasmada, muito ativa.
— Ótimo, ótimo. Isso é ótimo.
— Mas não era por isso que eu queria me desculpar.
— Escute. Está tudo bem. Anna. Por favor. Conversamos a respeito de tudo isso no almoço. Está tudo bem.
Ela pousou as mãos nos quadris, abaixou os olhos para o chão e recuou enquanto Max fechava a janela e descia do carro. Ele voltou a checar as horas para ver se não estava subitamente atrasado.
— Você vai dar aula a manhã toda, Max?
— Na verdade, vou. Até a hora do almoço. E tenho que ficar de olho nessa nova operação de resgate financeiro da Grécia, também.
— É claro. Escute. Também estou com a manhã ocupada. Mas estava pensando. Bem. Será que você conseguiria um tempinho para comer um sanduíche ou alguma coisa parecida mais tarde?
— Ah, certo.

— Eu me senti péssima com o modo como você saiu apressado. Eu e minha sutileza de elefante...
— Bobagem.
— Escute. Quero lhe perguntar uma coisa.
— Ah, certo.

Anna estava sorrindo agora. Já não estava mais ruborizada e o olhava nos olhos.

— Eu me sentiria muito melhor se você pudesse me dar uns dez minutos. No almoço de hoje?

Max sorriu de volta.

— Ora... — Ele olhou para o relógio de novo, sem conseguir ver as horas. — Não há necessidade. De nenhum constrangimento, quero dizer. Mas se você quiser.

— Meio-dia e meia? No mesmo lugar?

— Ótimo. Sim. Por que não? — *Ao diabo com a pasta.*

Então Anna se virou, acenou com a mão e voltou para o complexo esportivo principal da universidade — enquanto Max observava o traseiro perfeito se movendo de um lado para outro enquanto ela corria.

Ele tentou desviar os olhos, mas não conseguiu. Aquilo fazia dele um machista? Aquela fascinação — ou já era obsessão — por Anna?

Ah, maldição. Queria convidá-la para sair. Na verdade, queria muito convidá-la para sair.

Três horas mais tarde e Max estava a caminho do bistrô, repetindo mentalmente: *Não a convide para sair, Max. Não a convide.*

Lembre-se de Deborah. Lembre-se das consequências daquele fiasco.

Uma mulher fantástica. Um ano inteiro se passara e, de repente, ela presumira que as coisas passariam para um novo estágio. Max não havia pensado a respeito, estava tão acostumado com Sophie e com o jeito sem compromissos dela, que se esquecera completamente de que outras pessoas contavam com compromisso.

Ele decidira se atrasar cinco minutos para o encontro com Anna — visualizou-se andando apressado até ela, já na mesa. *Desculpe. Está esperando há muito tempo?*

Max nunca fora muito bom em ficar sentado sozinho em lugares públicos. Mesmo com um jornal na mão, sentia-se exposto. Eleanor dizia que ele murmurava alguma música para si mesmo quando estava nervoso, embora Max nunca houvesse percebido isso. *Você está bem, meu amor? Está murmurando.*

Não murmure, disse ele para si mesmo enquanto checava o relógio — estava exatamente cinco minutos atrasado — e virava a esquina na direção da entrada ampla do Litebite.

Anna já estava sentada à mesma mesa que eles haviam ocupado no outro dia, com o cardápio na mão. Ele ficou observando-a por um momento, antes de ela levantar a cabeça, e percebeu que Anna parecia desconfortável também por estar sozinha. Max achou bonitinho e se sentiu culpado pelo atraso. Ela pegou o cardápio por um instante, então colocou-o de volta no pequeno suporte de aço inoxidável. E dirigiu os olhos ao relógio na parede. E depois abaixou-os para o relógio em seu pulso.

— Oi, Anna. Desculpe, acabei me atrasando. Sempre odeio ficar sentado esperando. Você está aqui há muito tempo?

— Só há cinco minutos.

— Já sabe o que quer? Eu provavelmente vou pedir meu ataque cardíaco de novo. Como estou meio apertado de tempo, é melhor eu pedir logo.

— Não. Eu convidei, então hoje eu pago. — Ela se levantou.

— Não, por favor.

E a situação ficou meio ridícula, os dois disputando a conta, e Max preocupado em estar sendo machista ao insistir em pagar. No fim, ele acabou se sentando.

— Batata assada de novo, com bacon, e uma xícara de chá Earl Grey.

— Leite?

— Integral, por favor.

Alguns minutos mais tarde, ela estava de volta à mesa com as bebidas e o tíquete para a comida deles. Ela prendeu o tíquete embaixo do suporte que prendia o cardápio, sorrindo.

— Então, o resgate financeiro da Grécia. Alguma novidade interessante no rádio? Eu perdi.

— Na verdade, não. Mais do mesmo. — Max sorriu. — Então, você acha que vai dar certo com Sarah? Fico feliz. Deveria ter pensado nela em primeiro lugar.

— Sim. Ela é ótima. Na verdade, foi por isso que eu lhe preparei outra emboscada.

Max ergueu as sobrancelhas.

— Convidei Sarah para um jantarzinho. Na terça-feira. E estava imaginando se você não gostaria de se juntar a nós. Como uma transferência de cargo, se preferir. Mas, na verdade, é uma forma de eu me desculpar pelo meu descontrole.

— Ora... é muito gentil da sua parte. Mas não há necessidade.

— Não quero pressioná-lo... obviamente. Mas... bem, faria com que eu me sentisse muito melhor. Em relação ao outro dia.

— Está certo.

— Então... você irá? Prometi a Sarah uma paella.

— Ah, bem... Se você está falando de paella... — Max sorriu, mas sentia-se desconcertado. Quase nunca socializava com os colegas. Não levava jeito.

— Mandarei o endereço para você por e-mail. Fica a vinte minutos daqui.

— Nossa... é muito gentil da sua parte, Anna.

Ela deu um gole no cappuccino, em silêncio por um momento, então torceu os lábios.

— Imagino que aconteça com muitas pessoas. De se confundirem. Estou falando sobre a sua esposa. Sinto muito mesmo a respeito.

— Sem problemas.

— Então... sobre Melissa. Você disse que ela tem uma coluna de defesa do consumidor. Como chegou a isso?

— Por acaso, na verdade. Melissa escreveu algumas matérias sobre aquele problema com empréstimos consignados. Recebeu muitas cartas e seguiu a partir daí. Agora trabalha com normas comerciais, além de saúde e segurança. Um trabalho corajoso.

— Muito bom para ela. Em um jornal local, você disse?

— Sim. Na verdade, a coluna dela é publicada em vários deles.

— Vou procurar por colunas assinadas por ela.

— No momento, Melissa está viajando. De férias. Em Chipre.

— Que delícia!

— Sim. Não conheço o lugar, mas ouvi falar muito bem. Embora eu preferisse que eles estivessem mais perto, com toda essa confusão do euro.

— Você acha? E quanto tempo mais ela vai ficar fora? Melissa?

— Só mais uns dias. Ela precisa dar uma resposta àquela oferta que recebeu. Carteira assinada versus trabalho freelancer. Escolha difícil.

Os dois estavam falando rápido demais.

— Vocês dois devem ser muito próximos, não? Depois de ela perder a mãe, quero dizer.

— Gosto de pensar que sim. Embora eu precise insistir para que ela responda às minhas mensagens de texto. Tento com todas as minhas forças deixar que ela viva a própria vida agora, é claro, mas a preocupação não cessa.

Um garçom chamou o número deles e Max levantou a mão — horrorizado por ela morder quase imediatamente o panini.

— Sua língua é de amianto ou é apenas vontade de morrer?

Ele estava usando a faca e o garfo nesse meio-tempo para abrir bem a batata — para que o vapor saísse do meio.

— Como é quando eles saem de casa para a universidade? Tenho pavor de pensar. — Ela deu um gole na água para esfriar a boca depois da primeira mordida.

— Tranquilo.

Ela riu.

— Não... falando sério. É uma mudança e tanto. Eu achei muito difícil. Mas no fim a gente se acostuma. Seu filho já decidiu que carreira quer seguir?

— Ah, Deus, não vamos por esse caminho. É terrível quando estamos do outro lado, não?

— Terrível. Melissa escolheu Nottingham, o que funcionou muito bem para ela. É uma boa universidade, mas não teria sido a minha escolha.

— E você conseguiu ser diplomático?

— Santo Deus, não. Ficamos sem nos falar por uma semana.

Anna estava rindo.

— Então não sou só eu. Que tenho conflitos?

— Mas sempre passa, Anna. Pelo menos... essa é a minha experiência.

Então, os dois ficaram subitamente constrangidos, cada um se concentrando demais na própria comida.

— Paella, não é? É o seu carro-chefe na cozinha?

— Mais ou menos isso.

— Eu provavelmente deveria mencionar que sou alérgico a frutos do mar...

A expressão no rosto dela era de alguém arrasado, o panini paralisado na mão, e Max ficou abalado.

— Desculpe. Eu estava brincando.

O golpe de novo.

— Ah, certo. — Anna pareceu desorientada, o cenho franzido.

— Na verdade, adoro frutos do mar. — Max desejou com todas as suas forças não ter feito a brincadeira. Não fora nem engraçada.

Que inferno, Max. Por que diabos disse isso?

CAPÍTULO 23
Melissa — 2011

E agora Melissa estava mais do que pronta para voltar para casa. A perna de Sam estava começando a se curar, mas ainda coçava demais, forçando-o a permanecer à sombra de dia e ainda atrapalhando o sono dele. Marcus ligava constantemente. E o diário, que ela levava para o café diante da praia na maioria das manhãs, pareceu estar subitamente tomando um rumo que Melissa não esperava.

Por alguns dias, ela gostara de compartilhar com Sam as palavras da mãe — principalmente a parte central do diário, que era tão otimista e divertida. Havia melhorado o humor de ambos. Eleanor batizou o capítulo de "Catástrofes culinárias" e listou histórias de pratos queimados e de erros divertidíssimos. Ela havia encontrado uma foto de um bolo de aniversário que fizera para um dos primeiros aniversários de Melissa e que supostamente deveria ser uma centopeia, mas que fora batizada de lesma por Max.

Parecia uma bosta, Melissa. É sério.

Havia também a história de um assado em um jantar que terminara com Eleanor jogando todo o lombo de porco no lixo "porque estava com um cheiro muito estranho". As batatas assadas que se recusavam a ficar crocantes. As primeiras tentativas de fazer pão. "Isso era para ser um pão sírio, Eleanor? Ou é um frisbee?" Melissa se divertiu com todas essas histórias, não apenas pela imagem que estava recuperando da mãe, mas também porque a deixava menos preocupada em tentar as receitas, como Sam sugerira. Os conselhos de Eleanor para não buscar a perfeição acertaram no alvo.

O que de pior pode acontecer? Ir para o lixo? E daí? Nós cozinhamos, aprendemos, fazemos melhor na próxima vez...

Melissa fizera mais algumas anotações, explorando a ideia de algum tipo de blog.

Mas então chegou o trecho da receita de pavlova, que começou a enervar Melissa. Não apenas pelas imagens que havia trazido à tona, mas pela nova referência ao oncologista da mãe. Quando Melissa tinha cerca de dezesseis anos, o pai levantara o assunto de um exame genético e mencionara muito casualmente que gostaria que ela pensasse a respeito em mais detalhes quando fosse mais velha. Não havia nada a temer, dissera ele. Nunca fora confirmado que a doença da mãe oferecesse algum tipo de risco hereditário, ou qualquer coisa assim, mas a pesquisa médica dera passos gigantescos desde a morte de Eleanor e Max achava que, quando ela fosse mais velha, eles talvez devessem conversar de novo sobre isso.

Melissa não quisera falar a respeito e o pai não insistira. Só agora ela estava começando a ter aquela sensação nova e desagradável na boca do estômago. Tanto, que não seguira adiante com a leitura, preferindo reler os primeiros capítulos do diário. Sobre os cupcakes. Os biscoitos. O jogo de boliche. O críquete. Ela conversara sobre essas receitas e lembranças com Sam durante o jantar e, naquele estágio animado, sugerira que prepassem uma refeição para o pai dela, em vez de irem a um restaurante, na celebração tardia que fariam do aniversário dela. Talvez uma das receitas favoritas dele — os palitos de queijo e o *boeuf bourguignon*? Sim. Poderia ajudar quando ela contasse a ele sobre o livro da mãe.

Então, Sam a surpreendera com uma confissão, certa noite, quando jantavam em uma taverna. Ele disse que toda aquela história com Marcus o fizera pensar seriamente sobre sinceridade no relacionamento. E que ele precisava explicar melhor por que a pedira em casamento tão de repente. Sam disse que queria formar uma família. Ele sabia com toda a certeza que queria ser pai um dia.

Disse que cometera o erro de presumir que Melissa se sentiria da mesma forma, pelo menos no futuro, e por isso fora um choque quando ela não aceitara imediatamente o pedido. Mas ele ficara abalado ao saber por que as coisas haviam dado tão errado com Marcus e Diana. Por eles não terem resolvido a questão dos filhos antes de marcar o casamento.

Sam disse a Melissa que abrira um arquivo no computador, no qual reunia projetos para eles comprarem um chalé que ele duplicaria de tamanho. E realizaria o sonho de unir pedra antiga com maravilhosas lâminas de vidro e aço na extensão da casa. Ele vinha colecionando fotos e ideias antes de pedi-la em casamento. Seria uma surpresa para Melissa.

— Acho que o que estou querendo dizer, Melissa, é que preciso ser completamente honesto. Sei que você disse que precisa de tempo para pensar sobre o pedido. Sobre casamento. Mas, enquanto você pensa, devo ser honesto também e lhe dizer que não consigo imaginar um futuro em que eu não seja pai. Sei que você ainda é jovem. E não estou dizendo que quero que isso aconteça agora. Nem em poucos anos necessariamente. Mas é o que eu quero.

Melissa permaneceu em silêncio por um tempo.

— Diga alguma coisa.

E foi naquele mesmo restaurante, onde eles haviam ido na primeira noite deles em Chipre, com crianças brincando novamente perto da fonte, que Melissa se deu conta de uma coisa. Foi só então que tomou forma, silenciosa e profundamente, o que ela mais temia.

Era um medo de não envelhecer. Mas, acima de tudo, era o medo de não estar lá. Para as pessoas que *precisavam* dela.

— É uma coisa muito importante, Sam, ter filhos. Uma enorme responsabilidade.

— Sei disso. Mas seríamos bons nisso. Sei que seríamos.

— Nem todo mundo pode ter filhos.

Ele não respondeu. E eles deixaram o assunto assim. No ar. Uma frase não terminada.

Por isso, Melissa não compartilhou com Sam suas recentes preocupações em relação ao diário. Que ela vinha se sentindo mais desconfortável em relação ao possível motivo de a mãe ter escondido aquele livro do pai. Muito bem, os dois não haviam concordado se ela, Melissa, ainda tão pequena, deveria ser preparada em relação à doença de Eleanor. E, sim, o diário era para ser uma coisa "só de meninas". Talvez Eleanor não tenha se sentido confortável com a ideia de Max ler tudo aquilo. Mas havia mais alguma coisa.

Havia uma sensação desagradável, que Melissa não conseguia afastar, de que o tom do diário parecia estar mudando.

E então, naquele penúltimo dia de férias, quando Sam estava comprando cartões-postais, ela folheou o livro e parou para separar com cuidado duas páginas que estavam grudadas no terço final do livro. Já havia percebido antes, mas presumira que a mãe havia cometido algum erro e preferira colar as páginas, em vez de arrancá-las. No fim do livro, também havia um capítulo totalmente separado — cerca de uma dúzia de páginas sobre maternidade com títulos variados. Dicas, histórias e outros pequenos textos pelos quais Melissa passara rapidamente os olhos, mas não lera em detalhes.

Agora, pensando nas crianças que brincavam na fonte e no que Sam dissera, ela passou rápido por essa parte. Com uma sensação de desconforto.

Havia também um capítulo "origens" junto com o de desastres, no meio do diário, com uma árvore genealógica detalhada e algumas fotografias em preto e branco dos avós de Eleanor e outros parentes.

Melissa decidira que era hora de ser mais metódica. E corajosa. De ler o livro todo, do início ao fim, em vez de ficar lendo aleatoriamente, fora do contexto. Não que estivesse apavorada com o que viria a seguir, mas estava tensa agora. Sabia com certeza que não havia outros casos de câncer de mama em outros parentes (ela checara), por isso deixara o assunto de lado. Fora por isso que não levara adiante a conversa com o pai quando era mais nova. Mas a enervava que a mãe houvesse levantado a história do gene do câncer no diário. Não sabia nem se essa era uma informação conhecida quando a mãe morrera.

Melissa preparou um bule de café — a máquina cuspia e sibilava enquanto ela se sentava diante da pequena mesa da varanda com o livro.

Respirar fundo.

A receita seguinte era de pavlova — um dos prazeres culpados preferidos de Melissa. E ela se pegou relendo as anotações em maiores detalhes, determinada a tentar a receita quando voltasse para casa. Então...

Agora um trecho menos doce.

E lá estava de novo.

O oncologista...

Sinceramente, não quis fazer disso uma coisa maior do que é. Eu me considero muito azarada por ter tido essa maldita coisa — uma anomalia estatística. E a última coisa que desejo é passar qualquer tipo de paranoia para a minha linda menina.

Mas temo que a conversa com Hugo essa manhã tenha mudado as coisas. Tive que me controlar para não voltar a falar com seu pai a respeito e tomei a decisão de não escrever mais nada e de não preocupá-lo até ter alguma informação mais concreta. Mas agora não sei o que é melhor fazer.

Para ser honesta? Eu tinha a esperança, minha garota querida, de poder simplesmente arrancar as últimas páginas e reescrevê-las sem levar adiante essa questão. Mas não foi assim que as coisas caminharam.

Ah, Melissa. Esse livro tinha a intenção de ajudar você. De ser uma mão amiga te orientando. Eu ajudando e apoiando você, como gostaria de ter feito pessoalmente — de mulher para mulher. Mas, de repente, tudo saiu do meu controle. E realmente não sei o que fazer. Se devo rasgar tudo isso e começar de novo com uma carta, passando adiante essa nova informação exatamente como a recebi. Ou devo conversar com seu pai e deixar isso com ele.

Pois bem, meu oncologista — Hugo Palmer — me tirou o chão de debaixo dos pés ao falar sobre essa pesquisa recente e as estatísticas sobre a história de gene defeituoso. Ele parece achar que meu câncer e o câncer de ovário de sua avó podem estar relacionados no fim das contas. Eu mesma não vejo assim. Quero dizer... sua avó nunca teve câncer de mama. Seu pai não está apenas cético, como também muito irritado. Acha que é só coisa de ratos de laboratório e de pesquisadores em busca de glória. Seu pai não quer ter nada a ver com isso.

Mas estou preocupada, Melissa. Talvez você até já saiba mais sobre tudo isso — mas lembre-se de que, enquanto escrevo, a pesquisa genética ainda é um campo totalmente novo para nós.

De qualquer modo, o dr. Palmer disse que, se eu quiser examinar a nossa situação familiar, ele pode conseguir que eu passe adiante na fila e faça o exame como parte da nova pesquisa dele. O problema é que obviamente não serei uma "anônima". E o exame de defeito genético leva algum tempo... e eu, é claro, não sei se isso vai se desenrolar como desejado.

Seu pai vai ficar doente de preocupação se eu acrescentar mais isso a tudo com que ele já tem que lidar no momento. Assim, o que estou pensando agora é em tentar dar um jeito de fazer o exame secretamente. Então, se o resultado for negativo, como obviamente espero que seja, vou poder confirmar que você não tem absolutamente nada com que se preocupar.

Ao menos, não da minha parte...

Ah, Deus. E aqui vai a outra coisa importante sobre a qual realmente preciso conversar com você, minha garota querida... Melissa fechou o livro e ficou sentada totalmente imóvel. Todos os seus instintos lhe diziam para não ler mais.

Não naquele dia.

Ela colocou o livro com cuidado de volta na bolsinha fechada com zíper e devolveu-o à prateleira no guarda-roupa.

Então, foi para a piscina e deu trinta voltas de nado de peito, mergulhando fundo na água depois de cada respiração e segurando o ar nos pulmões por mais e mais tempo a cada ciclo, até conseguir sentir os ouvidos latejarem e o peito implorar para que subisse à superfície.

CAPÍTULO 24

Eleanor — 1994

Eleanor ficou sentada diante da penteadeira, a cabeça inclinada para a frente. *Pense, Eleanor, pense.* As escolhas agora eram muito simples. Ou ela confiava em Max ou arriscava a possibilidade de o resultado não sair a tempo. Merda. Por que tudo tinha que sair dos trilhos?

Hugo passara um longo tempo explicando por que achava que ela era uma candidata para o exame e para a nova pesquisa dele. Disse que não queria alarmá-la — claro que não queria. Mas a verdade? Futuras diretrizes provavelmente iriam sugerir que o primeiro passo para tentar identificar em um paciente de câncer qualquer defeito genético hereditário era fazer um exame genético. Portanto, se ela realmente quisesse se tranquilizar — pelo bem de Melissa —, então, sim, ele recomendava que ela fizesse o exame como parte da nova pesquisa. O plano dele era divulgar tudo aquilo em um novo trabalho que garantiria um caminho melhor para orientar mulheres e seus médicos no futuro.

O que era especialmente difícil para Eleanor era o toque de quase empolgação na voz do dr. Palmer.

— Sinto muito, Eleanor. Fico exaltado porque achamos que isso pode ser revolucionário. Que realmente pode ajudar as pessoas.

— Sei disso.

— Não quis dizer que não é uma situação muito delicada. A decisão de fazer ou não o exame... até mesmo a pesquisa. Dadas as suas circunstâncias.

— Está tudo bem. É sério. Não precisa se desculpar.

Ele acrescentou, enquanto uma enfermeira colhia uma amostra de sangue de Eleanor, que faria o que pudesse para apressar o resultado dos exames, mas que aquele lado das coisas estava fora de seu alcance. Era provável que demorasse no mínimo algumas semanas. Ele lamentava, mas não podia dar uma data precisa.

Eleanor examinou o próprio rosto no espelho. Os cabelos — agora crescendo em um estilo muito apresentável. Os olhos fundos e o corpo muito magro, que ela vinha tentando esconder sob blusas largas.

A cada dia, ela parecia ter menos energia. O dr. Palmer disse que aquilo era esperado. E havia prescrito umas bebidas energéticas horríveis — milk-shakes grossos e pavorosos —, elevando-a à "categoria de conforto", tentando convencê-la a passar alguns dias no hospital para alguns exames adicionais. Mas Eleanor estava decidida: não. Ela só seria internada no último momento. Pelo menor tempo possível. Fora o que combinara com Max.

E naquele momento, pela primeira vez em muito tempo, Eleanor começou a chorar. *Coloque tudo para fora, Eleanor. Chore mesmo. Vai se sentir melhor.* Ela ouviu o eco da voz e, ainda com as lágrimas escorrendo pelo rosto, percebeu que não estava chorando por causa do câncer. Nem mesmo por causa de Melissa. Pela primeira vez em anos, estava chorando pela mãe. A mãe que sempre acreditara que uma boa crise de choro era uma ótima terapia. Foi pega totalmente de surpresa pela saudade súbita, profunda e inesperada que sentiu da mãe, que morrera três anos atrás. Eleanor achou que já havia superado aquilo. Que estava mais forte. Que se acostumara à ideia.

Cinco, talvez dez minutos se passaram, antes de Eleanor pegar quatro lenços de papel da caixa que ficava sobre a penteadeira. Não tinha certeza se a mãe estava certa em relação ao choro e fez o que podia para arrumar o rosto. Max telefonara para dizer que sairia cedo e pegaria Melissa na escola no caminho, para poupar

Eleanor de ter que sair para isso. Ele vinha fazendo a mesma coisa cada vez com mais frequência — saindo cedo para poupá-la de dirigir duas vezes no dia. E para ser sincera, Eleanor ficava grata. Embora ainda não quisesse afastá-lo completamente do trabalho, alguns dias ficava de fato muito cansada e em pânico no carro.

Ela passou a escova rapidamente pelos cabelos e tomou uma decisão. Não. Não preocuparia Max com aquilo ainda. Esperaria pelo resultado. Ela *não seria portadora do gene*. Poderia então escrever no livro de Melissa que estava tudo bem. Que não havia nada com que se preocupar. E Max jamais precisaria saber.

Eleanor desceu as escadas e pegou os ingredientes no armário da cozinha. Farinha, manteiga e sal. E, na geladeira, a cesta de morangos, comprada na mercearia na véspera. Ela também checou o pote grande de creme de nata.

Fez os pãezinhos primeiro, acrescentando creme tártaro extra para que crescessem fofos e maravilhosos. Então, pegou a panela pesada na prateleira acima do fogão e ficou chocada ao notar a dificuldade que teve de manejá-la — precisou dividir o movimento em duas partes, primeiro abaixando a panela até uma prateleira mais baixa, para só então trazê-la à altura do fogão.

Eleanor preparou a geleia de cabeça e precisou testar a calda apenas duas vezes antes que o teste da superfície enrugada confirmasse que devia estar perfeita.

De vez em quando, ela precisava fazer uma pausa para lutar contra uma onda de pânico. Tamborilava com os dedos sobre a bancada, tranquilizando-se ao imaginar um futuro em que Melissa fizesse aqueles mesmos movimentos em uma cozinha diferente. De uma receita tirada do livro dela.

Sim.

Duas horas mais tarde, Eleanor ouviu o barulho da chave na porta e colocou as travessas na mesa, ajeitando os talheres. A expressão no rosto dos dois foi exatamente a que ela esperava.

— Ah, mamãe, você fez chá com creme. — Melissa não conseguiu conter a empolgação e jogou a mochila da escola contra a parede. — Como em Cornwall.

— Lave as mãos primeiro, querida.

— Acabei de lavar.

— Que tal então você lavar de novo, só para o caso de ter lembrado errado.

Melissa fez uma careta e passou correndo em direção ao lavabo, enquanto Max inclinava a cabeça.

— Você está exagerando, Eleanor.

— Sem sermões, por favor, professor. Hoje, não.

Ele beijou o topo da cabeça dela, a expressão se alterando quando sentiu a magreza dela por baixo do avental. Eleanor se apoiou no braço dele, apertando com força por um instante antes de se sentar, quando Melissa reapareceu, as mãos ainda pingando.

— Que tal você contar a sua mãe o que fez na escola hoje?

Melissa deu de ombros.

— Deixe-me adivinhar... — Eleanor fingiu estar refletindo.

— Nada?

CAPÍTULO 25
Max — 2011

Max olhou para a cama, mortificado.

Havia duas camisas descartadas sobre o edredom — uma, rejeitada porque claramente estava um pouquinho apertada demais, o que não o favorecia em nada naqueles dias, e a segunda, por alguma razão que ele ainda não conseguira atinar.

Aquilo era ridículo. Estava se comportando como um adolescente.

Max examinou as roupas no guarda-roupa e seus olhos foram atraídos para a camisa turquesa no fim da fileira de camisas. Ele relanceou o olhar para a fotografia na mesinha de cabeceira.

Nossa, como você fica bem com essa cor, Max.

Eleanor era muito interessada em cores. Certa vez "fizera suas cores" — seja qual for o significado disso. Chegara em casa com uma pastinha em estilo Filofax com amostras de tecido que, ao que parecia, eram exatamente do tom certo para a compleição dela. Max sorrira, com medo até de pensar em quanto ela havia pago por uma bobagem daquela. Eleanor estava sempre linda.

Ela examinara o próprio guarda-roupa de alto a baixo, então, e dividira as roupas em dois grupos — as que aparentemente ainda poderia usar e as que, com o tempo, precisaria substituir.

E o que ele achava? Conseguia ver a diferença?

Max sorriu. Não conseguia ver nenhuma diferença. Não disse nada porque o que de fato achava era que a indústria da moda claramente não dava ponto sem nó.

Quanto a si mesmo, Max ficava muito satisfeito em usar um uniforme — o clichê de jeans ou calça de veludo cotelê (*lamento, mas gosto de veludo cotelê, Eleanor*), uma camisa de xadrez e um suéter. Um casaco, se realmente precisasse.

Eleanor comprara a camisa turquesa para ele em um capricho, segurando-a diante do corpo dele em uma butique elegante em Oxford, declarando que ele era um *"outono"*. Max sempre sentia uma tristeza muito peculiar quando se lembrava dessas pequenas cenas, porque havia, na época, aprendido a ignorar aquelas extravagâncias, o "barulho de fundo" da relação deles. Atualmente, daria tudo no mundo para voltar no tempo, para estar parado de novo naquela loja. *Ouvindo*.

A questão no momento era, claro, por que diabos estava dando tanta importância à aparência para aquele jantar na casa de Anna, naquela noite. Não era um encontro, mas apenas um gesto simpático de uma nova colega de trabalho, que era ambiciosa e queria, compreensivelmente, se enturmar e seguir em frente. Sarah — a outra professora — trabalhava com Max já havia uns três anos e era uma ótima companhia, mesmo que ela fosse um pouco ardorosa demais. Mas isso não era uma coisa ruim nos padrões de Anna. Seria uma noite agradável com colegas de trabalho. Além do mais — apesar da tentativa patética dele de fazer piada —, adorava paella.

Tudo o que precisava fazer era parar de pensar nos lábios de Anna. Jesus. Àquela altura, eles já não deveriam estar no mesmo estágio? Profissional? Que história era aquela de ele ter passado tanto tempo no trabalho sem experimentar aqueles sentimentos e de repente se ver tão consciente de um rosto, um corpo...

Max se sentou na cama e checou o celular. Ainda não recebera mais nem uma palavra de Melissa. Ele sabia que não devia ficar aborrecido com isso. Mas ficava mesmo assim.

Max pegou a foto. O mais desconcertante era a vontade imensa que sentia de conversar sobre tudo aquilo com Melissa, ou com Eleanor. O que era, claro, o maior dos absurdos, porque, se pudesse falar com Eleanor, não estaria obcecado com os lábios de Anna. Provavelmente estaria provocando Eleanor com isso. *Gostosa a nova professora do departamento. É corredora.*
Devo me preocupar?
Ele conseguiu ouvir a voz dela e ficou feliz em responder.
Não.
Naquela época... você nunca precisou se preocupar, Eleanor.
E por isso a situação atual era tão estranha e, mesmo depois de tantos anos, confusa. Max queria Eleanor de volta, mas já que ela não voltaria, queria amar de novo. Fora por isso que tentara dar uma chance ao relacionamento com Deborah. E fracassara.

Max dormira com apenas três mulheres desde que Eleanor morrera — o caso contínuo com Sophie, além do relacionamento desastroso com Deborah, que implodira quando ele subitamente se dera conta de que ela queria se casar. E pior, queria ter mais filhos, o que nunca ocorrera a Max. Por que iria querer ter mais filhos? Era um homem de meia-idade. Tinha Melissa. Sinceramente, nunca lhe ocorrera que Deborah, uma mulher de trinta e oito anos, divorciada, com um excelente (e exigente) emprego de tempo integral, que ela adorava, iria querer ter mais filhos. Aquela percepção tardia e terrível levara os dois a um desentendimento dos mais desagradáveis. Deborah achara que Max a havia iludido. Fora tudo profundamente perturbador.

Esses dois relacionamentos se seguiram a outro, bem anterior, com uma ótima mulher chamada Charlotte, que fora apresentada a Max em um jantar, na época em que as pessoas estavam o tempo todo tentando lhe arrumar um par. Ela, na verdade, era ótima e uma boa companhia, mas ainda era cedo demais.

E agora?

* * *

Max pegou uma camisa xadrez, vermelho e marrom, no guarda-roupa e relanceou novamente o olhar para a fotografia ao lado da cama. Ele e Eleanor em uma viagem para comemorar o aniversário dela. E ele estava usando a camisa turquesa. Max checou o relógio. Não queria ser o primeiro a chegar. Iria parecer ansioso demais e, além disso, pareceria ter esperado muito do convite.
Isso não é um encontro, Maximillian.

Anna morava em um apartamento de dois andares de bom tamanho, em um pequeno prédio mais ao sul de Oxfordshire e, por isso, mais perto do rio. O andar de baixo tinha a planta aberta e uma pequena escada de aço inoxidável que levava ao andar de cima. O primeiro pensamento de Max, para vergonha dele, foi se perguntar como ela conseguia pagar por aquele espaço. O segundo foi: onde diabos estava Sarah?

— Não é tão grande quanto parece. — Anna sorriu, enquanto ele olhava ao redor. — O andar de cima é metade do tamanho desse aqui. É o inverso no apartamento ao lado. Mas escolhi esse por causa do jardim. — Ela gesticulou para indicar e afastou as cortinas das portas francesas, deixando aparecer um terraço pequeno, mas lindo, com vista para um belo jardim, também pequeno, e o rio além.

— Passei a vida querendo morar perto da água. — Anna estava olhando para fora, os braços cruzados. — Então, me dei conta de que, se tínhamos mesmo que fazer uma mudança tão desagradável na vida... estou me referindo ao divórcio... então, ao menos alguma coisa boa poderia advir disso.

Max ouviu o som de passos na escada, nesse momento.
— Freddie. Venha cumprimentar Max.

Entenda. Não é um encontro.

Um jovem alto e esguio, com fones de ouvido, apareceu na base da escada, estreitando os olhos.

— Max é o chefe do meu novo departamento, por isso o estou bajulando descaradamente. Espero comprar a influência dele com frutos do mar. A boa notícia para você, Freddie, é que o prato é um de seus favoritos. Paella.

Freddie deu de ombros, aparentemente não tendo ouvido nada por causa dos fones de ouvido. Então, o telefone tocou.

— Prazer em conhecê-lo, Freddie. Ouvi dizer que você está a caminho dos exames preparatórios para a universidade. E qual é a sua área de interesse? — Max estendeu a mão, mas não teve retorno. Freddie o examinou e só então tirou lentamente um dos fones do ouvido.

— Últimos anos da escola pelo que entendi. Qual é a sua área de interesse? — Max abaixou a mão enquanto Anna pegava o telefone e se virava na direção da janela.

— Ciências. — Freddie, então, abaixou os olhos para o celular, ao ouvir o bipe que indica a chegada de uma mensagem de texto.

— Soube que você corre, Freddie.

— Ah, oi... Sarah. Está tendo dificuldade de encontrar a casa? — A voz de Anna, do outro lado da sala, agora parecia agitada, e Max ficou desorientado enquanto tentava ouvir os dois.

— Já estão aí fora. Desculpe, mas tenho que ir. — Freddie estava encarando o celular.

— Não vai ficar para o jantar, Freddie? — Max relanceou o olhar para Anna, ansioso. Ela ainda estava ao telefone e era claro que ignorava totalmente a partida iminente do filho. — Vai se despedir de sua mãe antes de sair, não é? — Max levou a mão ao rosto, consciente de que passara do limite quando Freddie o encarou irritado.

— Não. É claro que entendo, Sarah. Coitada. Não, é sério. Está tudo bem. Vá para a cama para ver se melhora. Não há problema algum. Vamos tomar um copo em sua homenagem. Cuide-se. — Anna se virou de volta na direção deles e fez uma careta. — Ela surgiu de repente com algum tipo de gastrenterite. Sarah. Não vai poder vir.

— Escute. Desculpe, mãe. Mas estão me esperando lá fora. Tenho que ir.

— O que quer dizer com... ir? Freddie. Do que está falando?

— Estou indo para a casa de Jack, lembra-se? O pai dele está aí fora. Eu disse a você.

— Não, você não disse.

— Disse, sim.

— Freddie, amanhã você tem aula.

— E você arrumou convidados para o jantar, enquanto eu dei um jeito de sair do seu caminho. — Ele estava encarando a mãe. — Lembra-se?

Anna desviou o olhar para Max, esforçando-se para disfarçar sua verdadeira reação.

— Escute, mamãe. O pai de Jack está aí fora. Ele levou vinte minutos para chegar até aqui. Não posso pedir para que vá embora.

Anna abaixou os olhos para o chão e voltou a encarar o filho.

— E ele vai trazer você de volta para casa?

— Vai.

— Dez e meia, então, Freddie. Não pode ser mais tarde.

Freddie revirou os olhos e se virou para Max.

— Tenham uma boa noite. Foi um prazer conhecê-lo.

— Peço desculpas por isso. — Anna virou-se para a panela de paella que estava chiando e pedindo atenção. Ela colocou mais vinho na panela, afastou-se quando chiou mais alto e foi até a geladeira para pegar uma tigela de frutos do mar. Camarões grandes, mariscos e lulas ainda crus.

Anna sacudiu a panela enquanto a porta da frente era fechada e logo estendeu a mão para o armário acima para pegar duas taças de vinho.

— Aceita uma taça, Max?

— Sim. Só uma. Tinto, por favor.

Ela serviu o vinho lentamente, de costas. E ficou imóvel por um momento.

— Escute. Sinto muito sobre tudo isso. Não foi exatamente o que planejei.

— Não se preocupe.

— Achei sinceramente que Freddie ficaria para o jantar — disse ela, por fim, virando-se para entregar a taça a Max e, depois, apoiando o corpo contra os armários da cozinha. — Atualmente, ou ele está na caverna que é o quarto dele, ou fora de casa.

— Lamento dizer, mas é absolutamente normal para a idade.

— É o que todos me dizem.

— Então, em relação àquela bajulação, fico muito feliz que ela envolva frutos do mar. São das minhas comidas favoritas. É uma pena o que aconteceu com Sarah.

— Sim.

Os dois deram um gole no vinho, em silêncio. Um minuto inteiro se passou.

— Sobra mais comida para nós. O aroma está incrível.

— Ela pareceu tão bem hoje à tarde...

— Como?

— Sarah.

— Ah, certo. Bem... essas coisas às vezes acontecem de repente. Deve ter sido algo duvidoso que ela comeu em uma das cantinas.

— Escute. Sinto muito mesmo por tudo isso, Max. Estou me sentindo um pouco constrangida, para ser honesta. Principalmente... por causa de Freddie. Ele não teve a intenção de ser grosseiro.

— Está tudo bem. É como eu lhe disse, já estive no seu lugar.

— Estou sendo intensa demais, não estou? — Anna se virou novamente para a panela e começou a espalhar os frutos do mar por cima da paella. — Em relação ao trabalho. Estou sendo inconveniente?

— Bobagem. Ser intensa é bom.

Então, Max aproveitou a deixa para falar de trabalho. De política e economia, com referência aos planos de Anna para o novo curso de extensão que ela estava propondo sobre economia europeia, como opção para um ou dois anos para os alunos. Ele falou sem parar sobre a possibilidade de um novo artigo acadêmico — especialmente sobre o tópico. Max podia ver que ela era muito esperta, que pensava à frente. Poderia muito bem despertar o interesse do departamento de Relações Públicas e garantir a atenção da mídia. Também seria um sucesso com alunos estrangeiros, que garantiam uma boa parte do orçamento no momento. Mas Max estava precisando se esforçar para se concentrar.

Naquela noite, Anna estava usando uma calça de malha justa, em um cinza suave, com uma blusa grafite de decote canoa e um colar turquesa marcante que, de sua lembrança do ruído de fundo do passado, Max sabia que era um "acessório de efeito". Os cabelos dela estavam presos para o alto em um rabo de cavalo e, nos pés, usava um chinelo de dedo. Max ficou feliz por não ter ido de paletó.

Ele comentou sobre os planos dela e então falou um pouco, com bastante rapidez, sobre alguns outros membros da equipe. Quem tinha mais influência naquele momento. Quem era melhor evitar. E quem estava no controle nos bastidores — principalmente no que dizia respeito aos estudantes estrangeiros.

Max também disse a verdade a Anna — que, apesar de toda a política de bastidores, das intrigas e da pressão financeira do novo "mercado", ele ainda amava a vida universitária.

— Até mesmo os alunos? — provocou ela, brincando.

— Sim. Até mesmo os alunos.

Max comentou, então, que Anna fizera um excelente movimento de carreira e que, sob a supervisão de Sarah, teria excelentes perspectivas — principalmente se estivesse buscando exposição na mídia. Sim. A universidade gostaria muito disso.

— Você não acha que Sarah estava só dando uma desculpa para não vir essa noite? — perguntou Anna, de repente. — Talvez eu tenha ultrapassado um limite. Tenha feito o convite cedo demais? Você precisa ser sincero, Max. Eu realmente prefiro saber. Posso ser um pouco intensa demais. Sei disso.

— Escute, Anna. Quer a verdade? Não sou muito bom em saber de fofocas e não socializo tanto com os colegas quanto alguns outros... talvez não tanto quanto eu devesse. Mas Sarah, pelo pouco que ouvi, é muito aberta a conhecer colegas fora da rotina de trabalho. Ela é mesmo uma ótima pessoa. Tenho certeza de que ela disse a verdade ao telefone. Não foi uma desculpa.

Anna pareceu satisfeita com isso — estava sorrindo e serviu a paella com uma bela salada verde. O prato estava exatamente como deveria ser — os frutos do mar não estavam cozidos demais, mas o arroz estava com uma crosta ligeiramente pegajosa no fundo. Eles discutiram sobre as diferenças entre paella e risoto. Os dois obviamente aproveitando o prato. E a companhia.

Então, de repente, antes que Max se desse conta, já estavam no segundo café, e Anna parecia agitada, consultando o relógio. Passava um pouco das dez e meia.

— É melhor só mandar uma mensagem de texto.

Ele percebeu que ela não estava totalmente atenta à conversa conforme os quinze minutos seguintes passavam rápido. Sem resposta à mensagem de texto. Sem o barulho da chave na porta.

— Escute. Provavelmente é melhor eu ir, Anna. A menos que possa ajudar. Quer que eu busque Freddie para você, talvez? Só tomei um copo de vinho. E vou voltar para casa dirigindo.

— Bem, você o ouviu. A carona supostamente estava garantida, embora eu esteja começando a achar que não deveria ter tomado aquele segundo copo de vinho. — Ela se levantara para telefonar. — Me dá licença, Max? — Alô... Andy? Oi. Desculpe incomodar, mas só estou querendo checar se realmente não há problema em trazer Freddie de volta. Eu disse dez e meia a ele. Não sei se Freddie avisou você. Houve uma pausa, então. A expressão no rosto de Anna se alterou e Max adivinhou na mesma hora.

— Não. Não é culpa sua. Eles são assim mesmo. Vou dar outros telefonemas. Se você puder fazer o favor de checar se Jack sabe de alguma coisa. Obrigada.

— Ele não está lá.

Anna só balançou a cabeça, a mesma expressão alterada no rosto que ele reconheceu daquela vez terrível no escritório, quando ela perdera a cabeça.

— Muito bem. Não entre em pânico. Melissa fez isso comigo mais de uma vez. Comece a ligar... para os outros amigos dele... e eu vou fazer mais café.

— Tem certeza? Não acha que eu devia ligar logo para a polícia?

— Não sou eu que decido, mas... não. Sugiro que ligue primeiro para os amigos dele. Freddie vai aparecer.

— E você não precisa ir embora?

— Estou bem.

Anna voltou a levar o celular à orelha e começou a andar de um lado para outro, na direção das portas franceses, tentando amigo após amigo, enquanto Max acionava mais uma vez a cafeteira. Anna sorriu em agradecimento quando ele pousou uma xícara de café ao lado dela — o café permaneceu ali, intocado, esfriando, enquanto ela continuava a telefonar e a andar de um lado para outro.

— Pronto. Tentei todo mundo. Ninguém tem a menor ideia de onde ele está. E agora? Eu só espero? Telefono para a polícia? Saio para procurar?

Max não sabia o que dizer. Estivera ouvindo os telefonemas. Era impossível não ouvir.

— E quanto ao pai de Freddie? Ele poderia...

— Ele está na Alemanha.

— Certo.

— Não quero ligar para ele para falar disso. Ainda não, pelo menos.

— Certo. Escute. Não cabe a mim decidir, Anna. Mas eu esperaria um pouco mais. Ele respondeu à sua mensagem de texto?

— Não. E quando eu ligo, cai direto na caixa de mensagens. Já deixei três recados.

Ela voltou a andar de um lado para outro. E voltou a telefonar. Mais um café esfriou. Então, quando ela emergiu do vestíbulo com os olhos claramente vermelhos, Max se levantou.

— Você acha que eu talvez o tenha aborrecido sem querer? Que ele possa ter entendido errado a situação?

— Não, acho que não. Freddie sabia que eu havia convidado Sarah. Não. Ao menos, espero que não. Quero dizer... eu expliquei. Conversei com ele ontem.

Então, de repente, eles ouviram o som da chave na porta e todo o corpo de Anna mudou de postura.

Freddie apareceu, ainda com os fones de ouvido.

— A noite foi boa? — A expressão de Anna foi do alívio à fúria. Eram dez para a meia-noite.

Freddie sinalizou que não estava conseguindo ouvir. Anna sinalizou que era melhor ele tirar os fones de ouvido.

— Perguntei se a sua noite foi boa.

— Foi. — Ele deu de ombros. — Tudo bem.

— É melhor eu ir — sussurrou Max, pegando as chaves na mesa de centro. — Foi um jantar fantástico, Anna. E foi bom conversar com mais calma sobre os seus planos. Não precisa me acompanhar à porta.

Anna assentiu e disse para ele, sem fazer som: "obrigada" e "desculpe", antes de se virar de volta para o filho.

— Não, Freddie. Você não vai desaparecer lá em cima. Sente-se porque precisamos conversar.

CAPÍTULO 26
Melissa — 2011

Melissa observou Sam passar mancando pela alfândega e começou a ensaiar uma versão editada dos acontecimentos para contar ao pai. Decidira contar a ele sobre o diário no momento certo, durante um jantar gostoso e tranquilo. Mas não naquele momento. Por favor. Sem grandes interrogatórios naquele momento.

— Que diabos... — O rosto de Max no portão de desembarque era tudo o que Melissa temia.

Ela relanceou o olhar para o curativo grande na perna de Sam, abaixo da bermuda desbotada.

— Está tudo bem, papai. Estamos bem. É sério. — Ela abraçou o pai, já arrependida do tom defensivo que usara.

— Mas o que aconteceu? Por que não me ligaram? Que diabos aconteceu com vocês?

— Escute. Foi um acidente. Nas montanhas. Com uma motocicleta. Ele está bem. Só levou alguns pontos.

— Vocês alugaram uma moto?

— Não, papai. Não éramos nós que estávamos na moto. Ei, vamos sair desse lugar lotado e eu lhe conto tudo. No carro.

— Então era por isso que você não estava respondendo às minhas mensagens de texto. Você também se machucou, Melissa? Se houver alguma coisa que não está...

— Não, papai, foi só Sam.

— Estamos bem, sr. Dance. — Sam tentou sorrir. — Não quisemos que se preocupasse. Só precisamos ir para casa, agora.

— Sim, é claro. Está certo.
Max insistiu em levar a mala monstro e franziu o cenho ao ver a bolsa de viagem rosa, nova, que Melissa carregava, enquanto os três seguiam em direção à saída.
— Não acredito que precisaram de uma mala extra. Com essa coisa?
— É uma longa história. Onde está o carro, papai?
— Ali. Do outro lado da pista. Siga-me.
— Nossa, como está frio aqui!
Durante o caminho de volta para casa, Melissa contou o que acontecera com poucos detalhes, fingindo cansaço. Então, quando chegaram em casa e Sam entrou na portaria do prédio, Melissa parou na porta, para barrar o caminho do pai.
— Papai, não quero ser grosseira. Ou ingrata. Mas a viagem foi um tanto exaustiva. Contarei tudo a você no nosso jantar. Na próxima quarta? — Ela estava sussurrando e relanceando o olhar para trás.
— É melhor eu entrar. Pelo menos para ajudá-la com a mala pesada.
— Não. Está tudo certo, papai. Estamos bem. Nos veremos na quarta-feira.
— E você não vai cancelar?
— Não. Prometo. Na verdade, tive uma ideia. Vou lhe mandar uma mensagem de texto a respeito. — Ela se virou novamente e ficou olhando para o corredor grande, por onde Sam já puxava a mala de rodinhas. — Foi só uma longa viagem. Estamos exaustos.
Max mexeu nas chaves que agora estavam em seu bolso.
— Bem, se você tem certeza absoluta de que estão bem...
— Estamos ótimos.
Quando Melissa se juntou a Sam na sala de estar do apartamento, ele já estava ligando para a casa dos pais. Melissa não ficou surpresa. Sam se esforçara para parecer bem nos últimos dias, mas

obviamente estava mais preocupado com o irmão do que queria demonstrar. Sem dúvida iria querer ir direto para a casa dos pais e Melissa estava se dando conta de que, se fosse esse o caso, Sam precisaria de uma carona. A perna ainda não estava boa o bastante para que ele pudesse dirigir.

Melissa começou a examinar a pilha de correspondência que tinha nas mãos e suspirou. A mãe estava certa. Era muito mais fácil seguir a intuição, justificar uma não ação, em vez de fazer a coisa certa. Ser boa.

Ela foi até a cozinha para fazer café e olhou ao redor. Sentiu aquela estranha e momentânea empolgação que sempre sentia ao voltar para casa. A mudança da bancada da cozinha do apartamento onde haviam passado as férias para aquela. Supostamente tão familiar e, ainda assim, só por alguns segundos... estranha. Melissa se esquecera completamente de como aquele mármore era escuro.

Então, ela se pegou pensando em outra coisa. A caixa de papelão na garagem. Melissa parou e afastou o pensamento. Não. Não naquele dia. Deixaria Sam descansar, visitar o irmão, então pegaria a caixa, quando tudo já houvesse se acalmado um pouco.

— Vou dar um pulo no supermercado, não é melhor? Para comprar bifes, salada e algumas outras coisas básicas. — Melissa pegou as chaves do próprio carro enquanto falava com Sam, que acabara de desligar o telefone. — E depois de jantarmos, levarei você para ver Marcus, se quiser.

Ele se aproximou para observar o rosto dela mais de perto.

— Achei que você estaria muito cansada.

— Eu não me importo. Mas gostaria de fazer compras e comer primeiro.

— Tem certeza de que não se importa de me levar até lá mais tarde? — Sam a encarava nos olhos. — Posso esperar até amanhã.

— Não. Eu não me importo. Ele vai ficar feliz em ver você.

Eles tomaram café, conferiram a correspondência e Melissa foi até o quarto para recuperar a bolsinha de seda cinza, com o livro da mãe, de dentro da mala. Ela colocou o livro em uma cesta de compras de ráfia, deu um beijo rápido em Sam e saiu.

No supermercado Waitrose, ela foi direto para o café, pediu um cappuccino grande, e, com o coração disparado, pousou o livro sobre a mesa.

Sopa de abóbora assada e espinafre com queijo feta

Uma abóbora-pescoço – descascada, sem sementes e cortada em cubos
Meio saco de folhas de espinafre baby limpas
Duas cebolas vermelhas – picadas em pedaços grandes
Um pacote pequeno de queijo feta
Dois ramos grandes de alecrim – picado
Um bom azeite de oliva
Vários dentes de alho amassados
De um litro a um litro e meio de um bom caldo (de vegetais ou de frango)

Misture a abóbora e a cebola com um pouco de azeite, acrescente sal marinho, o alho amassado e o alecrim picado, e asse de 45 minutos a uma hora até estar tudo macio e deslumbrante. Ferva o meio pacote de espinafre no caldo por alguns minutos. Acrescente o queijo feta e deixe derreter. Tempere a gosto e bata no processador ou com um misturador manual. Você pode ajustar a quantidade de caldo para deixar a sopa mais fina ou mais grossa, a gosto. O mesmo vale para a quantidade de espinafre que vai usar. É tentativa e erro. A cor dessa sopa é um pouco escura, mas eu adoro.

Escolhi essa como a que eu gosto de pensar que será a última receita para você, Melissa. Uma favorita de verdade. Simples, mas mais deliciosa do que teria direito de ser, já que dá tão pouco trabalho. Foi uma descoberta acidental, como é o caso com tantas receitas boas. Uma amiga me deu a receita de uma abóbora assada com salada de feta sobre um leito de folhas de espinafre baby, e um dia fiz demais. Sobrou muito. Assim, joguei tudo em uma panela com um pouco de caldo para sopa e, é claro, todos foram ao DELÍRIO. Agora, faço a sopa com mais frequência do que faço a salada.

E estou divagando.

O que sempre faço quando estou nervosa.

A verdade?

Quero ficar divagando para sempre, minha menina querida, já que estamos ficando sem tempo, e venho achando difícil me manter firme aqui, tentando resolver como terminar esse livro, mesmo ainda tendo tanto que eu quero lhe dizer.

Não terminei aqui, Melissa, mas estou ficando mais fraca. E você percebeu. A Melissa de oito anos, quero dizer. A verdade é que estou certa de que já percebeu há algum tempo que eu não estou bem. Você é uma garotinha esperta e as crianças percebem quase tudo. Eu lhe disse que tenho só um probleminha de mulher na barriga e você não pareceu querer fazer muitas perguntas. Escrevo isso não para aborrecê-la, mas porque me pergunto de quanto você vai se lembrar, e de quanto posso ter entendido errado.

Ontem arrumei seus cabelos na minha cama, de manhã, e sugeri que talvez seu pai quisesse aprender a arrumá-los também. Pelo modo como reagiu, tive a sensação de que provavelmente você percebeu mais do que eu gostaria.

Espero que não.

Mas hoje... vou dizer a verdade. Não estou me sentindo nada bem, por isso entrei em contato com o advogado por telefone — expliquei a ele o que deve acontecer com esse diário. Ele vem pegá-lo logo. Na quarta-feira, no máximo. Mas estou esperando o máximo possível — *e torcendo, torcendo, torcendo...* para que saia o resultado do exame.

E agora — respirar fundo — aquela outra coisa que eu talvez não tenha outra escolha senão contar a você.

Talvez tenha percebido que algumas páginas estão coladas. Estou confiando e torcendo para que não tenha se adiantado e aberto as folhas. Meu palpite é que você presuma que foi um erro. A verdade é que eu estava torcendo para poder arrancá-las. E essa página também. Mas, obviamente, se você está lendo essa página e as "folhas coladas" ainda estão aí... Bem. As coisas não saíram como eu esperava.

O importante a dizer antes de você lê-las é que amo você e seu pai mais do que a própria vida. Mas mesmo pessoas boas carregam coisas em sua cabeça e em seu coração que desejariam não carregar.

Portanto, separe essas páginas coladas uma da outra com muito, muito cuidado, minha menina querida. Eu colei-as desse jeito para que você não folheasse o diário no instante em que o recebeu e acabasse na parte mais difícil, sem me dar ao menos uma chance de conversar um pouco com você.

Só espero que se lembre, por favor, de ser bondosa e de acreditar que tudo acabou saindo do meu controle... e se desenrolando de um modo muito diferente do que eu planejara...

Melissa fechou o livro e olhou ao redor. E, não pela primeira vez, se deu conta de como era extraordinária aquela situação. Da tinta preta e do momento terrível em que a mãe escrevera à banalidade do lugar em que ela lia agora.

Toda vez que levantava a cabeça da página, já que todo o tema do livro parecera mudar — se tornar mais *sombrio* —, Melissa sentia o mesmo choque ao se deparar com a normalidade ao seu redor. Sim. A absoluta banalidade de tudo aquilo. Todas aquelas pessoas sorrindo acima de seus cafés com leite e de seus cupcakes, de suas palavras cruzadas e celulares. Todas aquelas pessoas não sabiam nada do mundo para o qual as palavras agora a levavam.

Por um tempo, ainda naquele estado de confusão, ela observou uma mulher se sentar com uma amiga e se inclinar para a frente, aparentemente para compartilhar uma fofoca. As duas deviam ter quase quarenta anos, estavam bem-vestidas e com aquele penteado que todas ainda copiavam de *Friends*, como se ainda estivessem de luto pelo seriado que acabara. Uma das mulheres estava rindo e logo pegou uma pequena embalagem de pó compacto e usou o espelho para retocar o batom, antes de consultar o relógio e sinalizar que deveriam continuar.

Na mesa ao lado estava uma mãe mais jovem do que as duas mulheres, com uma criança pequena em uma cadeira alta, a bandeja de plástico à frente da criança coberta de farelo de bolo. A mãe pegou uma embalagem de lenços de papel dentro de uma mochila xadrez e limpou a bandeja e o rosto da criança — que protestou alto.

Tudo isso fez Melissa se sentir excluída. Toda aquela normalidade. Ela ficou com raiva por causa da mãe e, agora, aquilo também a fazia se sentir muito, muito solitária.

Melissa se lembrou do pai, repreendendo-a uma vez, quando era criança, exatamente por aquele motivo. Por se fechar. Ficar sentada, quieta demais e pensando demais.

Você tenta carregar o mundo nos ombros. Pode conversar comigo, Melissa, sabe disso.

Mas havia coisas que eram simplesmente muito difíceis de compartilhar. Com pessoas que, por sinal, consideravam aquilo perfeitamente normal. Todos os altos e baixos com as próprias mães. Os acertos e desacertos. Pessoas que nunca haviam perdido ninguém e deduziam que, depois de alguns anos, o luto simplesmente iria embora, deixando apenas as lembranças felizes.

Bobagem. Melissa aprendera, ainda na infância, que o luto na verdade não ia embora. Fora isso o que mais a chocara e que, no fim, a fazia se sentir tão isolada. A feia verdade de que o vazio não desaparecia. Ele apenas se escondia e enganava a pessoa, para que ela acreditasse que estava perfeitamente bem até virar a esquina em um dia qualquer e... *pá*, lá estava ele de novo. Como no primeiro dia em que ela ganhara a medalha de honra ao mérito na escola e subitamente se sentira dominada pela tristeza no momento em que prendiam a medalha em seu suéter. Quando entrou na universidade. Quando se apaixonou por Sam. Quando recebeu a oferta de emprego. Todas aquelas coisas das quais a mãe *nunca saberia*.

Até mesmo naquele restaurante, quando Sam surgira com o anel, Melissa estava pensando... não apenas que, na verdade, não acreditava em finais felizes, que não poderia se arriscar a isso... estava pensando também que não tinha ninguém para escolher o vestido com ela. Ninguém para usar um chapéu tolo e para chorar na primeira fila da igreja.

Não podia conversar com ninguém sobre isso, porque acabaria se sentindo egoísta e absurda.

Já haviam se passado *dezessete anos*...

Não deveria ser assim.

E agora, de repente, depois de todas as coisas boas no livro da mãe. Depois de todas as lembranças felizes terem sido lenta e preciosamente despertadas, o livro a estava levando para um lugar muito diferente, e Melissa se sentia mais confusa do que nunca. Não eram mais apenas o críquete na praia, os aniversários felizes, os cupcakes e biscoitos.

Melissa vinha ficando cada vez mais inquieta. Estava pensando nas crianças que brincavam na fonte. Em como não havia a menor possibilidade de ela se casar e se tornar mãe. Não quando sabia qual era a sensação de ser *deixada*. E... não. Não poderia conversar com Sam a respeito porque ele diria que não se podia viver daquele jeito. Preocupada. Que qualquer um poderia ser atropelado por um ônibus.

Mas ela não era simplesmente qualquer uma. E, de repente, Melissa não tinha ideia de para onde diabos estava indo o livro da mãe dela.

CAPÍTULO 27
Eleanor — 1994

Eleanor releu as últimas linhas do diário e conferiu o relógio. Bem na hora.

Ela olhou para a cama, ao lado da qual estavam a escova de cabelo de Melissa e uma tigela esculpida em madeira onde ficava a coleção de prendedores de cabelo da menina. Um emaranhado de cores e texturas — seda com bolinhas. Veludo de um vinho profundo. Pele falsa preta. Por que não pensara em passar aquele ritual para Max mais cedo?

Eleanor correu o dedo pelas duas páginas secretas, no último terço do diário — pouco antes do capítulo especial sobre maternidade.

Só escrevera recentemente aquelas páginas e usara a cola para unir as pontas. Era um risco. Tudo um pouco rústico demais, parecia coisa de escoteiro — ela estava contando que Melissa presumiria que era um erro, que leria o resto do diário antes como deveria fazer. Se chegasse àquilo...

O que havia entre as duas páginas era a lembrança do que ela e Max viriam a chamar de "a loucura". Era o único abalo cataclísmico na parte inicial da relação deles. Um tempo em que toda a esperança de um futuro feliz e casada com que Eleanor passara a sonhar havia sido subitamente arrancada de debaixo de seus pés como um tapete sobre um chão escorregadio. Zum. E se fora.

Max começara, mas ainda assim Eleanor não conseguia culpá-lo inteiramente. Porque, como tantos abalos, aquele fora complicado.

Durante dois anos abençoados com Max, depois daquele primeiro encontro na escola dela, Eleanor nunca duvidara de que os dois acabariam juntos. Era uma questão de "quando", não de "se". Tudo parecia resolvido e tudo parecia simples. Max amava o próprio trabalho. Max amava Eleanor. Então, de repente, e de um modo totalmente alheio à sua maneira de ser, ele começara a se estressar de uma forma totalmente irracional por causa de dinheiro.

— Ah, Max, pelo amor de Deus, nós vamos dar um jeito. Estamos muito melhores do que a maioria.

— Mas e quando chegarmos mais à frente... se tivermos uma família, Eleanor? Se você estiver trabalhando meio período. Então as contas não vão fechar. Não se quisermos comprar um lugar ao menos razoavelmente decente. Um lugar onde você não seja assaltada, onde haja uma escola decente.

— Santo Deus, Max. Ainda não nos casamos e você já está falando de escolas?

— Você sabe o que quero dizer. — Ele enrubesceu. — As pessoas precisam pensar nessas coisas. Pensar adiante. Não se pode ser uma ostra.

— Mas você está indo muito bem na universidade, Max. Tem boas perspectivas.

— Dinheiro besta.

— Ah, não é não.

— Comparado ao que ganha um advogado ou um médico, é sim.

— Não quero viver com um advogado ou com um médico. Quero viver com um professor universitário, muito obrigada. Um professor universitário brilhante, respeitado e que ama o que faz.

— E que vive de contar trocados.

— Você está sendo tolo.

— É mesmo? A única razão para estarmos tão bem agora é porque ambos trabalhamos em tempo integral. E não temos dependentes. Essa é uma fase temporária, Eleanor.

Aquilo se repetiu por algumas semanas, e Eleanor não conseguia acalmar Max. Ela tentou de tudo para distraí-lo, mas ele parecia quase deprimido. A situação era ainda mais absurda porque ele estava se destacando cada vez mais na universidade. Um de seus artigos fora subitamente descoberto pela mídia local e, do nada, Max foi convidado para dar sua primeira entrevista na televisão. Ele disse que estava nervoso, mas acabou se mostrando muito natural — foi apresentado como um especialista em economia, com uma visão privilegiada sobre a crise das pequenas instituições bancárias de atuação regional, nos Estados Unidos. O assunto era quente já que o caos financeiro só aumentava. Um trecho da entrevista de Max foi usado pelas redes de televisão nacionais. Esse mesmo trecho, por sua vez, foi usado pela imprensa internacional.

De repente, Max passou a ser visto como um homem capaz de tornar compreensíveis as complexidades da economia. Uma espécie de estrela, graças ao fato em destaque.

A universidade estava empolgada. Durante o mês seguinte, houve mais divulgação na mídia por parte dos jornais nacionais, incluindo um suplemento de domingo no qual foi publicada uma longa entrevista de Max falando sobre a confusão na economia. Várias revistas norte-americanas rapidamente seguiram o mesmo caminho.

Eleanor não poderia ter ficado mais animada por ele. De repente, Max era festejado na universidade, a assessoria de imprensa encantada com o que chamavam de o novo "valor" dele.

Então, em uma fatídica quinta-feira, Max telefonou para Eleanor, quase explodindo de empolgação. Ele disse a ela que havia reservado um restaurante com estrelas Michelin para aquela noite, para explicar tudo.

Eleanor ficou animadíssima. A universidade provavelmente oferecera um aumento de salário que finalmente acabaria com as preocupações dele.

Ela usou o vestido que Max mais gostava. Aplicou o perfume favorito dele. Se preocupou em combinar a roupa de baixo. Sedutora. Empolgada. Nervosa.

— Muito bem, Eleanor. Escute, tenho algo importante para lhe contar. E para lhe perguntar.

Eleanor levou a última porção de purê de ervilha com hortelã à boca e tentou se manter calma. Ela limpou a boca com o guardanapo e se perguntou se Max se ajoelharia diante dela. Olhou ao redor. Estariam todos olhando para ele?

— Você gostaria de se mudar para Nova York com o novo consultor de comunicação do Unit Two Bank of Minnitag? — Max sorria de orelha a orelha.

Eleanor não tinha ideia do que dizer, o salão do restaurante subitamente pareceu começar a se mover. O ar estava mais denso e turvo.

— Nos Estados Unidos? Não estou entendendo. Não sei do que você está falando.

— Recebi um telefonema ontem, e eles confirmaram os detalhes hoje de manhã. Da oferta de emprego.

— De quem? Não estou entendendo. — De repente, ela sentia os ouvidos latejando.

— Do Unit Two Bank of Minnitag. Ganhando três vezes mais do que o meu salário atual, Eleanor. Com apartamento garantido até nos organizarmos. Em *Manhattan*.

— Mas esse não é o banco que aparece nos jornais? O que está na merda por causa da crise das pequenas instituições bancárias norte-americanas? De todas essas coisas que você vem analisando?

— E é exatamente por isso que precisam de alguém como eu. Alguém com uma compreensão real do que está dando errado e de como é possível consertar... ainda mais com todas as novas regras que devem ser determinadas em consequência da situação. Sou perfeito para orientá-los. E também para lidar com as perguntas da mídia.

— Você está brincando, Max?

— Não. É como eu disse, a oferta de emprego foi confirmada essa manhã.

— Mas isso é tóxico. Toda essa confusão em relação às pequenas instituições bancárias norte-americanas. Você mesmo disse isso.

A expressão no rosto de Max era diferente agora.

— Eles só querem você por causa do seu nome nesse momento. Da sua integridade. Do seu artigo e dos anos que dedicou à pesquisa. Querem usá-lo.

— Nossa, muito obrigado pelo seu voto de confiança.

— Ah, vamos Max. Você precisa enxergar o que está acontecendo. Esses bancos estão todos vindo abaixo e precisam de alguém para ficar à frente das coletivas de imprensa enquanto a merda continua a atingir o ventilador deles. O professor de uma renomada universidade britânica. Do lado deles.

— Eu deveria ter imaginado que você reagiria assim.

— O que quer dizer com isso?

— Eu recebo uma oferta de emprego incrível. Em Nova York. Para ganhar mais do que eu jamais sonhei. Segurança para nós. Para o nosso futuro. E é assim que você reage.

— Mas, Max. Você não está pensando direito. Isso seria o fim de sua carreira, não uma alavancada nela. Seria o fim de sua reputação.

— Bobagem.

— O Unit Two Bank of Minnitag, Max. Jura?

— Não é melhor ou pior do que nenhum outro banco.

— O que é exatamente o motivo por que você não deveria chegar nem perto dele. Não com toda essa confusão nos bancos pequenos, como ele, acontecendo. Não vou fingir que entendo disso. Mas você entende. E você tem integridade, Max. E um grande futuro acadêmico à frente. É um especialista em sua área. É respeitado. Esse emprego no banco poria fim a tudo isso.

— Peço perdão por ter achado que você ficaria animada. Satisfeita por mim. Por nós. — Ele agora olhava ao redor do restaurante.

— Como posso ficar satisfeita?

— Está dizendo que não irá comigo?

— Max. Você não pode estar falando sério a esse respeito!

A esse jantar se seguiram as piores três semanas da vida pré-casamento de Eleanor. Max mostrou uma teimosia e uma cegueira de que ela não o imaginava capaz. Insistiu na ideia. Tentou com todas as forças persuadi-la de que estava errada. Que estava sendo ingênua. Que era aquilo que todos os adultos tinham que fazer. Pôr de lado seus ideais para ir em busca do melhor futuro para as pessoas que amavam. Amadurecer.

Eleanor disse que aquilo não era amadurecer, era se vender, e que terminaria mal. Disse também que aquele não era o modo como ela queria viver. Que preferia ter menos dinheiro. Mas morando na Inglaterra. Que, se Max quisesse a Big Apple e o supersalário, teria que ir sozinho, diabos!

Ela nunca acreditou nem por um segundo que ele iria.

Até ele ir... Eleanor percebeu tarde demais que os dois eram capazes de ser extremamente teimosos — cada um esperando que o outro cedesse. Isso foi antes dos telefones celulares, por isso os dois checavam diariamente as secretárias eletrônicas, esperando encontrar uma mensagem um do outro capitulando. Mas não. A disputa seguiu adiante e atravessou o Atlântico.

Eleanor ficou dias de cama — avisou à escola que não podia ir trabalhar por culpa de uma enxaqueca. Ela checava a secretária eletrônica toda hora. Esperando um pedido de perdão. Mas o telefonema não veio.

Eleanor bebeu vinho demais. Passou horas com as amigas mais próximas, repassando vezes sem conta os detalhes do que se desenrolara tão rápido. Como perdera a única coisa na vida que importava? E estaria certa? Ou deveria engolir o próprio orgulho? Seus princípios? Ir pelo dinheiro? Seguir o homem?

Mas, o tempo todo, ela sabia que não queria morar em Nova York. Detestava cidades grandes. E não tinha a menor vontade de morar em um país onde todos e qualquer um podiam carregar uma arma de fogo, e detestava os bancos gordos e fedorentos e as empresas federais de crédito que, ao que parecia, estavam arrasando com todo mundo sem se importarem nem um pouco com as consequências.

Eleanor passou o dedo de novo pelas páginas que colara uma à outra no livro para Melissa e se encolheu quando o papel a cortou. Ela recolheu depressa o dedo para que a gota de sangue não manchasse a página. Então, sugou o dedo com força enquanto voltava a ligar para a secretária do dr. Palmer — só para confirmar que: *Desculpe. O resultado do exame ainda não chegara e eles estavam fazendo todo o possível para apressar as coisas. Estavam mesmo.*

CAPÍTULO 28
Melissa — 2011

Naquele primeiro fim de semana em casa, depois de Chipre, eles acabaram passando a noite na casa dos pais de Sam para ajudar a acalmar Marcus. Então, quando voltaram ao apartamento deles, Melissa explicou sobre a caixa de papelão na garagem e pediu a Sam para ajudá-la.

Foi necessário um *espresso* duplo antes que ela estivesse pronta para encarar o conteúdo da caixa — Sam se recolhera diplomaticamente ao quarto deles com a desculpa de que precisava trabalhar, para deixá-la abrindo a caixa sozinha.

Melissa tentou visualizar os itens dentro da caixa a partir da lembrança daquela rápida olhada que dera uns dois anos antes, quando Max a levara para ela. E imaginou que estaria preparada.

Não estava.

Aquele novo contexto, com a voz da mãe na cabeça dela, fez com que a primeira visão da batedeira, quando Melissa a tirou de sob a toalha que a cobrira, fosse quase insuportável. Ela imaginara que seria difícil. A familiaridade desconfortável daquelas coisas. Esperara que despertassem uma reação complicada, exatamente como acontecera dois anos antes. Afinal, ela não havia, mesmo antes de ter o diário, isolado a caixa, exatamente para se proteger do conteúdo?

Mas não esperara que a visão da caixa a desestabilizasse tão completamente. Que a fizesse começar a chorar em soluços tão altos e incontroláveis que fizeram Sam sair correndo do quarto para vê-la.

— Ah, Melissa. Oh, merda. Quer que eu guarde tudo de novo? Ah, Deus...

Ela só conseguiu balançar a cabeça, sentada no banquinho diante da bancada onde tomavam café da manhã, encarando a batedeira. O aparelho azul e branco estava sobre a bancada de mármore e Melissa conseguiu visualizá-lo *exatamente* naquela outra bancada, no canto da cozinha da mãe.

— Não. Está tudo bem, Sam. Só preciso de uns minutos. Desculpe. Me sinto um pouco ridícula.

— Não seja tola. — Ele parecia estar se sentindo impotente e um pouco culpado, estava agitado, olhando ao redor em busca de uma caixa de lenços de papel... No fim, acabou se decidindo por um pano de prato, que Melissa aceitou agradecida.

— Vou ficar bem. É sério. Em um minuto estarei bem. Foi só... demais para mim.

— Desculpe. Quando sugeri que preparássemos a receita, não percebi...

— Está tudo certo, Sam. Preciso fazer isso. Só tenho que me acostumar. — Ela recobrou o autocontrole, então, deixando o ar escapar aos poucos e encarando o teto por um instante. E levantou-se para preparar mais café forte para os dois, antes de ter coragem para examinar o que mais havia na caixa.

— Tem certeza de que está bem, Melissa?

— Sim. Sim. Estou bem, agora.

Havia alguns tabuleiros na caixa que precisariam ser jogados fora — estavam enferrujados depois de ficar tanto tempo guardados. Mas também havia alguns recipientes de plástico com cortadores também de plástico e sacos de confeitar que, em sua maioria, estavam em bom estado.

Bem no fundo, havia um recipiente maior com o manual de instruções original da batedeira, junto com todos os acessórios.

— Você acha que ainda vai funcionar?

Sam estava claramente intrigado enquanto Melissa folheava o manual. Ela parou então, sem ter certeza se estava preparada para encarar a possibilidade de o motor não funcionar. De a batedeira estar morta. Mas Sam não conseguiu se controlar e já estava limpando a superfície do aparelho e o cabo, antes de conectá-lo. Ele se virou para Melissa em busca de aprovação. Ela deu de ombros e finalmente assentiu.

Sam ligou o interruptor e pronto. O som conhecido do motor e, com ele, o eco de Eleanor erguendo a voz para conseguir conversar acima do barulho.

Pode me passar o saco de açúcar, querida?

Melissa levou a mão à boca.

— Que incrível! Quantos anos você disse que tem o aparelho?

Sam, o profissional da área técnica, agora estava em outra frequência de onda, impressionado com a longevidade da batedeira, murmurando sobre a qualidade da engenharia e querendo testar todos os acessórios. Mas Melissa já não ouvia mais. O choque que sentira agora se transformava em algo inteiramente diferente. Ela estava pensando: que alívio não ter dado a caixa para a caridade. Que alívio... sim. E estava muito feliz por ter aquilo com ela.

Santo Deus.

A batedeira Kenwood Chef da mãe.

Que, surpreendentemente, ainda funcionava.

CAPÍTULO 29

No dia seguinte — o último dia de férias de Sam —, eles prepararam cupcakes juntos, depois biscoitos e, por fim, a receita de sopa de abóbora-pescoço, que ficou incrível.

A batedeira estava funcionando maravilhosamente, mas Melissa ainda se sentia desorientada e, por consequência, muito determinada a manter o diário só para si. Não havia a menor possibilidade de entregá-lo para que Sam lesse livremente — o maior medo de Melissa era que ele percebesse e comentasse sobre as páginas ainda coladas. Assim, ela usou um suporte para livros de receita, projetado para manter o livro atrás de uma barreira protetora transparente. Isso significava que Sam, que assumiu o papel de auxiliar de chef de cozinha, não poderia virar as páginas. Melissa o pegou algumas vezes lendo as anotações visíveis ao longo de cada receita. E viu a expressão nos olhos dele ficar mais triste. Mas Sam foi sensível o bastante, ainda mais depois da reação dela ao tirar a batedeira da caixa, para não comentar. Ele não tinha ideia de que, na parte final do diário, a mãe mudava de tom.

Ao menos, Sam estivera certo em relação a preparar as receitas, o que se provou catártico. Em especial a de cupcakes. Era uma receita muito genérica, muito básica, mas, quando estava ralando a casca da laranja, Melissa teve a sensação mais incrível, mais estranha... e sua expressão de atordoamento imediatamente chamou a atenção de Sam.

— O que foi?

— Não sei exatamente.

— A laranja está ruim?

— Não. Está ótima. É só que...

Raspas da casca de uma laranja (crucial — lembra-se?) Melissa teve um novo lampejo de lembrança — dessa vez de estar sentada em um banco. Sim, um banco pintado de branco, ao lado da mesa da cozinha. Havia uma laranja sobre um prato de porcelana também branco diante dela. Melissa teve a sensação de ouvir a própria voz choramingando. Ela levantou os olhos e estreitou-os. Tentou se lembrar do por que estava se lamentando e do que exatamente a mãe estava fazendo...

— Só uma lembrança. De algum momento quando eu era criança. Não consigo localizar exatamente.

Sam sorriu e piscou. Melissa respirou fundo e virou-se de volta para a tigela — onde esfregou a farinha e a manteiga entre as pontas dos dedos. Ela agora também estava preparando palitos de queijo, para já deixá-los prontos para a noite seguinte. O jantar de quarta-feira com o pai.

Max ficara confuso a princípio, quando Melissa sugerira que jantassem no apartamento dela. Sam também sairia, quando voltasse do trabalho — fora convidado para jantar com alguns colegas mais velhos. Ele estava um pouco nervoso, pois esperava que aproveitassem a oportunidade para convidá-lo a ser sócio da empresa. Melissa já decidira com certeza que contaria a Max sobre o diário durante o jantar. E não havia como fazer aquilo em público...

Max havia telefonado para ela e protestara:

— Mas não vai ser um mimo de aniversário se for você a preparar o jantar, Melissa! Não. Vou reservar um restaurante elegante para nós.

— Não, papai. Por favor. É assim que eu quero. Venha por volta das sete e meia da noite.

Por conta de seus talentos culinários muito básicos, ela ficara um pouco ansiosa em arriscar a receita do *bœuf bourguignon*, mas Sam surgiu com a sugestão muito sensata de prepará-lo na véspera. Ao que parecia, ensopados sempre ficavam mais gostosos quando preparados de véspera — isso permitia que os sabores se "apurassem" antes que o prato fosse reaquecido. E, caso tudo desse terrivelmente errado, ela teria tempo para tentar de novo.

Melissa tirara uma semana de férias extra do trabalho, na qual supostamente deveria tomar uma decisão em relação ao contrato freelancer, por isso tinha bastante tempo livre. E, na verdade, a receita saiu ótima.

Eleanor especificara que fosse usada uma panela pesada, de boa qualidade. Por isso, Melissa ficara encantada ao encontrar uma caçarola grande da marca Le Creuset no fundo da caixa. Não era de estranhar que a caixa estivesse tão pesada.

Ela não conseguiu acreditar no tempo de cozimento sugerido no diário. Horas. Mas o aroma que tomou conta do apartamento foi inacreditável. Assim como o prato depois de pronto. Sam, quando provou, tinha uma expressão no rosto que ela nunca vira antes na cozinha deles.

Isso está gostoso de verdade, Melissa. Sem brincadeira.

E agora... finalmente chegara a quarta-feira. O pai parecia só um pouco desconfortável, já que obviamente vinha se perguntando o que estava acontecendo.

— Palitos de queijo? Santo Deus, Melissa. Adoro palitos de queijo!

Eles estavam sentados em sofás opostos — Melissa tentando parecer relaxada, sem os sapatos, com os pés para cima, abraçada a uma almofada.

— Esses estão muito bons! Ufff... — Ele deu um gole no vinho. — Bem picantes. Exatamente como eu gosto.

— Fui eu que fiz.

— Está brincando?
— Não. É sério.
Max tinha uma expressão estranha no rosto.
— Sabe, sua mãe costumava preparar esses palitos de queijo para mim. Um dia, ela fez uma brincadeira. Colocou praticamente um vidro inteiro de pimenta-caiena. Quase morri engasgado.
Melissa sorriu. Max desviou os olhos.
— Você pode dormir aqui, você sabe, papai. Se quiser. Quero dizer, imagino que tenha gastado uma fortuna nesse ótimo vinho. Vai ser uma pena não o aproveitar.
— Estou bem. Pegarei um táxi, se for necessário. Veremos.
Max sempre escolhia um bom vinho. As duas garrafas que ele levara tinham rótulos impressionantes. Seria um desperdício se fossem só para Melissa, mas ela ficou satisfeita ao ver que ele saboreava cada gole.
— Muito bem, o que está acontecendo, Melissa? Pensei que você não gostava muito de cozinhar...
— Comemos tão bem durante as férias, que Sam e eu decidimos que era um bom momento para fazer algum esforço. Fizemos um pacto de cozinharmos melhor. Talvez até entremos em um curso de culinária.
A expressão no rosto de Max era tanto de surpresa quanto de aprovação.
— Ótima ideia. Vou beber a isso. E, sem dúvida, há algo com um aroma delicioso na cozinha essa noite. — Ele se inclinou para pegar outro palito de queijo.
— Então, papai. O que foi aquela história quando eu estava fora. *Sou machista?* Você não está metido em nenhuma confusão no trabalho, não é?
— Não, de forma alguma. Agora já não importa mais...
— Importa, sim. Caso contrário, você não teria levantado o assunto. Não teria mandado aquela mensagem de texto.

— Você poderia ter me telefonado, já que ficou tão interessada, não?
— Desculpe. — Melissa enrubesceu. — Você sabe como eu sou. Ainda mais quando estou de férias. E ficamos um pouco distraídos com aquela bobagem do acidente.
Max respirou fundo e se recostou no sofá.
— Muito bem, então. O negócio é o seguinte. Eu me casei com uma mulher bonita. Gosto de mulheres bonitas. Estou começando a me preocupar com o que isso diz a meu respeito.
— Diz que você é um homem normal, de sangue quente, e que teve sorte no casamento. — Melissa serviu água para os dois de um jarro grande que estava na mesa de centro. — É sério. O que está acontecendo, papai?
— Ah... Estou pisando em ovos no trabalho. Por causa do politicamente correto. Não sei...
— Então você não está metido em nenhuma encrenca? Não fez nenhuma bobagem?
— Não, não exatamente. Mas, pense, passei toda a sua infância lhe dizendo como você era linda.
— O que foi uma graça, mas não exatamente verdade.
— É verdade, sim.
— Não, não exatamente. Em um bom dia, com o vento atrás de mim, sou bem passável. Mas não sou linda.
Ele ergueu as sobrancelhas.
— Escute, papai. Gostar de belas mulheres e achar sua filha bonita é uma coisa, mas, pelo meu modo de ver as coisas, você não julga todas as mulheres pela aparência o tempo todo. Ou quando não é relevante. No trabalho, quero dizer. Na vida cotidiana.
— Não, é claro que não.
— Está vendo? Você disse: *É claro que não*. Mas o fato é que alguns homens fazem isso, papai. Alguns homens qualificam todas as mulheres o tempo todo apenas pela aparência. No trabalho

e fora dele. E se não gostam da aparência delas, logo se veem os olhos deles procurando ao redor, em busca de alguma mais bonita para conversarem.

— Ah, isso é um absurdo.

— Não é. Isso é o que realmente é o machismo. Achar que, se a mulher não for bonita, não serve nem para uma conversa. É completamente diferente de achar alguém atraente e querer sair com ela. Ou se casar com ela. Ou... você sabe. — Ela conseguiu não dizer exatamente o quê.

Max franziu o rosto.

— Você está bem, papai? Sério?

— Ah. Não sei. Provavelmente é uma crise de meia-idade. É tão difícil ser homem atualmente... e viver preocupado em dizer a coisa errada. Você sabe... é tudo tão politicamente correto. No trabalho. É como um campo minado.

— Mas precisamos... do *politicamente correto*. É o que mantém os aventureiros afastados. Só temos o voto, lembre-se. — O tom dela era provocador.

Max franziu o rosto novamente.

— Eu sabia que não deveria ter levantado o assunto.

— De qualquer modo. Não se preocupe. Desde que não esteja encrencado no trabalho. — Ela encostou o copo no dele em um brinde e desapareceu na cozinha. Logo o chamava para servir o *bœuf bourguignon* com batatas *dauphinoise* e uma salada verde.

Ele ficou genuinamente estupefato com a refeição. Repetiu sem parar o quanto estava incrível. Que ela e Sam haviam tomado a melhor decisão ao levar a culinária mais a sério. *Incrível, Melissa. O melhor que já comi desde...*

Melissa surpreendeu o pai algumas vezes olhando para o prato e franzindo o cenho, mas ele não comentou nada.

Ela não se preocupara em fazer sobremesa e ofereceu queijo no lugar, mas Max disse que aceitaria mais tarde. Que precisava de um tempo. Eles voltaram, então, para a sala de estar, com a segunda garrafa de vinho.

— E agora é a minha vez de lhe fazer uma pergunta, papai.

— Uma pausa. — Aconteceu alguma coisa entre você e mamãe que você não me contou? Alguma dificuldade. Um abalo qualquer logo que ficaram juntos?

Melissa não lera as páginas coladas. Ainda não. Ela se levantara cedo para nadar todos os dias desde que voltaram de Chipre. Se dedicara à culinária. Sentira-se mais otimista em relação a isso. Mais ligada à mãe e ao próprio passado. Mas resolvera não ler as páginas coladas até ter falado com o pai. Ainda se sentia um pouco assustada.

— Por que está perguntando isso, pelo amor de Deus? — O rosto de Max ficou subitamente pálido.

Melissa deu outro gole grande de vinho e estendeu a mão para uma almofada, em busca de conforto.

— Não sei exatamente como lhe contar, papai. Mas tive uma espécie de choque.

— Que tipo de choque? Do que está falando?

Ele agora tamborilava com o pé no chão de madeira.

— No meu aniversário, recebi uma carta de um escritório de advocacia. E acabei sabendo que mamãe organizou um livro para mim. De presente para o meu aniversário de vinte e cinco anos.

Max ficou branco. Parou de bater com o pé no chão. Houve um segundo de absoluta imobilidade, antes que todo o corpo dele se movesse ligeiramente — a taça de vinho quase virou em sua mão.

— É só um livro de mulher, papai. Um monte de receitas e fotografias e conversas de mulher para mulher. Esse tipo de coisa.

— Não. Não. Eleanor nunca me contou nada sobre isso. Não entendo. Por que ela não me falaria a respeito? — Ele se mexia no sofá agora, como se já não conseguisse mais arrumar uma posição confortável.

— É como eu disse, papai, um livro de mulher. Mamãe quis que ficasse entre nós. Provavelmente achou que você consideraria uma bobagem. Sentimental demais.

— Mas como ela conseguiu que você recebesse esse livro, Melissa?

— Através de um advogado. Uma firma de advogados que a família dela usara por anos.

— Não. Ela nunca mencionou nada. Nem uma palavra. — Ele desviara os olhos, parecia não estar ouvindo as respostas dela.

— E quando Eleanor escreveu esse livro?

— Quando já não estava bem, papai.

Max respirou fundo, enquanto Melissa continuava a mexer nervosamente na almofada.

— E por que você não me contou no instante em que recebeu? Posso ver o livro? — Ele estava olhando ao redor da sala, como se tentando descobrir onde o livro estaria.

— Não. Eu ainda não o li todo.

— Está brincando comigo? — Ele agora estava de pé, agitado fisicamente e ainda olhando ao redor.

— Sente-se, papai. Por favor. Escute. O livro chegou em um momento bem delicado. Eu havia acabado de dizer a Sam que não tinha certeza se queria me casar com ele.

— Sam pediu você em casamento?

— Sim, papai. Ele me pediu para casar com ele. Bem... não agora. Obviamente. Era para ficarmos noivos. Mas eu entrei em pânico. Pedi a ele um tempo para pensar a respeito. Não só por eu ser nova demais, mas porque não tenho certeza se quero me casar com alguém.

Max respirou fundo de novo e finalmente voltou a se sentar.

— Você parece ter ficado desapontado. Que é exatamente o que eu temia que pudesse acontecer.

— Não é desapontamento, Melissa. Só sinto... não sei. — Ele ainda parecia abalado.

— Eu realmente não sabia como lhe contar, papai, sobre o diário. Mas ela me deixou receitas. Algumas delas eram suas favoritas.

A expressão dele mudou. Resolvera o quebra-cabeça. Ele abaixou os olhos para o chão, desviou-os para o prato vazio de palitos de queijo e, finalmente, encarou Melissa, que apenas assentiu.

— Não está chateado?

— Não, não estou chateado. — Ele bebeu um longo gole de água. — Só estou um pouco chocado. Mas não consigo entender por que sua mãe não me contou sobre o livro.

— Acho que ela pensou que você já tinha muito com que lidar.

— Sim. Bem... — Max se levantou de novo e foi até a janela, mantendo-se de costas para Melissa. — Santo Deus. Sabe de uma coisa? Merda. Na verdade, estou furioso, sim. — Ele jogou o guardanapo que tinha nas mãos em cima da mesa. — Por que diabos ela não me contou sobre isso? Eleanor não escreveu um maldito livro para mim!

Melissa não disse nada. Só esperou.

— Desculpe, Melissa.

— Não. Está tudo certo, papai. Escute, eu sabia que seria um choque para você. Mas mamãe não fez nada além de elogiá-lo no livro. Chega a ser embaraçoso. Acho que ela estava só preocupada com como eu iria crescer. Sem companhia feminina. Sem uma voz feminina.

— Então, o que há nele exatamente? Nesse livro? Eu o teria lido direto. Do início ao fim. De uma sentada só. Não entendo por que você ainda não terminou de ler.

— Estou achando bem difícil lê-lo, para falar a verdade. Está mexendo comigo emocionalmente. E não foi o melhor momento para o livro aparecer, eu havia acabado de deixar Sam chateado. A princípio, também não quis contar a ele. Quero dizer... havia acabado de dizer a Sam que não tinha certeza se algum dia iria querer me casar, e me pareceu um pouco egoísta falar sobre o livro. Você entende? *Acho que não quero me casar com você, mas... poderia me ajudar a superar esse enorme choque emocional?*

— Há outra pessoa, Melissa? Vocês estão se separando? Você e Sam? É por isso que ele não está aqui essa noite?

— Deus, não.

— Então, como estão as coisas? Ele está bem? Quero dizer, com a ideia de você deixá-lo em compasso de espera?

— Na verdade, não.

— Ah, Melissa. Mas achei que você o amava.

Melissa deu mais um gole no vinho e cerrou os lábios, enquanto Max finalmente atravessava de novo a sala e voltava a se sentar.

— Eu amo Sam, sim, papai. Só nunca me vi como alguém que se casa. Acho que não sou desse tipo.

— Mas por que nunca?

Houve um terrível momento de pausa e Melissa percebeu algo lentamente se registrando nos olhos do pai, que voltou a encarar o prato vazio sobre a mesa. As migalhas dos palitos de queijo.

— Escute. A princípio, o livro foi um choque, papai. Mas logo comecei a vê-lo como algo muito reconfortante. E também surpreendente. Mamãe explicou por que não quis que eu soubesse sobre a doença dela. E é estranho, mas também é muito bom. Ela ter escrito para mim, de adulta para adulta.

— Então há bastante texto nesse livro. Não só receitas e fotos?

— Sim. Há bastante texto.

— E o que exatamente ela diz sobre mim?

— Só coisas maravilhosas.

— Posso lê-lo, então, Melissa? Por favor?

— Não sei.

— O que você quer dizer com "não sei"? — Ele pareceu tenso.

— Primeiro, preciso terminar a leitura no meu próprio tempo. E é por isso que estou lhe perguntando se houve algum problema logo que ficaram juntos. Entre você e mamãe. Na parte que estou lendo no momento, ela mencionou que vocês tinham tido uma espécie de desentendimento ou coisa parecida.

A expressão no rosto de Max mudou. O pé voltou a bater no chão.

— E ela escreveu sobre isso?

— Acho que sim. É a parte que vou ler a seguir, e por isso estou lhe perguntando primeiro. Por que a briga, papai?

— Escute, essa é uma época da qual realmente não quero falar, Melissa. Fiz um belo papel de idiota. — Ele serviu mais vinho para os dois.

— Estou ouvindo.

— Eu não ganhava muito bem quando eu e sua mãe ficamos juntos. E me comportei meio como um homem das cavernas. Preocupado em prover a família.

— Que antiquado da sua parte...

— Machista?

Melissa sorriu e os olhos dele relaxaram um pouco.

— Eu sei. Uma tolice. Mas amava muito a sua mãe e queria tomar conta dela. E sei que parece condescendente e, sim, provavelmente machista, mas não foi essa a minha intenção. Eu queria protegê-la. Tomar conta dela. E da família que eu esperava que formássemos.

— Não entendo o que isso tem a ver com uma briga.

Max suspirou.

— Recebi uma excelente oferta de emprego em Nova York. Em um banco de reputação questionável. Excelente salário. Sua mãe achou que eu estaria me vendendo. Que eles queriam comprar a minha integridade. Minha posição.

— E era verdade?

Max deu um longo gole no vinho.

— Sim. No fim, era exatamente o que queriam.

— E o que aconteceu?

— Fui teimoso. Fui para Nova York. Sua mãe ficou para trás.
— Vocês **terminaram**? — Melissa mal conseguia acreditar no tom da própria voz e apertou a almofada com força contra o estômago.
— Sim. Sei que parece improvável. E absurdo. Mas foi por muito pouco tempo. Sim. Sua mãe e eu terminamos.
— Santo Deus.
— Totalmente por minha culpa. Por ser teimoso e burro. Portanto, que seja um alerta para você.

Melissa se sentiu enrubescer.

— E o que aconteceu?
— Achei que ela iria atrás de mim. Ela achou que eu não iria para Nova York.
— E quem capitulou?
— Quem você acha? Sua mãe estava absolutamente certa, é claro. Levei duas semanas para encarar isso. Eles tentaram disfarçar, naturalmente, mas logo ficou óbvio o que o banco queria de mim. Que eu os ajudasse a se safar de alguns pedidos de falência moralmente questionáveis.
— E o que você fez?
— Pedi demissão e voltei para casa com o rabo entre as pernas. Sem emprego. Sem nada.
— E...?
— E sua mãe, maravilhosa, me aceitou de volta sem nem pestanejar. Ficou ao meu lado e me apoiou até eu conseguir outro emprego temporário como professor. Até eu voltar a me colocar de pé e minha antiga universidade ter a gentileza de me aceitar de volta em tempo integral.
— E isso o tornou mais forte?
— Não. Só me deixou apavorado, Melissa. Por perceber que poderia ter estragado tudo. Que poderia ter perdido a sua mãe de vez. Bem no início.

Melissa examinou com atenção o rosto do pai.

— Desculpe. Eu chateei você.

— Não. Está tudo certo. Só fiquei um pouco chocado. Foi uma surpresa.

— Eu sei.

— Embora eu ache bom, Melissa. Que estejamos conversando assim. Sobre a sua mãe, quero dizer.

Então Melissa sentiu os ombros relaxarem ligeiramente, aliviada por saber, enfim, o que estava escrito nas páginas coladas.

— Você acha que é isso o que estou fazendo com Sam? Cometendo um grande erro? A fobia de casamento? Achei que você entenderia, já que sou tão nova.

Max a encarou nos olhos.

— Você ainda é jovem, Melissa. Mas gosto de Sam. Provavelmente mais do que gosto de demonstrar. Portanto, se você o ama, aja com cuidado. — Ele tirou uma poeira imaginária do joelho da calça. — E se essa insegurança, ou pânico, ou o que for, tiver como motivo o que aconteceu comigo e com a sua mãe... no fim, quero dizer. Bem... você precisa saber que eu não mudaria absolutamente nada. Se eu pudesse voltar atrás, faria tudo de novo. Me casaria outra vez com ela.

Melissa examinou o rosto do pai com atenção mais uma vez.

— E esse é o motivo para você ainda estar tão determinadamente solteiro.

— Isso não é justo, Mel. — Ele respirou fundo, lentamente.

— Tive a minha cota de felicidade.

— E quem disse que precisa ser apenas uma cota, papai?

CAPÍTULO 30

Eleanor — 1994

— A questão é que ainda não estou realmente preparada. — Eleanor segurava o livro nas mãos, examinando-o detidamente.

— Sinto muito. — James Hall, o advogado mandado pela firma, atendendo a um desejo especial de Eleanor, estava de pé, constrangido, ao lado do sofá. — Achei que haviam me dito meio-dia.

— Não. Desculpe. Não foi isso o que eu quis dizer. E, por favor, sente-se.

Ele se sentou e tentou sorrir.

— Então, estou entendendo corretamente? A senhora quer colocar esse livro sob os cuidados da nossa firma, para ser entregue à sua filha quando ela completar vinte e cinco anos, foi o que disse?

— Sim. Presumo que seja possível, não? Vocês podem organizar isso?

— Sim. É claro. Mas vamos precisar saber claramente de que modo gostaria que isso acontecesse. No futuro. — Ele estava olhando para o livro.

— Preciso que vocês façam algumas checagens antes que o livro seja passado para Melissa. Sobre a saúde dela e a do pai. Anotei tudo. E pagarei a vocês agora e também colocarei algum dinheiro em uma conta. Para cobrir futuros custos. — Eleanor estendeu um pedaço de papel que o sr. Hall leu cuidadosamente.

— Mas, como eu disse, o momento é muito difícil. Não estou realmente preparada, mas meu médico... — Eleanor parou para alisar o braço do sofá. — Escute. Eu provavelmente serei internada um pouco antes do que esperava, por isso preciso lhe entregar o livro hoje. — Ela ainda segurava o livro com força. — Confidencialidade é crucial aqui.

— É claro.

— Meu marido não sabe a respeito desse livro.

— Entendo.

— Desculpe. Aceita um café? Nem pensei nisso.

— Não. Estou bem. Mas se a senhora precisar beber alguma coisa...

— Não. Não. — Eleanor agora se sentia constrangida. Consciente de como o homem deveria vê-la. Tão, tão magra.

Houve uma pausa bem mais longa, então, durante a qual Eleanor abriu o livro para mostrar as páginas coladas.

— Há uma parte desse livro. Esse trecho aqui. — Ela mostrou a ele exatamente a que se referia. — Que tenho a esperança de poder editar. De arrancar, na verdade, antes de entregar a vocês. Mas estou aguardando uma informação... o resultado de alguns exames, que me farão decidir se preciso fazer essa edição.

O sr. Hall franziu o cenho.

— Sim. Sei que tudo isso parece um pouco complicado e furtivo. Na verdade, é mesmo bastante complicado.

— Bem... como deseja fazer? Quer que eu volte mais tarde? Ou amanhã?

— Não. A questão é que preciso que leve o livro hoje, mas gostaria de me manter em contato por telefone, do hospital, para decidir se essa parte deve ser removida antes de o livro ser guardado.

— Entendo.

O sr. Hall explicou, então, que qualquer outra instrução especial precisaria ser registrada oficialmente por escrito, e ele poderia mandar pegar uma cópia mais tarde, ainda naquele dia, mas Eleanor, de repente, ficou muito nervosa.

— Não. Não. Não quero nada por escrito. De negócios meus. Ora... Max obviamente terá acesso a tudo e é importante que isso permaneça confidencial. Ah... droga! Tudo isso está parecendo enigmático demais, não está? Escute. O que estou esperando é o resultado de um exame de saúde. E realmente não quero que meu marido se estresse com isso mais do que já vem acontecendo. Não, se não for necessário. Eu me pergunto se eu poderia fazer algum arranjo para que o resultado desse exame seja mandado para vocês pelo meu médico?

— Eu precisaria fazer algumas consultas a esse respeito. Haveria questões de confidencialidade e permissão a serem resolvidas. Lamento se tudo isso parece não ser de grande ajuda, mas precisamos seguir os procedimentos ao pé da letra. É um aborrecimento. Mas a lei é assim.

— Sim. Eu entendo.

Eleanor começou a morder o lábio inferior.

— Que tal conversarmos mais um pouco agora, sra. Dance? Tentarmos colocar alguma coisa no papel... ao menos, sobre o fato de eu estar levando o livro comigo imediatamente? Anotar seus desejos desse momento. De hoje. Então, farei algumas consultas a respeito de suas outras sugestões e lhe darei um retorno por telefone. Em relação ao resultado desse exame.

— Está certo. Sim. É uma boa ideia. — Só então, Eleanor se deu conta da aspereza na palma de sua mão, no lugar onde estivera alisando com força demais o braço do sofá. Sem parar. — Vamos fazer isso. Sim. Terá que servir por enquanto.

CAPÍTULO 31
Max — 2011

Max vinha dormindo mal desde seu jantar com Melissa. Ele tentou com todas as forças não pensar no diário. Em como deveria ser. No que deveria dizer. Também tentou com todas as forças não pensar em Anna.

Mas, apesar de seus melhores esforços, o golpe vinha acontecendo praticamente todo dia agora. Às vezes no estacionamento, quando a chegada dele coincidia com a dela. Às vezes no departamento, quando ele a via checando o relógio e se apressando para uma aula. Mas o golpe era mais forte quando Max não esperava de forma alguma vê-la — quando era pego desprevenido. Virando em um canto do corredor. Ao atravessar uma cantina. Ao deixar o escritório no início da noite, quando achava que todos, incluindo Anna, já haviam ido embora.

Max decidira que era apenas desejo e que passaria. Então, ela aparecera uma manhã com uma gripe terrível — as mãos tentando cobrir o rosto, envergonhada por causa de duas bolhas que haviam aparecido em seu lábio superior. Bolhas feias, com crostas. O nariz estava vermelho e machucado e ainda havia uma tosse seca e intermitente.

E o golpe o atingiu do mesmo jeito.

— Se fosse você, eu manteria distância de uns bons três metros. — Anna levantou a mão para detê-lo. — Eu deveria ter ficado em casa, mas estou com a agenda cheia.

— Poderíamos ter dado um jeito de cobri-la.

— Sim, eu sei. É como eu sempre digo, sou intensa demais.
— Gostaria de tomar um café mais tarde? — Max não planejara fazer o convite. Eles não haviam se sentado para conversar desde o jantar que não fora um encontro. — A três metros de distância, obviamente.
Ela riu.
— Claro. Embora eu provavelmente vá preferir tomar um chá. Apenas deixe-me infectar mais alguns calouros antes.
— No meu escritório? Às onze? — Max enfiou a mão no bolso, sem saber o que procurava ali.
Anna conferiu o relógio.
— Está ótimo.
Ele comprou dois pacotes de biscoito na cafeteria que havia no caminho, angustiando-se absurdamente em relação a que tipo ela iria preferir — amanteigados ou recheados de chocolate —, e ficou aborrecido por Anna já estar esperando por ele.
— Desculpe. Estou atrasado?
— Não. Fui eu que cheguei cedo. — Ela estava enchendo a chaleira na pequena cozinha que havia no escritório. — Espero que não se incomode por eu ter me adiantado, mas preciso desesperadamente de um descongestionante. — Anna reapareceu para derramar o pó do chá descongestionante em uma xícara que estava sobre a mesa de Max, enquanto ele preparava a cafeteira.
— Então, como estão as coisas com Freddie? Eu vinha querendo lhe perguntar.
Ela deixou escapar o ar, esticando o lábio inferior e fazendo voar a franja.
— É claro que exagerei absurdamente. Achei que ele estava traficando crack. No fim, era um motivo bem mais simples.
— É mesmo?
— Uma garota.

— Ah.

— Os pais dela estavam fora de casa. Uma oportunidade que não poderia ser desperdiçada... obviamente.

Max sorriu e logo se desculpou por isso, mas Anna também estava sorrindo, enquanto jogava o sachê do chá na lata de lixo.

— Nos faz voltar no tempo, não é mesmo?

— Então vocês dois estão bem um com o outro?

— Sim. Parece que estamos. A não ser pelo novo pânico de que ele vá engravidar a menina. Freddie está naquela idade obsessiva. Primeira vez que fez sexo, desconfio. Mas não posso ficar brava. E preciso me lembrar disso. Além do mais, ao menos agora ele está me dizendo a verdade.

Max derramou a água fervendo.

— E ela é muito bonita. — Anna voltou a levar a mão à boca, primeiro para esconder, depois para apontar as bolhas nos lábios.

— Lembrete para mim mesma: não convide a linda namorada do seu filho para uma visita quando você está incorporando Godzilla.

— Posso retribuir a gentileza, Anna? — Mais uma vez, Max não se dera conta do que estava prestes a dizer. Ao que parecia, seu cérebro e suas cordas vocais não estavam se comunicando.

— Como assim?

— Com um jantar.

— Está se oferecendo para cozinhar para mim, professor?

— Na verdade, eu estava pensando em um restaurante.

Ele deixou a frase no ar. Eram palavras perigosas, que não haviam sido planejadas.

A expressão no rosto de Anna logo deixou claro que ela estava absorvendo o significado do que fora dito. Uma ida a um restaurante era um encontro.

Anna deu um gole no chá descongestionante.

— Podemos esperar que essas bolhas estejam curadas?

O golpe.

— Em uma semana já deve estar bom.

— Muito bem. Claro. — Max estava servindo o café para si, mas desviou o olhar para o rosto dela, desejando ter coragem de dizer para Anna abaixar a mão. Para parar de se preocupar com a aparência porque ele odiava ver o constrangimento em seus olhos.

— Avise-me quando for bom para você.

— E como está Melissa? Depois das férias? Ela tomou uma decisão sobre o novo contrato de trabalho? Escrever para um dos jornais nacionais, não é?

— Sim. Uma coluna de defesa do consumidor para um tabloide. Ela ainda não decidiu. Está com muitas coisas na cabeça.

— É mesmo?

Max voltou a pensar no livro. Em como na noite da véspera ele ficara na cama, tentando imaginar Eleanor sentada ali, escrevendo. E não queria voltar a pensar naquilo. Não naquele momento.

— Contarei a você quando sairmos para jantar.

Anna estava examinando com atenção o rosto dele e pareceu subitamente preocupada.

— Você está bem, Max?

Como aquilo funcionava? Como poderia ser certo ele querer conversar com Anna sobre Eleanor?

— Está bem. Você me conta no jantar, Max. Quando a minha aparência estiver menos assustadora.

Então, rápido demais, eles estavam saindo para dar suas próximas aulas, e Max precisou resistir à vontade de olhar por sobre o ombro para vê-la se afastar.

Meia hora mais tarde, quando ele estava embalando na introdução de economia quantitativa com um grupo muito promissor de alunos do segundo ano, foram interrompidos pela estridência do alarme de incêndio. Max deu as costas ao quadro de anotações. Não recebera o maldito e-mail de aviso. Típico.

Odiava treinamentos de combate a incêndio.

Ele esperou pelo toque longo da campainha interrompendo a já conhecida sequência de três alarmes — a indicação de que era um treinamento. Não aconteceu.

Merda.

— Muito bem. Todo mundo. Treinamento de combate a incêndio.

Então não era um treinamento?

— Nossa rota de escape é à direita, ao sair da sala, e a porta de incêndio fica em frente. Peguem suas coisas. Com calma e devagar. Desculpem pela interrupção.

— Então é um treinamento? — perguntaram várias vozes de uma vez.

— Não importa o que seja, temos que nos comportar como se fosse de verdade.

— Não podemos simplesmente ignorar?

— Não. Desculpem. Regras da universidade. Valem mais do que a minha aposentadoria. Levantem-se. Devagar e com calma. Virem à direita e sigam para a porta de incêndio em frente. Vocês têm sorte que seja tão perto. Saindo. Rápido agora. Vamos. Todos vocês. Assim vou ter o orgulho de provar que um professor de economia realmente sabe contar.

Max ouviu os murmúrios e resmungos, enquanto fazia com que se apressassem. Ele contou um a um. E ficou atrás do grupo que seguiu em fila, dobrou à direita e saiu pela porta de incêndio para o gramado. *Oito. Nove. Dez.*

— Nosso ponto de encontro é no gramado em frente à biblioteca. Vejo vocês lá em um instante.

Então, Max sentiu o coração disparar quando pegou o celular e checou os horários de aula do departamento para ver onde ela estava. Merda. Sala onze. Terceiro andar.

Merda. Merda. Merda.

Max se virou para o outro lado e voltou à escada do prédio principal, onde Alistair Hill — um dos zeladores e membro da brigada de incêndio — estava parado com os braços abertos, barrando o caminho.

— Por outro caminho, por favor, professor Dance. — Havia fumaça na escada e Max não conseguia ver claramente.

— Então não é um treinamento?

— Não. Não é um treinamento. — Eles ouviram um estalo no walkie-talkie que estava preso ao cinto de Alistair. O telefone celular dele também estava tocando.

— O que está acontecendo, então?

Alistair atendeu ao celular e ao walkie-talkie, enquanto mantinha a mão erguida, pedindo a Max para esperar. Seguiu-se uma conversa assustada, fragmentada, impossível de decifrar quando se ouvia apenas um lado. Finalmente, Alistair abaixou os aparelhos e voltou a olhar para Max.

— A cozinha na cafeteria principal. Equipamento com defeito. A brigada de incêndio já está a caminho.

— E quanto às pessoas que estão nos andares de cima? — Max relanceou o olhar para a escada, tentando imaginar que caminho poderiam tomar. As salas ficavam bem em cima da cafeteria. Ele procurou se lembrar da última vez em que usara aquelas salas. Havia uma escada externa? Uma saída de incêndio? Não conseguia se lembrar. Nunca prestara atenção em todas as malditas instruções de combate a incêndio.

— Lamento. Vou ter que lhe pedir para dar meia-volta, professor Dance. Vá por outro caminho, por favor. Temos tudo sob controle aqui.

CAPÍTULO 32
Melissa — 2011

Uma parte de Melissa desejava já estar de volta ao trabalho. Sentia falta do ritmo. Da bandeja de entrada na sua mesa, transbordando com cartas de aposentados, roubados por artistas trapaceiros de fala mansa. O barulho dos teclados ao redor dela. As sobrancelhas franzidas conforme os prazos de entrega se aproximavam. O café forte e as vozes alteradas. Jornalistas gostavam de um bom debate, quando tinham tempo para isso, e Melissa estava sentindo falta da convivência.

Mas não. Tudo ao redor dela agora estava quieto demais. Melissa ainda estava de licença do *Bartley Observer* para se decidir a respeito da oferta de contrato do tabloide. Enquanto isso, Sam estava subitamente enlouquecido de trabalho. Como esperado, ele recebera o convite para ser sócio da empresa e estava se organizando financeiramente para comprar uma participação no negócio. A função dele seria converter e ampliar propriedades tombadas, e ele já tinha um bom currículo nisso, pois acabara de liderar um projeto que aparecera em uma matéria no suplemento de domingo do jornal. Mas, de repente, havia muito a fazer. Muitos contatos de trabalho. Reuniões com o banco. Entrevistas com a imprensa especializada. Havia também o desafio de dar apoio a Marcus. Ele e Diana já haviam consultado advogados e a lama se adiantava densa e rápida. O pai de Sam estava ajudando financeiramente — instalara Marcus em um apartamento alugado, enquanto o rapaz tentava organizar a confusão financeira em que se metera.

Tudo aquilo deixava Sam com olheiras, enquanto Melissa, em comparação, tentava descobrir o que fazer com o tempo livre no apartamento. Na verdade, deveria estar usando aquele tempo para se preparar para um encontro definitivo com o editor do tabloide.

Ela reunira trechos de suas histórias de sucesso com consumidores e anotações para novas ideias de campanhas, mas agora estava distraída — incapaz de tirar da mente o diário, a culinária e a semente para algum tipo de blog. Ainda estava imaginando se ousaria mencionar isso também ao editor. A ideia de compartilhar as próprias lembranças, despertadas pela culinária, com um convite aberto para que outros fizessem o mesmo. Melissa estava ciente de que havia muitos especialistas que escreviam brilhantemente sobre comida, mas não era o que tinha em mente, de forma alguma. Ela queria escrever sobre a surpresa da iniciante. A sequência disso. A nostalgia e a importância de truques de receitas e de lembranças especiais passadas de geração para geração.

Além disso, também estava distraída por uma nova e secreta preocupação — vinha passando horas on-line, pesquisando sobre os genes do câncer BRCA1 e BRCA2.

Só quando começou a ler mais a respeito foi que Melissa se deu conta de como compreendera mal as coisas.

Max levantara o assunto com ela apenas uma vez e de forma muito hesitante — dissera que, quando ela fosse mais velha, talvez quisesse conversar sobre o assunto com o clínico.

Eles não sabiam a esse respeito quando mamãe ficou doente? Era novidade, Melissa. Tudo novo.

Na adolescência, Melissa não tivera vontade alguma de ir mais a fundo no assunto. Tudo o que sabia era que mulheres com genes defeituosos tinham os dois seios extirpados. Santo Deus. Ela se lembrava de ter ficado parada diante do espelho, nua, certo dia, e de ter se sentido prestes a desmaiar.

Agora, lia site após site on-line. E rapidamente ficou claro que a pesquisa havia caminhado muito desde que a sua mãe ficara doente.

O gene defeituoso realmente estava ligado tanto ao câncer de mama quanto ao de ovário — como imaginavam nos anos 1990 —, mas não era obrigatório. Uma célula precisava de um número de "erros" em um código genético antes de se tornar cancerosa. Nascer com um gene defeituoso não significava que a pessoa definitivamente teria câncer... mas, com certeza, aumentava o risco.

Sites oficiais de importantes instituições de combate ao câncer explicavam que o BRCA1 e o BRCA2 — descobertos por volta da época em que Eleanor ficou doente — foram os primeiros genes de câncer de mama a ser claramente identificados. Qualquer pessoa que os carregasse tinha um risco maior de sofrer de câncer ao longo da vida — as estimativas variavam entre 45 e 90 por cento. As opções de tratamento iam do extremo de uma dupla mastectomia à observação e espera com exames regulares.

Exames genéticos agora eram uma opção para qualquer pessoa com um histórico familiar importante de câncer de mama ou do câncer de ovário também associado. Para conseguir fazer o exame pelo sistema de saúde pública inglês, normalmente era necessário que o paciente tivesse um parente vivo com câncer, que pudesse ser examinado primeiro para verificar se havia um gene defeituoso em ação — e mais precisamente qual era ele.

A princípio, Melissa achou que aquilo encerrava o assunto para ela. Mas, conforme pesquisava mais, descobriu que poderia haver alguma flexibilidade, dependendo do histórico de família. Além disso, o serviço de saúde pública, apesar de ser preferível, não era a única opção. Mais buscas no Google revelaram o inevitável. Exames genéticos atualmente tinham um mercado crescente na medicina particular. Melissa, como jornalista, sentiu-se imediatamente desconfortável. Imaginou mulheres assustadas, fazendo o exame sem ser realmente necessário — e também sem considerarem as consequências como um todo.

Mas isso significava também que ela, potencialmente, tinha uma opção de fazer o exame sem precisar consultar o clínico que a atendia no serviço público — e sem que ninguém, e por ninguém ela se referia a Sam e Max, precisasse saber.

Mais leituras confirmaram que os fatores de risco de Melissa não pareciam bons. O grande alerta vermelho era o fato de a mãe e a avó terem morrido relativamente jovens, de cânceres relacionados — especialmente em uma família dominada por homens. Melissa também ficou surpresa ao descobrir que os homens podiam ser portadores silenciosos do gene defeituoso. Em qualquer um dos casos, uma mãe ou um pai com BRCA1 ou BRCA2 tinha 50 por cento de chance de passar o gene para os filhos.

O motivo para os especialistas preferirem examinar um parente que fosse paciente de câncer primeiro era porque isso permitiria que tentassem isolar muito precisamente o gene defeituoso em ação. O que garantiria, então, que os exames preditivos de qualquer parente fossem muito mais bem-sucedidos e precisos. Fazer o exame sem o sangue de um parente vivo era possível, mas não ideal.

As diretrizes médicas na Grã-Bretanha recomendavam a consulta com um especialista, mas algumas empresas on-line não se incomodavam em receber uma amostra de saliva por correio e dar o resultado do exame oito semanas depois. Melissa não tinha ideia de qual seria a precisão desse resultado.

Ela deu uma pausa na tela do computador para fazer um café forte e aproveitou para colocar o livro da mãe à sua frente. Então, pousou a mão espalmada sobre a capa e inclinou a cabeça na direção do canto do cômodo, imaginando Eleanor em sua escrivaninha — com a caneta-tinteiro na mão.

Melissa sentiu uma súbita onda de compaixão pela mãe, que encarara tudo aquilo sozinha. Ela pressionou os lábios com força e, de repente, teve certeza.

Foi como se lembrar de um fato que era a resposta certa para um questionário — aquele nome que não toma forma completamente. Aquela pessoa logo na periferia de sua visão.

E, de repente, uma clareza absoluta.

Melissa já tinha se dado conta havia algum tempo — já nos primeiros dias da leitura do livro — de que, no fundo, ficara zangada com a mãe por não se despedir. Mas já não sentia isso. Não mais.

Toda aquela confusão com Sam. Ela imaginara que, afinal, talvez ele estivesse certo em dizer o que dissera naquela briga no carro, em Chipre. Que ela era contra o casamento simplesmente porque tinha *medo*. Que Melissa não acreditava em finais felizes porque ficara assustada com o que ela e o pai haviam passado. Mas agora compreendia melhor.

Tinha a ver com as crianças que brincavam na fonte. Com a questão de ser *mãe*. Melissa se dera conta disso quando Sam confessara quanto queria ser pai. Ela sempre imaginara que ele talvez quisesse formar uma família, mas agora não havia como fingir que desconhecia a *intensidade* com que ele desejava isso.

Desde que recebera a oferta de se tornar sócio da empresa em que trabalhara, Sam ficara animado com o dinheiro extra que iria ganhar. E isso o encorajara a mostrar a Melissa, no computador dele de casa, todos os projetos que vinha colecionando para a chamada casa de sonhos da família.

Era quase como se Sam agora achasse que o fato de Melissa ter compartilhado o diário com ele houvesse solucionado qualquer problema entre os dois.

E era bem aí que morava o paradoxo. Se compartilhar o livro com ele tivera algum efeito, fora o de piorar as coisas.

Melissa sentia os ouvidos latejando cada vez que pensava a respeito.

Não poderia mudar de ideia agora e se casar com Sam, mesmo se quisesse. Porque como, pelo amor de Deus, ela poderia ter um bebê? Se fizesse o exame, o resultado seria positivo. E se ela tivesse um bebê — um dia, no futuro —, haveria a forte possibilidade de que a pobre criança tivesse que passar exatamente pelo que Melissa passara.

E não havia como ela fazer isso com Sam. Ou com a criança. A questão já não tinha mais a ver com algum medo irracional de morrer jovem. Tinha a ver com ciência. Com genes. Com fatos. Fora diferente para a mãe dela porque Eleanor não sabia de nada daquilo quando se casara e tivera Melissa. Mas saber do risco mudava tudo para Melissa. Dava a ela uma responsabilidade que, na verdade, não queria.

Melissa correu os dedos pelas páginas coladas, no terço final do diário — e soube por que não quisera lê-las antes. Tinha certeza agora do que havia ali. Não apenas a história do "rompimento" dos pais, mas também os resultados dos exames da mãe. Eleanor dera voltas e mais voltas para preparar a filha o mais delicadamente possível... para o pior.

Melissa fechou os olhos e tentou se lembrar. Um cortador de biscoito em forma de coelho. Ela, parada do lado de fora daquele banheiro em Cornwall. Muito impaciente.

Então, Melissa respirou bem fundo e abriu o livro.

CAPÍTULO 33
Eleanor — 1994

Eleanor tinha uma ideia clara em sua mente de como deveria ser aquele final.

Até que, pouco depois de entregar o livro ao advogado, ela acordou no chão. Não tinha ideia de quanto tempo passara desmaiada. Eleanor não estava de relógio e presumiu que houvessem sido alguns minutos, mas, quando se arrastou pelo tapete até uma posição onde pudesse ver o relógio, ficou chocada ao perceber que mais de vinte minutos haviam se passado. E também ficou chocada quando reparou na cor da própria pele. Estava amarela.

Max estava na universidade — demoraria quarenta e cinco minutos para chegar em casa. Ela havia insistido para que ele fosse trabalhar, dia após dia, incapaz de aguentar a preocupação do marido, ainda determinada a manter as coisas o mais normais possível, pelo maior tempo possível, por Melissa. A enfermeira domiciliar municipal agora visitava Eleanor duas vezes por dia, o que a fazia se sentir segura. Mas calculara mal.

A dor na parte de baixo do estômago era quase insuportável. Ela se arrastou mais alguns metros na direção do telefone e ligou, primeiro, pedindo uma ambulância, depois falou com o dr. Palmer. Ele estava no consultório e a secretária transferiu a ligação no mesmo instante.

— Chegou a hora — foi tudo o que disse.

Houve uma pausa e logo o médico a tranquilizava de que iria entrar em contato com a central de controle da ambulância e falaria com a ala de internação — organizaria tudo. Uma cama protegida da vista. Max estava com ela? Quando ligara para o número de emergência? Tinha certeza de que não preferia ser internada na ala de assistência a pacientes terminais?

Eleanor havia recusado todo apoio a pacientes terminais porque Melissa logo perceberia o que estava acontecendo. Mas escrever o livro para a filha acabara fazendo com que não se sentisse mais tão certa de que essa fora a melhor decisão. Ela disse, então, ao dr. Palmer que não sabia mais o que pensar sobre a ala de assistência aos pacientes terminais, e ele retrucou que se certificaria de que a enfermeira do hospital que os atendia fizesse contato com a ala. Ao menos para discutir a possibilidade.

— Há alguém com você, Eleanor? A enfermeira domiciliar esteve com você essa manhã? Não está sozinha, não é?

— Estou bem. Está tudo sob controle.

Quando a ambulância chegou, Eleanor conseguira se acomodar em uma cadeira no hall de entrada, com uma pequena bolsa de viagem aos pés. Só o básico. A cada item que guardava, imaginava Max lentamente desfazendo a bolsa. Pijamas, nécessaire, livros.

Ela resolvera pedir à enfermeira para telefonar para Max quando já estivesse acomodada na enfermaria. Eram duas da tarde. Aquela súbita e absoluta fraqueza a derrubara. Esperara sinceramente por um pouco mais de tempo para ajustar algumas coisas e fazer planos. Então... e agora? Pediria a Max para pegar Melissa na escola e para ligar para a mãe dele, que ficaria com a menina. Sim. Eleanor imaginou que poderia fazer tudo de uma forma um pouco mais organizada. Menos estressante para todos. Estava se sentindo culpada. Por não ouvir Max, que, nos últimos dias, quisera ficar em casa com ela. Agora estava pensando que, quando ele tomasse conhecimento do que estava acontecendo, ao menos ela estaria acomodada. Confortável. Calma.

Mais organizada.

Também queria conversar com o dr. Palmer e com os advogados sobre o que fazer em relação ao resultado do exame. Tudo antes de Max chegar.

———

— Não pode voltar por aí, professor.
— O diabo que não posso. Uma pessoa da minha equipe está lá. Uma professora. E meia dúzia de alunos.
— Agora precisamos deixar o trabalho para a brigada de incêndio.

Max tentou passar pelo zelador, mas o homem não permitiu.
— Não posso permitir que faça isso, professor.

Max deu um drible, mas errou.
— Santo Deus. Professor Dance! — O zelador estava chocado. Mas era um homem musculoso e, em menos de um minuto, prendera Max com firmeza, com um braço passado pelas costas dele.
— Veja. Entendo que esteja aborrecido. E lamento muito por isso. Mas precisamos nos acalmar. E deixar isso para os profissionais. Sim?

Max lutou sem sucesso para se soltar.
— Sou o chefe do departamento. Tenho responsabilidade.
— Sim. Sei disso. Mas estou no comando aqui. Agora, posso soltá-lo? Vai se acalmar e me deixar acompanhá-lo até a saída? Sim?

———

— Ela está em coma.
— Que diabos quer dizer com ela está em coma? Preciso falar com ela. Eleanor estava perfeitamente bem essa manhã. Se sentindo bem. O que quer dizer com ela está em coma?
— A situação se deteriorou muito, muito rápido, Max. É o fígado dela. E os pulmões. Há um coágulo. Escute. Ela estava perdendo os sentidos. Tínhamos que fazer alguma coisa para controlar a dor.

— Mas ela vai acordar?

O dr. Palmer se encontrara com Max no corredor e caminhara rapidamente ao lado dele até a cama isolada de Eleanor. Eram cinco da tarde. A mãe dele estava com Melissa.

A pele dela estava de uma cor totalmente errada — mas o dr. Palmer explicou que os pulmões eram o maior motivo de preocupação. Ele estava falando sem parar sobre a raridade do caso de Eleanor. Sobre como o tumor se espalhara e como era difícil prever a resposta dos órgãos. Cada caso era...

Max só queria que o homem calasse a maldita boca.

— Ela estava bem hoje de manhã. — Ele agora só pensava que deveria ter ficado em casa. Não importava o que Eleanor quisesse...

— O importante agora é mantê-la confortável.

— Eu não tinha ideia de que ela perdera tanto peso. Eleanor não me deixava vê-la. — Max estava parado ao lado da cama, enquanto o dr. Palmer checava o painel das máquinas. — É minha culpa, não é? Eu deveria ter insistido. Trazido Eleanor mais cedo para cá. Ela não me deixava nem ajudá-la com o banho. Eu tentei. Acredite em mim, eu...

O dr. Palmer pousou a mão sobre o braço dele.

— Nada disso é culpa sua, Max. Era importante deixar Eleanor fazer isso do jeito dela.

Max levou a mão à boca, sentindo-se subitamente tonto. O dr. Palmer ajudou-o a se sentar em uma cadeira ao lado da cama.

— Dor. O senhor disse que ela estava com dor?

— Estamos dando tudo a ela, Max. Está tudo bem. Eleanor não se sentiu desconfortável por muito tempo.

— Então ela estava aflita?

O dr. Palmer olhou para a enfermeira do outro lado do quarto.

— Fizemos nosso melhor. Eleanor queria permanecer acordada para falar com você. Mas acabou sendo demais para ela.

— Ela estava aflita?

— Eleanor queria conversar com você sobre uma determinada coisa. Que a estava aborrecendo. Mas está calma agora. Não ficou aflita por muito tempo, eu lhe prometo.

— Ela vai acordar?

Max observou o peito de Eleanor subindo e descendo — e aquela terrível pausa a cada três respirações.

— Vou falar com ela novamente? Eleanor vai acordar?

A brigada de incêndio usou uma escada telescópica para alcançar as salas de aula. Foram cinco minutos terríveis de pânico quando tudo o que conseguiam ver era os alunos e Anna na janela — a fumaça na sala era visível também e os rostos deles estavam muito assustados. Então, o paradoxo da calma e todos fingindo que não era nada de mais.

Os alunos que observavam dos gramados filmavam a cena com os celulares e logo aplaudiram. Os alunos que desciam em segurança pela pequena plataforma mudavam de atitude assim que alcançavam o solo em segurança. Fora uma aventura. Um triunfo para ser contado no Facebook.

Max observou Anna insistir para ser a última a ser acompanhada na pequena plataforma até estar em segurança no solo.

— Foi a maldita fritadeira. — Ele ouviu alguém sussurrar ao seu lado. — Não havia sido limpa. Saúde e segurança vão ter um dia feliz.

Anna ficou observando Max da plataforma, que era manobrada lentamente em direção ao chão, a mão sobre as bolhas nos lábios, enquanto ele precisava se sentar na grama.

CAPÍTULO 34

Max sempre soubera qual seria o maior teste do seu amor por Eleanor. Não seria perdê-la. Aquilo fora exatamente como ele temera — como arrancar a carne de seus ossos. Só que muito mais rápido do que qualquer um esperava. Quatro horas no hospital. Um coágulo no pulmão.

Você precisa acordar, Eleanor. Não estou pronto.

Mas não. Nem mesmo aquele horror era tão ruim quanto poderia se tornar.

Com o pai de Eleanor a caminho da França e a mãe de Max tomando conta de tudo em casa, só então veio o verdadeiro teste.

Voltar para casa, para Melissa.

Aquele terrível tempo no carro, em que Max teve que invocar cada grama de força física para controlar uma fúria inesperada contra a mulher que tanto amara, por ela tê-lo deixado com aquela missão.

Muito bem, eles haviam tido as semanas deles de "normalidade". Mas tinha certeza de que, no fundo, Melissa sabia que alguma coisa importante estava acontecendo. E, já bem no fim, ele tentara convencer Eleanor a mudar de ideia. A preparar Melissa. A deixar que a menina visse um psicólogo. A comprar algum livro especial e fazer uma caixa de lembranças. A se despedir direito.

Mas, não. Eleanor não cedeu. *Não consigo fazer isso. Por favor, não me obrigue a fazer isso, Max.*

Durante aqueles últimos dias em que a saúde de Eleanor estava obviamente se deteriorando, Melissa achou que a mãe estava com apendicite.

— É o apêndice dela, papai? A mãe de Tabatha tirou o apêndice no verão passado. Mas não ficou com uma cicatriz muito grande, não. A cicatriz é bem pequenininha. Ela nos mostrou — dissera Melissa naquela manhã mesmo, quando Max a deixou na escola. — Se mamãe tiver que tirar o apêndice, ela vai me mostrar a cicatriz?

A mãe de Max também desaprovava que guardassem segredo da menina. E quando ele apareceu na porta de casa, agora — vindo direto do hospital —, mal conseguiu suportar vê-la de chinelos e avental, arriada no banco perto do telefone, no corredor.

A mãe quis subir com Max para falar com Melissa. Para ajudá-lo.

Mas Max balançou a cabeça. Não queria mais ninguém no quarto.

Melissa estava trançando os cabelos de Elizabeth — uma boneca de pano velha. Um presente do pai de Max quando a neta fizera três anos.

— Mamãe veio para casa com você?

Ele se sentou na cama de Melissa.

— Não. Escute, meu bem. Papai tem uma notícia muito, muito triste para lhe dar, querida.

— Foi o apêndice dela?

— Não.

O corpo de Melissa ficou tenso e ela começou a desfazer a trança da boneca. E a repetir a tarefa. Trançando o lado esquerdo dos cabelos de novo. Puxando com força os fios de náilon.

E não disse nada.

— Às vezes, acontecem coisas que são muito difíceis de entender, meu amor. E também difíceis de explicar, Melissa.

— A mamãe está tendo outro bebê?

— Não. A mamãe não está tendo outro bebê.

— Eu não me importo. Não vou ficar com ciúmes. Prometo.

Max se aproximou mais da filha e passou o braço ao redor dela, enquanto lutava para controlar uma onda de pânico. A adrenalina disparava por seu corpo.

— A questão é a seguinte, Melissa: Deus resolveu que a mamãe precisava ir para o céu com ele.

E agora Melissa ficou completamente imóvel. Como se estivesse anestesiada. Rígida. Não disse nada.

— A mamãe foi para o céu, querida.

Então, Melissa moveu a cabeça de um modo muito estranho. Um movimento do queixo. Ela fez a mesma coisa outra vez, e outra — como um tique em que Max nunca reparara antes.

— Acho que vou mudar a roupa de Elizabeth agora.

— Você pode fazer isso mais tarde. Preciso que me escute. E que compreenda o que estou lhe dizendo. É muito, muito triste... querida. Terrível. E também está doendo muito no papai. Bem no meu coração. Mas precisamos ser muito corajosos. Lamento tanto, querida. A mamãe amava você mais do que qualquer outra coisa no mundo. Mas ela morreu no hospital e foi para o céu hoje. E isso significa que não vamos mais poder vê-la.

Então, depois de mais alguns segundos de completa imobilidade, começou.

O tsunami. Punhos, cabelos e aquele barulho tão, tão, terrível.

Mais tarde, Max não se lembraria se Melissa ficou de pé primeiro ou começou a gritar primeiro. Tudo de que se lembrava era do impacto contra o próprio corpo dele. Os punhos, os chutes e os uivos.

Sem parar, sem parar.

— Você é um mentiroso gordo e fedorento. — Chutando e gritando. E, então, arremessando coisas. A boneca. A escova de cabelo. Os brinquedos. — Sai do meu quarto. — Arremessando livros e bolsas. E chutando a casa de bonecas no canto. Crash. Crash. Então tentando empurrá-lo fisicamente para fora do quarto. — Sai do meu quarto. Odeio você. — Ela chutava com força.

— Vou chamar a vovó e nós vamos pegar a mamãe. Nesse minuto. Sai.

Max tentou segurar os braços da filha, para que ela parasse de bater, mas teve medo de machucá-la.

— Eu sei, querida. Eu sei. E sinto tanto, tanto, meu bem.

— Ela não está no céu.

— Melissa. Olhe para mim, querida...

— Ela não está.

— Melissa, por favor.

— Estamos no meio de uma história. Olha só! — Ela pegou um livro na mesa de cabeceira e o abriu para mostrar a Max o lugar onde estava o marcador de livro, os olhos arregalados, implorando para que aquela missão que não fora completada fizesse diferença.

Melissa encarou o pai pelo que pareceu um século, as lágrimas agora escorrendo por todo o corpo. Então, seus braços subitamente ficaram frouxos e o livro caiu no chão. Da violência extrema para o horror de um completo colapso. A menina caiu no chão. Como se todos os músculos houvessem parado de funcionar de repente.

Max entrou em pânico e gritou pela mãe enquanto checava a respiração da filha. Ah, Deus, não. Ele se inclinou para a frente para auscultá-la. O peito subia e descia. *Ótimo. Ótimo. Isso, Melissa. Respire.*

Max levantou Melissa nos braços e abraçou-a com força, enquanto ela voltava a si e a mãe dele aparecia na porta. Ele ajeitou a cabeça da filha com cuidado na curva do braço, como fazia quando ela era muito pequena.

— A mamãe não terminou a história. — Uma convulsão de soluços agora... ondas enormes que faziam todo o peito dela e os ombros girarem de um lado para outro. Ondas da mais profunda infelicidade atravessavam o corpinho da menina.

Pão irlandês rápido

1 libra de farinha de trigo especial
2 colheres de chá de bicarbonato de sódio
1 colher de chá de sal
cerca de 14 onças líquidas* de leitelho (também já usei iogurte natural)

Misture todos os ingredientes secos em uma tigela. Abra uma depressão no meio e derrame ali o leitelho ou o iogurte. Misture aos poucos até obter uma massa macia e acrescente mais um pouco de leite, se ficar seco demais. Coloque a massa sobre uma superfície enfarinhada e trabalhe-a por cerca de um minuto. Faça uma bola com a massa e corte uma cruz no topo. Asse em forno preaquecido a 200°C por cerca de 40 minutos. Você pode acrescentar ervas e sementes se quiser.

Pois bem, acrescentei uma receita extra em um impulso e, sim, admito que esse pão irlandês é mais um pãozinho de minuto do que um pão de verdade. Mas é simples e muito satisfatória — e perfeita quando se está com raiva ou triste, porque mesmo o processo mais simples de produção de pão é terapêutico demais. Faça esse pão quando precisar se animar e não conseguir pensar em outra opção.

Agora, minha menina querida, está na hora.

O advogado logo estará aqui para pegar o livro e não sei exatamente o que estava esperando desse momento. Uma conclusão? Certamente uma sensação de paz. Uma mensagem animadora para ajudá-la a seguir em frente na vida linda que desejo para você.

---

* Uma onça líquida britânica corresponde a 28,41 ml. Em receitas, arredonda-se para 30 ml.

Em vez disso, descubro que acabei arrumando uma confusão. E, sim, como você percebe agora, as coisas acabaram saindo um pouco do rumo. Os resultados do meu exame ainda não voltaram, portanto... vamos ao que eu penso.

Se houver tempo, vou tentar entrar em contato com o laboratório e farei um anexo a esse livro. Isso significa que poderemos arrancar as "páginas coladas" e não falar mais a respeito.

Mas, do jeito que as coisas estão, preciso me despedir de você com o assunto ainda indefinido.

Assim... minha filha linda. Quando e se você ler a parte "secreta, colada", tente apenas se lembrar de tudo o que eu lhe disse antes e seja o mais bondosa que puder comigo.

Antes disso — chegue mais perto e apenas escute.

Não tenho medo, Melissa. Não por mim, de forma alguma. Não me sinto mais amarga ou zangada. Deixo você aos cuidados de um homem que amo de todo o coração e que é sinceramente a melhor pessoa que já conheci. Sei que ele a manterá em segurança e que a amará com cada fibra do seu ser. Só fico triste porque não verei você crescer, Melissa, e não estarei presente quando precisar de mim.

Os dias não foram o suficiente para nós. É injusto. Mas sei que cada dia que passei com você foi da mais absoluta alegria e lhe deixo mais amor do que as palavras podem descrever.

Tente não ficar triste — por minha causa, ao menos. Seja corajosa e forte — e sempre o mais bondosa que puder.

Espero que não seja tarde demais para me despedir devidamente de você e espero também que me perdoe por estar fazendo isso dessa forma.

Por favor, acima de tudo, saiba que eu não poderia estar mais orgulhosa de você. Qualquer erro que você agora julgue que eu tenha cometido foi fruto dos meus defeitos... e não de falta de amor.

Vá e tenha uma linda vida.
Minha linda, linda menina.
Adeus.
Sua mãe, que sempre a amará.
Beijos

 Melissa tinha consciência apenas dos ombros se movendo e de uma absoluta determinação de não deixar nenhum barulho sair de sua boca. Aquele medo profundo e certo de que se ela sequer ousasse se permitir começar a chorar alto...
 Melissa deixou o livro de lado, no chão, e se concentrou com determinação. Era difícil dizer quanto tempo levou para recuperar o controle. Certamente não sabia se estava preparada para ler as páginas coladas naquele momento.
 Já se passara quase uma semana desde que ela preparara o jantar para o pai e ainda não conseguira se convencer a ler aquelas páginas. Tinha medo.
 Deveria simplesmente esquecer aquela parte do livro? Arrancar as páginas? Queimá-las? Deixar aquilo tudo para trás? Sam. Casamento. Maternidade...
 Melissa pegou um lenço de papel e assoou o nariz com força. *Certo*. Ela folheou novamente o livro, só para se certificar mais uma vez. Não havia anexo.
 Melissa se levantou e foi até o banheiro da suíte para lavar o rosto e para pegar uma tesourinha de unha, que usou para separar com muito cuidado as páginas que a mãe colara em três lados.
 Eleanor fizera aquilo parecer um erro. Só duas páginas coladas, mas ela, na verdade, colara as páginas duplamente, como um envelope de correio aéreo ou um contracheque. Só bem ao redor da beirada. Melissa começara a abrir com cuidado e, ao separá-las, encontrou a letra familiar escrita com tinta preta, confinada no centro das páginas.

A primeira parte relembrava, do ponto de vista da mãe, basicamente o que o pai contara a Melissa durante o jantar. O fracasso do emprego de Nova York. Mas agora Melissa se sentiu irritada. Na verdade, estivera certa de que o resultado do exame genético também estaria ali. As más notícias. Em vez disso, só havia conversa fiada e a evidência de lágrimas, que haviam manchado parte da tinta.

Quando seu pai partiu para Nova York, fiquei inconsolável, Melissa. Simplesmente não conseguia acreditar que ele iria. Que me deixaria...

Então, o choque.

Palavras terríveis, feias, despencavam da página.

Melissa pousou o livro. Não queria mais tocar nele.

Não.

Ela afastou para longe a mesinha de cabeceira sobre a qual havia colocado o livro. Então, sentiu uma urgência súbita e absoluta de quebrar alguma coisa. Melissa se levantou, foi até a penteadeira e passou o braço por cima dela, fazendo com que todos os frascos, os perfumes, as joias e os potes favoritos de cerâmica que estavam ali em cima saíssem voando na direção da parede. E ficou olhando para a confusão de cacos de vidro, de cerâmica e de líquido dourado escorrendo pela parede.

Não se sentiu melhor.

Melissa, então, ficou absolutamente imóvel por algum tempo, observando a poça dourada que se formava no piso de madeira, e quando percebeu que seu sentimento não mudara, viu que precisava sair.

Precisava estar dentro de um carro. Naquele momento.

Sim.

Precisava dirigir.

CAPÍTULO 35
Sam — 2011

— O que quer dizer com ela foi embora?
— Desapareceu, Max. Deus sabe para onde. Só me mandou uma curta mensagem de texto. Disse que precisava ficar algum tempo sozinha, e que eu não deveria me preocupar. Agora, ela não está atendendo ao celular.
— Jesus Cristo. Mas o que aconteceu? Vocês brigaram?
— Não, Max. Não houve nenhuma briga. Fui trabalhar essa manhã. Melissa deveria ir àquela reunião sobre o novo contrato. Eu estava esperando por ela em casa, essa noite, para comemorar. Havia reservado um restaurante. Em vez disso, cheguei e encontrei tudo quebrado.
— O que você quer dizer com tudo quebrado? Está dizendo que ela foi atacada? Santo Deus, você ligou...
— Não, não, Max. Quando vi o cenário, também pensei isso... em um assalto ou coisa parecida. Mas foi ela mesma que quebrou tudo. Pediu desculpas na mensagem de texto.
— Certo. Merda. — Houve uma pausa. — Precisamos ficar calmos.
— Ah, pelo amor de Deus, Max. Não consigo ficar calmo. Ela nem mesmo foi à entrevista com o editor. O que isso quer dizer? Que ela me deixou?
Max não disse nada.
— Ela está me deixando, Max? É isso o que está acontecendo? Melissa conversou com você a esse respeito naquele jantar? Estava com medo demais para falar comigo?

— Não. Não acho que seja isso.
— Quero dizer, achei que estávamos bem. Que as coisas estavam melhores entre nós. Que estávamos nos aproximando. Mas andei ocupado demais. Merda. Quero dizer... com a oferta de sociedade e com meu irmão me solicitando todo o tempo. Ah, Deus. Max. Estou morto de preocupação.
— Mande outra mensagem para ela.
— Já mandei um monte. Ela não atende. A mensagem de texto que enviou diz apenas: por favor, não se preocupe. Como posso não me preocupar?
— Vou tentar entrar em contato com ela também, Sam. Vou deixar uma mensagem e irei direto para aí.
— Está bem. Então, ela realmente não comentou nada com você? Sobre nós?
— Não. Na verdade, não.
— Quer dizer que não acha que é isso? Que ela terminou comigo, quero dizer?
— Não sei o que aconteceu, Sam. Fique tranquilo. Estou saindo daqui agora.
— Merda.

Meia hora se passou e Sam ainda estava sentado no chão do quarto, a cabeça nas mãos, esperando por Max. Embora Melissa não soubesse, aquela fora exatamente a posição em que ele ficara, no banheiro masculino do restaurante, depois que ela recusara o pedido de casamento.

Sam não sabia como amar mais Melissa do que já amava. Entregara o coração na mão dela. Talvez, pensou, aquele fosse exatamente o problema.

Amara Melissa desde a época em que a observou brincar com uma joaninha, na escola, semanas depois da morte da mãe dela. Nunca contou a ninguém sobre isso, porque sabia que diriam que não era amor, porque ele mesmo ainda era uma criança. Diriam que era mais provável que fosse compaixão — no máximo, uma paixonite. Mas não. Sam sabia que não era nada disso. Melissa o fascinara completamente — mesmo quando os dois ainda eram crianças. Havia alguma coisa nos olhos dela. Na pele. O modo como todo o rosto de Melissa se iluminava de animação quando ela falava. Embora Sam fosse quatro anos mais velho, lembrava-se vividamente do dia em que se dera conta de que os dois faziam aniversário no mesmo dia — Melissa estava usando o crachá de aniversário da escola. Ele fora dominado por uma onda de absoluta felicidade. O primeiro sinal real.

Então, aconteceu a "coisa estranha" e Sam não soube o que dizer ou como se comportar a respeito. Melissa voltou ao colégio apenas uma semana depois do funeral da mãe e espantou a todos, comportando-se como se nada houvesse acontecido. Ela se recusou categoricamente a falar a respeito e apenas deu de ombros quando Sam perguntou se havia alguma coisa que ele pudesse fazer.

— Estou bem. Está mesmo tudo bem.

Então, apenas algumas semanas mais tarde, Sam a seguira até o pomar enquanto todas as outras crianças estavam no parquinho principal, e ficara observando-a detrás de uma árvore. Melissa estava sentada no chão, de pernas cruzadas, procurando insetos na grama. Depois de algum tempo, ela encontrou uma joaninha e começou a conversar com o bichinho em voz alta e repetir um versinho.

Joaninha, joaninha, voe de volta para casa agora. Ela está pegando fogo e seus filhos foram embora...

Melissa levantou a mão e soltou a joaninha. Ela repetiu o verso como se estivesse prestando atenção nas palavras pela primeira vez. Por algum tempo, a joaninha não voou, e Melissa repetiu mais uma vez o verso — a voz embargada, dessa vez, quando o inseto finalmente desapareceu.

Sam tinha certeza de que ela estava chorando, mas não sabia o que fazer. Detestava quando as pessoas choravam. A mãe dele. O primo. Qualquer pessoa. Ele se perguntou se deveria chamar um professor. Ou se deveria aparecer para ela. E ficou preocupado com a possibilidade de Melissa ficar furiosa por ele a ter seguido.

No fim, Sam optou por apenas permanecer onde estava, observando-a em segredo — e sentindo-se cada vez mais culpado, e cada vez mais impotente. Um longo tempo se passou até Melissa terminar, secar o rosto com a manga e levantar o queixo.

Ela ficou de pé e, por um momento, a cabeça dela tremeu, como se Melissa estivesse se esforçando para recuperar o autocontrole. Ela esperou até o tremor parar, então alisou a saia, apertou mais o rabo de cavalo e voltou para a aula pisando firme.

Melissa foi ficando mais bonita e mais difícil a cada ano que passava. Eles se tornaram amigos, de certa forma, mas ela começou a encarar tudo com um pouco de irritação — como se estivesse secretamente furiosa com o mundo todo. Às vezes, Sam esperava por ela no fim da rua e se oferecia para carregar sua mochila da escola, mas Melissa dizia que aquele era um "comportamento absurdo". Mais tarde, quando ela começara o ensino médio, Sam costumava puxar conversa no ônibus, mas podia dizer, pelo modo como os olhos dela passavam direto por ele, que Melissa não tinha ideia de como ele se sentia.

Certa vez, Sam reunira coragem para convidá-la para ir ao cinema, mas Melissa encolhera o pescoço, chocada. Como uma tartaruga.

— Não está me convidando para um encontro, não é, Sam? Não seja tolo.

Então, anos mais tarde, o destino se intrometera. Sam sempre soubera que faria arquitetura — a vida toda tivera que aguentar as brincadeiras da família por estar sempre com o pescoço para trás, olhando para cima. Para os prédios. Encantado. Estupefato.

Olhe aquele arco. Santo Deus... Olhe aquelas balaustradas naquele ali. A perspectiva de sete anos de estudo era intimidante, mas Sam imaginou corretamente que valeria a pena. Na primeira parte de sua formação, tentara com todas as forças esquecer Melissa. E por um curto período de tempo achou que poderia estar apaixonado por uma garota chamada Sandra. Então, achou que talvez estivesse apaixonado por uma garota chamada Madeleine. Depois, em uma quinta-feira, 25 de outubro, Melissa voltou de vez à vida de Sam e ele encarou a verdade.

Àquela altura, Sam estava no final da primeira parte de sua formação. Não tinha ideia de que Melissa havia escolhido a mesma universidade.

Dia 25 de outubro. O dia mais feliz da vida dele.

Sam, agora, encarava a confusão de cacos de cerâmica e de vidros de perfume espalhados pelo piso de madeira.

A verdade? Ele nunca acreditara inteiramente que Melissa retribuísse seu amor. Nunca acreditara inteiramente que ficaria com ela.

Havia alguma coisa no íntimo de Melissa que parecia não querer deixar Sam amá-la. Ele pensara, com ingenuidade, talvez, que o tempo mudaria aquilo. Que ela só tinha medo do amor.

Talvez a verdade que não queria encarar fosse simplesmente que ele era o homem errado.

CAPÍTULO 36
Melissa — 2011

Melissa já tentara fugir para Cornwall uma vez.

Esperara por dois dias depois da notícia da morte da mãe e decidira que iria descobrir a verdade. O motivo para ela imaginar que encontraria a mãe em Cornwall não era algo que poderia ser explicado por uma análise racional, mas a Melissa de oito anos tinha tantas imagens felizes da família ligadas ao chalé em Porthleven, que ela acreditou que, se conseguisse chegar ao chalé, então tudo ao seu redor ficaria bem. Que os dois últimos dias, com todos os seus horrores, poderiam ser desfeitos.

Ela arrumou uma bolsa com o pijama, calcinhas limpas e camisetas e se esgueirou para fora de casa antes que o pai e a avó acordassem. Sabia que seria uma caminhada muito longa até a estação de trem, mas escolhera de propósito sapatos confortáveis e não se importou muito.

Estava chovendo forte. Melissa se lembrava de desejar ter levado outro casaco, mas disse a si mesma que poderia comprar um novo com a mãe em Cornwall. Elas fariam compras em Truro. Melissa lembrava que a cidade ficava perto do mar, e enquanto o pai ia visitar galerias de arte e lojas de antiguidades, ela e a mãe entravam em uma loja depois da outra, e, no fim da expedição, Melissa tinha permissão para tomar um sundae gigante.

Sim. Elas fariam compras em Cornwall. Resolveriam tudo.

Melissa tinha quatro libras e oitenta e seis pence em seu porquinho. Ela não tinha ideia de quanto custava uma passagem de trem para Cornwall. O homem na bilheteria a encarara de um jeito meio estranho quando ela entregara o dinheiro a ele.

— Sua mãe e seu pai não estão viajando com você, mocinha?

— Hoje não. Minha mãe vai me pegar. Ela pode pagar o que faltar, se isso não for o bastante.

— Entendo.

O homem sugerira que ela esperasse mais adiante, perto dos assentos, que ele checaria o horário dos trens para ela. Melissa o achara muito gentil e esperara pacientemente nos assentos por um longo tempo, até perceber que tudo havia sido uma terrível armadilha. Foi no momento em que Max entrou tempestuosamente pelas portas, gritando "Graças a Deus", com um policial ao seu lado.

Max chorara, Melissa se lembrava disso. Ela nunca havia visto um homem chorar. Ele a abraçara com tanta força que Melissa pôde sentir o frio e a umidade no rosto do pai. E ela se lembrava que as lágrimas dele a haviam assustado mais do que qualquer coisa que já havia experimentado.

Agora, Melissa escolheu ir de carro.

Ela se decidiu pela estrada que passava pelo campo — a A303 —, que sempre preferira. Esse caminho exigia que reduzisse bastante a velocidade, por causa das câmeras de controle nas várias cidadezinhas por que passava. Mas Melissa não se importava. Adorava aquelas cidadezinhas. Adorava a cor da pedra, as lojas de antiguidades e os quadros-negros nas calçadas com xícaras de café e bolos desenhados. Ela gostava de ver as pessoas conversando na beira do caminho e tinha uma fantasia de que, em uma vida diferente, poderia ter vivido em um lugar como aquele. Sim. Uma das cidadezinhas nos arredores de Oxfordshire, exatamente como aquelas. Um cachorro. Uma lareira. Sam com os sonhos dele, com os projetos secretos de extensões e reformas. *Eu estava pensando em optar pelo contraste. Aço inoxidável e vidro. O moderno encontrando o tradicional teto de palha? O que acha, Melissa?*

Ela colocara música clássica para tocar bem alto. E estava dirigindo muito mal — correndo demais nos trechos entre as câmeras de controle de velocidade. Mas e daí?

E.

Daí?

Desde que não fosse parada por nenhum carro de patrulha idiota, não se importava. Melissa parou uma vez para colocar combustível, ir ao banheiro e tomar um café forte — mas esperou até ver uma placa para um bom lugar.

Estava consciente de uma sensação ligeiramente estranha no estômago, que não era exatamente fome nem exatamente desconforto. No fim, Melissa deixou o café esfriar no porta-copo perto da caixa de marchas.

Só ocasionalmente ela pensou nelas — nas palavras pútridas e desprezíveis no livro da mãe —, mas, na maior parte do tempo, conseguiu não pensar muito. Só dirigir.

Melissa estimava que a viagem levaria cerca de quatro horas e meia, mas foi retida por duas obras na estrada e já passava de meia-noite quando estacionou no centro de Truro. Queria seguir adiante — chegar a Lizard —, mas não tinha certeza se conseguiria arrumar hospedagem, assim, parou no primeiro hotel de rede que reconheceu.

Depois de se registrar no hotel, Melissa pegou a pequena bolsa de viagem em que jogara apenas duas mudas de roupa e uma nécessaire. Checou, então, o celular e viu uma enorme lista de mensagens de Sam e três do pai.

Ela mandou, então, outra mensagem dizendo que lamentava. Para não se preocuparem. Para que, por favor, a deixassem ficar quieta. Que estava bem. Só precisava de um pouco de espaço. *Por favor.*

Melissa voltou a desligar o celular, então, e se deitou na cama.

Lembrava-se exatamente da sensação — daquela garotinha na estação de trem, que achou que, se conseguisse apenas entrar no trem, conseguiria encontrar a versão certa da própria vida. A versão paralela, diferente, na qual as notícias erradas poderiam ser desfeitas e tudo poderia ficar bem.

Ela não chorou, porque estava muito além disso.

A exaustão provavelmente a dominou em algum ponto, e Melissa acordou às quatro da manhã ainda completamente vestida. Ela se enfiou embaixo das cobertas e cochilou de forma intermitente até as seis. Então, tomou uma ducha rápida e trocou a roupa de baixo antes de ir direto para o bufê do café da manhã, onde descobriu que, inexplicavelmente, ainda não tinha fome alguma.

Como a máquina de café não parecia muito promissora, preferiu experimentar o suco de laranja — e foi só depois de se sentar a uma mesa para tomá-lo, junto com uma única fatia de torrada, que teve a ideia.

Melissa ligou novamente o celular, ignorou as novas mensagens e digitou o nome do chalé no Google. Ficou impressionada ao ver a imagem aparecer na mesma hora diante de seus olhos — o lugar quase não mudara, a não ser pela cor da porta da frente. Os mesmos dois vasos de cerâmica montando guarda, contendo duas árvores em miniatura. O chalé ainda era alugado por temporada, administrado agora por uma pequena agência. O site demorou para carregar, mas, depois de ver duas ou três páginas, Melissa descobriu que estava disponível para alugar por curtos períodos fora de temporada "*por um acordo especial*". Com certeza aquela não deveria ser uma época de muita procura, já que ainda estavam em período escolar.

Melissa telefonou para o número mencionado e ficou muito surpresa ao reconhecer o nome ao lado. Sra. Hubert. Santo Deus.

Ela tentou acalmar a voz. Explicou que estava na região por alguns dias e que gostaria de saber se o chalé estaria disponível para alugar por uma curta temporada. Poderia pagar por diária? Ela se lembrava disso de quando era criança.

A sra. Hubert respondera que sim, com as crianças todas de volta à escola, algumas propriedades estavam disponíveis para curtas temporadas — um mínimo de três diárias. O valor da diária para aquele período de baixa temporada era bastante razoável. Mais barato do que um quarto de hotel. A sra. Hubert acrescentou que agora administrava cinco chalés e perguntou *quando Melissa estava pensando em chegar.*

— Na verdade, ainda hoje, mais tarde.

— Nossa! — A sra. Hubert agora pareceu muito agitada. Ela gostava de ter alguma antecedência para preparar tudo. Normalmente deixava uma bandeja de boas-vindas pronta para todos os seus hóspedes.

Definitivamente era a mesma sra. Hubert.

Melissa assegurou-lhe que roupas de cama e de banho limpas seriam o bastante, que não era necessário nenhum arranjo especial. Que ela mesma compraria o básico no caminho para lá.

A sra. Hubert disse que encontraria Melissa no chalé às três da tarde e que conseguiria que o marido deixasse lenha para o aquecedor. Estava ficando frio no litoral, quando a noite caía. O vento do mar. Melissa percebera?

Sim.

Melissa experimentou um momento de pânico no último trecho do caminho. O chalé ficava nos arredores da cidade, próximo do bosque, e só quando virou na última curva fechada na estrada de terra batida que abria caminho através de uma alameda até o chalé isolado, foi que finalmente se deu conta de que fizera a coisa certa.

Melissa se lembrou de uma noite em que haviam seguido de carro por aquele bosque em direção ao pub, para jantar, quando ela tivera uma das mais incríveis surpresas da vida. Uma coruja subitamente deixara a proteção da copa das árvores e seguira voando diante deles. A envergadura das asas surpreendera Melissa — assim como o voo tranquilo e sem esforço do pássaro.

A coruja continuara seu voo tranquilo e silencioso, indo suavemente de um lado para outro, o corpo baixo o bastante para que os faróis do carro captassem sua sombra e a projetassem na estrada à frente.

— Uau — foi tudo o que a jovem Melissa conseguiu dizer, enquanto a mãe esticava a mão para acariciar silenciosamente a nuca de Max.

Melissa agora entrou com o carro na vaga em frente ao chalé e se sentiu quase tonta com o contraste de emoções que a dominava. O prazer e o choque se misturavam naquele momento em que tudo se partira em tantos cacos irreconhecíveis.

A sra. Hubert — mais velha e um pouco mais roliça, mas reconhecível imediatamente pelos cabelos grisalhos e com permanente e pelo aceno alegre — estava à porta, esperando por ela.

Melissa nunca se sentira tão feliz diante de uma visão tão familiar. A porta cintilante, agora de um azul profundo, as plantas altaneiras, e a sra. Hubert secando as mãos no avental.

Melissa fechou os olhos e ficou completamente imóvel. Decisões terríveis...

... mas o lugar certo.

CAPÍTULO 37

Porthleven mudara surpreendentemente pouco desde a infância de Melissa. Barcos oscilavam. Gaivotas buscavam migalhas. Pescadores conversavam perto das redes porque o tempo não estava a favor deles.

Ela voltara ali com o pai, apenas uma vez, pouco depois da morte de Eleanor. E Max se empenhara para fazer com que fosse bom, imaginou que o lugar conhecido e as lembranças reconfortariam os dois. Não deu certo. Na época — cedo demais —, o chalé só destacara a ausência de Eleanor. A cadeira que sobrava na mesa. E, nas férias seguintes, Melissa e Max haviam optado pelo outro extremo, evitaram qualquer coisa que tivesse um eco.

Agora era diferente. Agora, Melissa sentia-se feliz por estar em Porthleven.

O pai dela...

Fora de temporada, com aquele aroma de outono de verdade acenando, o lugar tinha uma calma que Melissa não vira antes, e da qual gostou — muitas mesas vazias nos restaurantes e cafés, galerias e lojas de presentes com horário de funcionamento reduzido, mas com espaços nos corredores estreitos para andar sem medo de ter que se afastar para alguém passar e acabar esbarrando em alguma prateleira com as costas, ou com a bolsa.

Melissa dormira mal naquela primeira noite e ainda se sentia fisicamente exausta enquanto caminhava — uma exaustão que parecia estar em seus ossos —, mas sentia-se feliz por ter saído. Por estar ao ar livre.

Ela havia se esquecido de como as gaivotas gritavam alto. De como era alto o barulho do mar. De como era alto o som do vento enquanto balançava os pequenos barcos pesqueiros no pequeno porto. Era tudo tão bom. Os sons altos abafavam todas as palavras que giravam furiosas na mente de Melissa.

Meu pai...

Por ora, ela manteve o celular desligado e olhou para as ondas que quebravam a distância. Ficou feliz por ao menos ter levado o impermeável e um cachecol e aliviada, agora, ao encontrar luvas no bolso da capa também. Melissa fechou bem a capa, subiu a gola até cobrir a boca, chegando ao nariz.

Ela dobrou à esquerda ao sair do chalé e, em cerca de dez minutos, estava em uma rua atrás do porto. Dali, foi para oeste, na direção da antiga igreja e do muro do porto. A maré ainda estava alta e o mar, aberto, além, agitado e bravo.

Meu pai...

O vento fez os olhos de Melissa lacrimejarem, e ela gostou. Seguiu pelo caminho que passava pelo muro do porto e desceu até a praia. Agora, o vento a atingia de lado, às vezes, fazendo a capa voar e arrancando o capuz de sua cabeça. Melissa ajustou o cadarço e apertou mais o capuz ao redor do rosto.

Na praia, passou por alguns casais com cães e, então, por uma família — o pai, a mãe e três crianças pequenas, uma delas em um carrinho de bebê de três rodas que eles se esforçavam para empurrar através da areia.

Mais adiante, Melissa subiu mais alguns degraus de volta à rua que dava para a praia. O vento era ainda mais forte agora que ela estava mais no alto, e Melissa se inclinou por algum tempo, apoiada na grade, enquanto observava as ondas arrebentando e o casal com os filhos ainda se esforçando para atravessar a areia com o carrinho de bebê. Não conseguia entender por que estavam fazendo aquilo. Por que diabos não usaram o caminho mais alto, asfaltado, para voltar para a cidade? Então, Melissa viu a mãe pegar um conjunto de baldinhos e pás de plástico na bolsa grande de praia, prateada, que estava carregando.

Para maior surpresa de Melissa, as duas crianças maiores tiraram sapatos e meias, parecendo não se importar nem um pouco com o tempo, e começaram a cavar em um frenesi. Logo a mãe tirou o bebê do carrinho e colocou-o na areia para que fizesse o mesmo. Nesse meio-tempo, o pai pegara uma garrafa térmica na mochila e se sentara na areia para servir duas xícaras quentes para ele e para a esposa — que se sentaram lado a lado para garantir uma proteção contra o vento para os filhos.

Melissa observou o homem passar os braços ao redor da esposa e esfregar os ombros dela, como se para aquecê-la, e sentiu algo dentro dela se romper.

Pensou em Sam, pensou no que ele dissera em Chipre. É claro que Sam queria ser pai. Por que não iria querer? Era o que a maioria dos homens queria, não era?

Melissa fechou os olhos.

Sinto tanto, Melissa. Não há um modo fácil de dizer isso, mas há uma mínima possibilidade de Max não ser seu pai... preciso que leia isso com muita atenção e que me permita explicar — eu lhe imploro —, porque mantive isso trancado dentro de mim durante todos esses anos.

Melissa pensou no pai.

Max, que a ensinara a usar a prancha no mar naquela mesma praia. Max, que a levara ao açougue para comprar linguiças gordas e apimentadas para o churrasco à noite. E que, pela manhã, fora com ela à padaria à beira-mar para comprar pãezinhos quentes para o café da manhã e doces para o almoço. Max, que a abraçara com tanta força naquela sala de espera da estação de trem a ponto de fazer Melissa pensar que seus ossos se quebrariam.

A sensação era de luto. Sim. O mesmo torpor. Aquela mesma sensação de estar fora do corpo, de estar esperando que um erro seja corrigido. Que alguém apareça e diga: *Oops. Desculpe por isso. Informação errada. Erro nosso.*

A mesma sensação de quando ela se sentara na sala de espera da estação de trem, todos aqueles anos antes, sem compreender o que acontecera. Sentindo que, se ao menos mudasse a geografia, se fosse para o lugar certo, então o erro seria desfeito.

Melissa se inclinou para a frente na grade e apoiou a cabeça contra o metal frio. O que mais a surpreendia era que já não sentia mais raiva da mãe. Passara. O que sentia era raiva do que, ou de quem, controlava a merda que era a vida dela. Quem decidia que ela tinha condições de aguentar aquilo? Que todos os golpes até ali não eram o bastante?

Melissa não praguejava com frequência. Mas agora estava gritando silenciosamente todos os palavrões que já ouvira.

Perdi a minha mãe e agora devo perder meu pai também?

Ela teria tido prazer em gritar aqueles palavrões em voz alta. *Vá se foder.* De gritar para o vento. Mas ficou preocupada que as crianças na praia a ouvissem.

Melissa não conseguiu mais suportar ficar olhando para a família na praia. Virou-se e começou a caminhar em direção à cidade — mais rápido dessa vez, o vento empurrando-a, quase erguendo-a do chão a cada três ou quatro passos. Quando finalmente estava de volta à rua principal, Melissa entrou em um pequeno café e pediu um cappuccino, o coração aos pulos. Ela se sentou a uma mesa perto da janela e esperou que o café chegasse, enquanto fingia ler o cardápio. Olhou ao redor, então, confusa por se sentir tão alheia. Como se estivesse em uma espécie de bolha.

Sim. Era como se houvesse saído só um pouco do próprio corpo e estivesse se observando de fora.

A garçonete — uma garota alta e bonita, com os cabelos escuros presos para o alto com um lápis — atravessou o café com cuidado com a bebida de Melissa, observando atenta a espuma do cappuccino, obviamente preocupada com a possibilidade de derramá-lo.

Melissa agradeceu com um aceno de cabeça. Ela levou a xícara aos lábios, mas se retraiu. O cheiro forte, a bebida quente demais.

Melissa relanceou o olhar para a máquina atrás do balcão — uma marca respeitada. Os recipientes cintilantes e uma máquina de vapor para a espuma. Ela levou o café aos lábios mais uma vez... mas não. Ainda quente demais. Ainda errado.

Melissa desejou ter levado com ela o livro da mãe, precisava ler de novo. Subitamente foi dominada pelo pânico ao se dar conta de que as palavras ainda estavam todas no livro que deixara sobre a mesa de centro do chalé e que, se alguma coisa acontecesse a ela, seriam encontradas. E lidas.

Sentia o coração disparado ao perceber que deveria ter pensado nisso antes e correu para o balcão para pagar o café e deixar uma pequena gorjeta.

— O café não estava bom?

— Desculpe. Tenho que ir.

De volta ao chalé, Melissa encontrou fósforos em um dos armários da cozinha e acendeu o aquecedor à lenha que já fora deixado preparado pelo sr. Hubert. O fogo logo pegou, promissor, mas ela sabia que precisava esperar que assentasse, e usou a luva térmica que estava na cesta de madeira para abrir a portinhola e colocar mais três pedaços de lenha grandes.

Então, enquanto observava a cor atrás do vidro do aquecedor mudar para um brilho estável, Melissa leu uma última vez as palavras da mãe.

Depois que seu pai partiu para Nova York, fiquei inconsolável, Melissa. Simplesmente não conseguia acreditar que ele se fora, Melissa. Que me deixara...

... Em minha teimosia, achei que minha recusa em acompanhá-lo o faria ficar e o protegeria de ser magoado. Achei que estava fazendo aquilo por ele. Por amor.

Olhando para trás, já não tenho certeza se não estava sendo egoísta. Não queria viver em uma terra de armas de fogo e não queria estar com um homem que daria declarações a favor de um banco de merda em coletivas de imprensa.

E, ainda assim, eu queria estar com Max.

Fiquei de cama, Melissa. Por dias — sem brincadeira. Acho que foi algum tipo de depressão. Simplesmente fechei as cortinas para o mundo.

Meus dois melhores amigos na época eram Amanda (que você deve conhecer; desconfio de que ela irá manter contato) e um amigo que cursou licenciatura comigo e que você não vai conhecer.

Amanda apareceu primeiro para ficar comigo e salvou a minha vida. Ela queria que eu procurasse um médico, mas me recusei. Então, Amanda preparou sopa e me fez tomá-la na cama, em uma bandeja, e dormiu em uma cama de armar ao meu lado. Mas, então, ela precisou viajar a trabalho e chamou o outro amigo para assumir.

Ele era bom e gentil, Melissa, mas conforme os dias passavam eu me tornava mais e mais desorientada e perturbada por seu pai não ter entrado em contato.

Então, aconteceu uma coisa muito, muito estúpida. Mais de uma semana sem ouvir uma palavra de Max e, uma noite, fiquei bêbada com esse amigo. Não há desculpa. Foi uma estupidez. Estava fraca, abatida e busquei conforto.

Ambos nos arrependemos terrivelmente — o meu amigo tanto quanto eu, com medo de que eu achasse que ele se aproveitou de mim. Preciso lhe dizer que não foi o caso. A responsabilidade foi dos dois. Apenas um momento de loucura em um buraco negro.

Eu o mandei para casa e, depois de dois dias, Amanda voltou e eu finalmente me levantei. Então, apenas uma semana mais tarde... lá estava ele. Seu pai, na minha porta.

Nós nos casamos muito rápido, então, como você sabe, e eu me apaixonei imediatamente por você.

Sempre tive certeza em minha mente e em meu coração de que Max é seu pai, Melissa. Mas a verdade é que, se formos levar em consideração as datas, há uma mínima possibilidade de que não seja.

Eu deveria ter contado a Max? Deveria ter feito algum exame? Não pensei nisso porque simplesmente SENTIA que você era dele. E sabe qual é a verdade egoísta? Eu o amava tanto que não conseguia suportar a ideia de correr o risco de perdê-lo de novo.

Mas agora me dou conta de que, se você for fazer algum tipo de exame no futuro, essa revelação pode acontecer. Não sou cientista, mas... tipos sanguíneos? DNA? De algum modo?

E o que me apavora é que, se minha intuição estiver errada e Max não for seu pai biológico, então eu não estarei aí para explicar o que realmente aconteceu. E meu homem querido e você podem acabar pensando coisas terríveis a meu respeito. Coisas ainda piores do que a verdade.

Juro que *nunca* traí seu pai antes ou depois. E nunca teria acontecido se não fosse por aquele maldito emprego. Mas... sem desculpas. O coração do seu pai se partiria ao meio ao saber disso, que foi o motivo por que eu simplesmente fingi que não tinha acontecido. Vi isso como um ato de amor. Você pode discordar.

Por favor, não me odeie...

Levou algum tempo para as páginas queimarem. Melissa jogou as duas "páginas secretas" no fogo, uma depois da outra. Em seguida folheou o livro para arrancar qualquer referência a elas e também jogou-as nas chamas.

Ela fechou as portas de vidro do aquecedor à lenha e observou o segredo queimar. Max não iria saber daquilo. Jamais. Não importava o que ela pensava. Só importava que o pai nunca chegasse a saber daquilo.

O pai dela.

Por um momento, Melissa considerou a possibilidade de incinerar todo o maldito livro, mas algo a deteve.

Então, ela pegou o notebook, digitou a senha do Wi-Fi que estava no folheto de informações sobre o chalé e pesquisou pelo nome do advogado que lhe entregara o diário. James Hall. Melissa ligou novamente o celular e viu mais várias mensagens de texto e de voz, tanto de Max quanto de Sam. Sentiu-se culpada, mas o que mais poderia fazer?

Ela telefonou para o escritório de advocacia em Londres e pediu para falar com o sr. Hall que, por sorte, estava à mesa dele. *Claro que ele se lembrava dela.*

O sr. Hall confidenciou, então, em um sussurro baixo, que, na verdade, fora ele que visitara Eleanor para pegar o livro. Não quisera mencionar isso antes porque, dadas as circunstâncias, ficara preocupado em aborrecê-la.

— Entendo. Não havia me dado conta de que fora o senhor que se encontrara com ela.

— Uma mulher encantadora e muito corajosa.

— Obrigada.

— Então, o que posso fazer pela senhorita?

— O diário diz que outra carta foi deixada para mim.

Eleanor explicara isso no fim de sua confissão. Se Melissa algum dia quisesse, ou mesmo precisasse, saber o nome do outro homem... estava registrado em uma carta em posse do advogado.

— O senhor poderia destruí-la, por favor?

— Destruí-la?

— Sim. Vou lhe mandar um e-mail confirmando por escrito que essa foi a minha instrução. A minha decisão.
— Tem certeza?
— Sim. Estou absolutamente certa.
Houve um instante de silêncio.
— Desculpe... Algum problema, sr. Hall?
— Não, não. É só que...
— O quê?
— Não sei se cabe a mim comentar.
— Sem problema. Por favor, continue.
— É só que... isso foi exatamente o que sua mãe previu que a senhorita faria.
— Não estou acompanhando.
— Bem, quando sua mãe me entregou o diário e o envelope lacrado, separado...
— Sim?
— Ela disse que deveríamos guardar o envelope depois de lhe entregarmos o livro e que caberia à senhorita escolher se gostaria de receber o material adicional. — Houve uma pausa bem mais longa, então, e Melissa percebeu que seu ouvido latejava, enquanto pressionava o celular com força, mais perto da cabeça.
— Como pode imaginar, foi um pedido fora do comum. Mas lembro-me muito claramente que sua mãe disse que, com sorte, a senhorita não iria querer o envelope de jeito nenhum.
— O quê?
— Sua mãe. Ela disse que, se tudo desse certo, ela acreditava... bem, que a senhorita pediria para que o envelope fosse destruído.
— Ela disse isso?
— Sim. Achei muito enigmático na época. Que ela fizesse um esforço tão grande para deixar aos nossos cuidados algo que esperava que a senhorita quisesse destruir.

Melissa prendeu a respiração e virou a cabeça para voltar a contemplar as chamas.

— Ela disse mais alguma coisa?

— Na verdade, sim. Disse que ficaria muito orgulhosa da senhorita.

Melissa agora abaixou o celular para o peito e pressionou-o com força contra o suéter. Olhou mais uma vez para o aquecedor à lenha, para as páginas que agora eram apenas um confete negro. Viu as chamas erguendo alguns dos pedaços carbonizados que flutuaram por instantes.

— Ela disse isso?

O pai dela...

— Disse.

— Bem, muito obrigada. Vou lhe mandar o e-mail de autorização. — Melissa percebeu que sua pálpebra começava a tremer, pigarreou e sentiu uma necessidade súbita de desligar o celular. — E poderia me confirmar, também por e-mail, quando o envelope for destruído?

— Farei isso.

Melissa se sentou, então, os olhos no fogo, com o celular ainda nas mãos, esperando para que o tremor na pálpebra parasse.

Uma decisão já tomada.

Outra a tomar.

Ela acrescentou mais lenha ao aquecedor, sempre consciente de certo distanciamento. Como se observasse a si mesma. Como uma consciência fora do corpo.

Sim. Uma **consciência**. Aquela era a palavra que estava procurando.

Melissa observou a si mesma fitando o fogo e refletiu, depois de um tempo, sobre destino e acaso. E sobre probabilidades.

Meio a meio.

Melissa pegou uma moeda na bolsa e colocou-a sobre a mesa. Se desse cara, ela teria o gene. Se desse coroa, não teria.

Na primeira vez, deu cara. Na segunda, coroa. Cara na terceira e na quarta. Melissa não sentiu nada.

Claro. Não havia base para alívio ou medo a menos que fizesse o exame de verdade.

Melissa sabia exatamente o que Sam diria. Que aquilo não importava. Que ele não se incomodaria se ela precisasse arrancar os dois seios; que não se incomodaria se ela não quisesse ter filhos por aquele motivo.

Mas isso não seria verdade. Porque a verdade era o que ele dissera naquele restaurante, em Chipre. Que não conseguia imaginar a vida sem ser pai.

E, sim, ele agora negaria isso. E mudaria o discurso. Diria que se sentia inteiramente diferente agora por causa das novas circunstâncias dela.

Mas a questão sempre estaria entre eles, secretamente. *A verdade*. E, um dia, ela o pegaria observando uma família na praia...

Melissa pensou então em Eleanor encarando tudo aquilo sozinha. E se virou para o canto da sala para vê-la sentada diante da escrivaninha no canto do quarto, com a bela caneta-tinteiro nas mãos, sorrindo para ela. E, de repente, se lembrou de mais uma coisa.

Fora quando estivera folheando o diário mais cedo — decidindo que páginas destruir. Sim. Ela passara os olhos pelo último capítulo, pela parte sobre maternidade. Mas mal prestara atenção, estava aborrecida demais. A receita de mingau de banana e abacate. Dicas sobre cólicas. *Não compre uma cadeira alta de madeira — é um pesadelo para limpar.*

Um mar de palavras.

Irritante.

Mas havia uma palavra que se repetia várias vezes em uma página. Melissa estreitou os olhos e conseguiu vê-la perfeitamente.

Santo Deus.

Ela correu para pegar novamente o livro. Passou pelas páginas, lambendo as pontas dos dedos. *Onde? Onde? Vamos... vamos.* Receita após receita. Uma anotação sobre berços. Uma página sobre sono e sobre rotinas na hora de dormir.

E então, lá estava...

... essa estranha *consciência*. Não sei de que outra forma descrever, Melissa. Apenas sei. Mesmo antes de fazer o teste de gravidez, eu sabia. Era como se estivesse CONSCIENTE — caminhando por aí em uma bolha. Uma estranha sensação de distanciamento. Como se estivesse olhando o mundo de um modo diferente; consciente de alguma coisa... eu só não sabia o que era.

Sim. Essa era a palavra — uma *consciência*.

Por que gelo é tão bom!

Está bem, isso não é realmente uma receita, Melissa — é mais uma dica. Sei que há várias comidas de bebê incríveis por aí, e alguns consideram o "faça você mesma" uma extravagância. Mas é tão fácil preparar você mesma a comida do bebê. Eu precisava compartilhar meu método. Simplesmente prepare uma quantidade de purê de frutas e/ou vegetais, deixe esfriar e derrame a mistura em formas de gelo. Congele e depois transfira os cubos para sacos próprios de congelar, etiquetados. Descongele poucos cubos de cada vez e aqueça ligeiramente. Você terá uma comida saudável e deliciosa para bebês!

Sugestões: cenoura cozida e amassada em purê; brócolis; pera e maçã cozidas; banana + abacate também é uma mistura fabulosa (não consigo me lembrar se essa congela bem!). Você também pode congelar refeições cozidas em pequenos cubos de gelo quando o bebê estiver desmamando, mas NÃO ACRESCENTE SAL a essas refeições.

Feliz congelamento...

Eleanor desejara que fosse Max a segurar sua mão no final. Mas não foi o que aconteceu. Deitada na cama do hospital, ela continuava a pensar no livro — agora já nas mãos do advogado. Não conseguia parar de pensar naquilo. Em todas as dicas, receitas, cartas e segredos. E não conseguia se lembrar direito do que escrevera e do que não escrevera.

— Ele está vindo? O meu marido?

— Está a caminho. — A enfermeira era gentil e estava sentada bem perto da cama, segurando com força a mão de Eleanor. — Já o chamaram. A mãe dele vai pegar Melissa e ele já está a caminho.
Eleanor se deu conta de que a culpa era dela. Havia esperado muito. Demais.
— Preciso falar com ele. Com meu marido.
— Sim, eu sei. Shhh, agora. Você precisa descansar.
A enfermeira prestou atenção quando Eleanor se encolheu.
— Precisamos lhe dar alguma coisa mais forte para essa dor.
— Não. Preciso permanecer acordada. Preciso falar com o meu marido.
Eleanor fechou os olhos, furiosa consigo mesma. Estava tentando se lembrar se, no capítulo sobre bebês, havia alertado Melissa sobre o sal. Colocara essa parte? Melissa saberia disso? Alguém mais diria a ela? Em algum momento, dissera a Max para não colocar sal em comida de bebê?
As páginas secretas. Ainda estavam no livro? Ou as arrancara?
E os resultados do exame? Onde estariam agora? Em algum arquivo?
— Tem filhos, enfermeira?
— Dois meninos. E você?
— Uma filha. Melissa. — Ela manteve os olhos fechados, mas podia sentir a cama se movendo. Flutuando.
— Shhh. Você realmente precisa descansar.
— Tenho medo de que ela nunca me perdoe. A minha Melissa.
Eleanor sentiu a mão da enfermeira acariciando seus cabelos, afastando-os do rosto, sem parar.
— É claro que ela lhe perdoará.
— Você acha?
O carinho no cabelo era relaxante e Eleanor estava pensando em um cabelo diferente. Melissa sentada na cama, o queixo apoia-

do nos joelhos. Os cabelos quentes, de um castanho-dourado, presos em um rabo de cavalo. Eleanor estendendo as mãos para sentir os cabelos da filha, tão quentes e sedosos que a fizeram sorrir.
— Você vai dizer a eles que os amo muito?
— É claro que direi.

CAPÍTULO 38

Melissa — 2011

Qualquer um que já tenha esperado pelo resultado de um exame que pode mudar sua vida sabe que só há uma coisa pior — ver alguém que você ama esperar pelo resultado de um exame que pode mudar a vida dessa pessoa.

Sam e Max foram juntos, de carro, encontrar Melissa em Cornwall, depois que ela mandara uma mensagem de texto dizendo, súbita e simplesmente, que lamentava muito ter fugido. E que precisava deles.

Mais tarde, sentada na mesma cozinha em que a mãe estivera cozinhando certo dia e inocentemente passara a mão pelo pulôver para limpar a farinha que caíra ali, Melissa contou aos dois que decidira fazer exame genético para detectar a probabilidade de vir a ter câncer de mama. Pediu desculpas. Disse que fora por isso que fugira. Resolvera de repente que precisava saber, de um jeito ou de outro, dado o histórico da mãe. Não contou a verdade a eles. Sobre o bebê. Sobre os três testes de gravidez que comprara na farmácia da esquina e que haviam dado resultado positivo — os três.

Melissa fora para Cornwall imaginando que a atitude mais generosa que poderia tomar era terminar tudo com Sam. Deixá-lo livre daquela situação e garantir que ele nunca passasse pelo que o pai dela passara. Foi nesse momento que ela percebeu que amor tem a ver com a felicidade da pessoa que você ama, não com a sua própria felicidade. Ela também desistiria da opção de ser mãe — para sempre. Era nova, ambiciosa, e poderia se dedicar à carreira, em vez disso. Nem precisaria fazer o exame genético. Se jamais fosse mãe, não correria o risco de passar o gene adiante. Simplesmente faria os exames necessários todo ano. Poderia aceitar o contrato que lhe fora oferecido em Londres. Tentar um emprego no exterior.

Então, apenas dois dias mais tarde, o mundo todo mudara. Estava deixando Cornwall com o homem que sempre chamaria de pai dirigindo o carro dela, em comboio, enquanto Melissa seguia no carro de Sam, ao lado dele, secretamente já carregando o filho deles. Provavelmente acontecera em Chipre. Ela tivera uma gastrenterite por alguns dias, e isso provavelmente comprometera o efeito da pílula. E mesmo ainda tão cedo, mesmo ela sendo ainda tão jovem e não tendo escolhido que as coisas saíssem daquela forma, Melissa subitamente se deu conta de que aquilo já não tinha mais a ver com ela. E, pela primeira vez, entendeu exatamente como a mãe se sentira naquelas últimas semanas. E seu coração se partiu em muitos pedaços. Porque a única coisa que martelava na sua cabeça, sem parar, enquanto permanecia sentada dentro de sua bolha, olhando para um mundo diferente, era que a criança não devia ter aquela coisa.

Meio a meio.

Cara.

Coroa.

Melissa fez outra ligação difícil. Decidiu não contar a Sam sobre o bebê até receber o resultado do exame genético. Embora já houvesse decidido que teria a criança, fosse qual fosse o resultado, queria que, ao menos, um dos dois tivesse a oportunidade de saber da novidade do melhor modo. Ter um filho com uma pessoa que se ama, mesmo se por acidente, deveria ser uma coisa maravilhosa. Não deveria provocar a sensação que Melissa estava experimentando.

Para acelerar as coisas, Melissa decidiu pagar por um parecer particular. Ela avisou ao clínico que a acompanhava e usou a mesma clínica e o mesmo laboratório que o serviço público de saúde usava. Só que, felizmente, um pouco mais rápido. Cerca de quatro semanas. Ela também se consultou com uma profissional de aconselhamento genético — que também recomendou, apesar da resistência inicial de Melissa, que ela procurasse um psicólogo especializado em luto.

— Há muitas pontas que não foram amarradas — disse a conselheira genética depois da primeira consulta. — Que tal resolver isso, Melissa?

A conselheira genética também fez perguntas sobre o oncologista da mãe para ver se o resultado do exame original poderia ser rastreado. Era pouco provável, mas, ao que parecia, iria ajudar muito na precisão do exame de Melissa, se conseguissem saber o que revelara o resultado da mãe dela. James Hall, o advogado, estava usando o livro de Eleanor como prova do consentimento dela — prova de que a mãe de Melissa queria que a filha soubesse do resultado. Melissa concordou com tudo sob a estrita condição de que Max não soubesse que Eleanor fizera o exame em segredo. A mãe passara por muita coisa para poupar o marido da preocupação. Não seria certo contar a ele agora.

Então, todos eles tiveram que encarar quatro longas semanas de espera — cada um deles lidando com a situação de um modo diferente, mas todos exagerando em uma pretensa atitude de normalidade.

Enquanto isso, Melissa não parava de se desculpar com Sam por ter fugido. Por fazer com que ele e Max ficassem tão nervosos. Deveria ter conversado com ele. Compartilhado. Sabia que deveria. Mas estava com medo demais. Tudo o que disse a Sam foi que o diário incluía informações que sugeriam que havia uma possibilidade maior de defeito genético do que qualquer um havia percebido.

Em resposta, Sam ficou quase insuportavelmente otimista.

— Vai dar tudo certo. O resultado será negativo. — Era uma estratégia que pretendia ser gentil, mas que fazia Melissa sentir que ele, de certo modo, estava diminuindo o que ela sentia. O medo terrível. *Eles não tinham como saber que ia dar tudo certo. Ela talvez precisasse retirar os seios.* Como isso poderia ser descrito como "dar tudo certo"?

Então, Melissa se sentia terrivelmente culpada e se lembrava de que Sam não sabia sobre o bebê; sobre quanto estava em jogo naquele momento.

— Desculpe, Sam. Estou só com medo.

— Eu sei.

Max passou a correr mais. De manhã e de noite. Levou Anna para jantar — o primeiro encontro de verdade deles — e se esforçou muito para não mencionar nada do que estava acontecendo, mas acabou passando uma hora abrindo o coração para ela.

— Sinto muito, Anna. Toda essa bagagem que carrego. Você não precisa disso. É egoísta, totalmente insensível e injusto...

Ela se adiantou, então, e beijou-o de repente.

— Desculpe. — Anna parecia tão surpresa quanto ele.

— Santo Deus. Não se desculpe. — E foi a vez de Max beijá-la.

Ela confessou, então, ainda ruborizada e constrangida, que se sentiu lisonjeada por ele ter confiado nela e quis demonstrar isso. Disse que se sentira atraída por ele desde que os dois haviam se conhecido, percebera como aquilo era inapropriado — *era o chefe dela, afinal!* — e, por isso, compensara se comportando de modo tão insano. Contou que sentia aquela estranha sensação no estômago sempre que o via. *É um absurdo, eu sei* — mas é o que acontece. Já que estamos falando honestamente aqui.

Então, houve mais jantares e caminhadas, e Max contou tudo a ela sobre Sophie. Ele também passou na galeria onde estava acontecendo a exposição de Sophie para pegar o presente que ela deixara para ele: um quadro de Max e Melissa na praia, em um dia de chuva, com um arco-íris ao fundo, pinceladas de rosa e azuis impactantes. *Um pouco sentimental, poderia se pensar. De forma alguma, o trabalho que ela costuma fazer* — observara o proprietário da galeria. *Mas há o contraste de que as cores do arco-íris são propositadamente erradas. Fora de sequência. Muito inteligente, na verdade. Sim. Você ganhou uma bela obra.*

Max pendurou o quadro na parede e, na quarta longa semana de espera, Anna começou a acompanhá-lo na corrida. Max soube então, correndo ao lado de Anna, em silêncio, mas no mesmo ritmo, que, se não fosse pela nuvem que pairava acima da filha dele, estaria se sentindo feliz. Sim. Na verdade, ele conseguia imaginar a possibilidade de voltar a se sentir feliz.

Eles não tinham como saber — Anna e Max — como iriam longe em suas corridas juntos ao longo dos anos e décadas que se seguiriam. Maratona após maratona.

Eles ainda não tinham como saber de nada disso. Assim, Anna ainda não passara a noite na casa de Max — tinha medo demais de aborrecer o filho. Em vez disso, os dois ficavam deitados na cama, durante o dia, por longas horas depois de fazer amor, porque nenhum deles conseguia suportar a ideia de se levantar e voltar para o mundo.

Marcus acabou surpreendendo a todos. O choque do que estava acontecendo com Melissa foi como uma sacudidela que serviu para acordá-lo. Ele passou longas horas tentando colocar seu negócio de volta nos trilhos e aceitou a oferta do pai de um empréstimo provisório, além do aluguel do apartamento, para ajudá-lo a se erguer. Nas quatro sextas-feiras que antecederam o resultado do exame, Marcus convidou Melissa e Sam para jantar e para atualizá-los de seus progressos.

De volta à própria cozinha, Melissa também cozinhou — avançando lentamente por todas as receitas da mãe. Os pãezinhos, os biscoitos de Páscoa, o páo irlandês e até mesmo uma tentativa da geleia, que achou ter ficado muito dura da primeira vez, mas, ainda assim, deliciosa.

Ela fez o *bœuf bourguignon* de novo e, dessa vez, serviu-o com arroz. E, secretamente, começou a rascunhar o blog, detalhando seus esforços e pensamentos. A sensação de conexão e de conforto ao usar a preciosa batedeira da mãe e a pequena caixa de cortadores de biscoito.

Nem tudo deu certo, mas ela se lembrou do conselho no diário. Cozinhamos, aprendemos, fazemos melhor...

Então, um dia, Melissa resolveu preparar os cupcakes novamente e deu um pulo no supermercado mais próximo para comprar cream-cheese e morangos fora de estação, de aparência duvidosa, para a cobertura. Ela bateu a manteiga e o açúcar na mão, dessa vez usando uma colher de madeira. Sua mãe fazia isso às vezes, quando não estava com pressa, e ela gostava do som. Do barulho crocante quando se pressionava o açúcar impalpável contra a tigela, misturando-o à manteiga. Foi nessa ocasião, quando estendeu a mão para pegar a raspa de laranja, que algo muito especial aconteceu. E quando Sam chegou em casa mais cedo, encontrou-a sentada no chão da cozinha, os olhos vermelhos, os bolinhos no forno.

— Ah, Deus. Você está bem, Melissa? O que aconteceu?

— Não. Está tudo bem, Sam. Foi uma coisa boa. Eu me lembrei de uma coisa muito boa.

Depois disso, Melissa também voltara um pouco para o computador. Ela dera a desculpa de estar doente para ter perdido a reunião com o editor de Londres e ficou surpresa por ter uma segunda chance. A reunião foi melhor do que ela poderia ter sonhado e acabou aceitando o contrato — argumentou consigo mesma que agora não importava que fosse freelancer e apenas temporário. De qualquer modo, logo pararia de trabalhar por algum tempo. Por causa do bebê. E tudo bem — aquilo significaria um novo plano de carreira, ter um bebê tão jovem, mas a beleza de ser jornalista, de escrever, era que poderia trabalhar parte do tempo em casa. Ser freelancer, na verdade, seria melhor.

E, durante tudo aquilo, o mais importante: tentar se manter o mais otimista e ocupada possível. E, para isso, cozinhava praticamente todo dia e sentava-se para reler vezes sem conta o diário de Eleanor quando não conseguia dormir no meio da noite e precisava ouvir a voz da mãe.

Sam percebeu que ela desistira do café e do álcool, mas Melissa deu a desculpa de estar tentando um estilo de vida novo, mais saudável. A preocupação com aquela nuvem que era o câncer pairava acima de sua cabeça.

A consulta para saber o resultado estava marcada para uma quinta-feira. Sam assumiu o volante e Max foi com eles, embora Melissa insistisse em que o pai deveria esperar do lado de fora do consultório.

Nenhum deles disse uma palavra no caminho.

Estava um dia frio, mas com um céu tão azul que Melissa achou que, de algum modo, estava bonito demais. Fora de sintonia.

— Está pronta? — perguntou Sam, enquanto estavam parados do lado de fora da porta, no primeiro andar.

— Não.

Cara. Coroa.

Ela agora se perguntava se não deveria ter optado por receber os resultados por telefone.

— Quer que eu peça a eles para esperarem um pouco? Quer sair para uma caminhada?

— Não.

Finalmente no consultório, eles se sentaram um ao lado do outro, esperando que a conselheira genética viesse da sala em anexo. Ela estava sorrindo.

— A notícia é boa, Melissa.
Foi Sam que deixou escapar o som alto. Um barulho esquisito que não foi uma palavra e também não foi exatamente um grito.
— Desculpe — disse ele, constrangido.
— Não se desculpe. É mesmo difícil esperar tanto.
— Tem certeza? — De repente, Melissa se deu conta do céu novamente. Pela janela. Azul de verdade. Não era uma brincadeira de mau gosto. Se lembraria para sempre, disse a si mesma... daquele céu muito azul e muito lindo.
A voz da conselheira genética, que agora dava os detalhes, parecia muito distante. Eles haviam testado tudo o que podiam. Aquilo não era garantia de que ela nunca teria câncer de mama. Melissa compreendia isso? Mas não. Não haviam encontrado nenhum defeito genético que a ciência houvesse identificado que apontasse um risco maior para ela.
O resultado era negativo.
Melissa perguntara se Sam se incomodaria de sair um pouco do consultório. Pediu que ele fosse contar imediatamente a Max, mas disse que ela ainda precisava fazer algumas perguntas à conselheira.
A médica serviu um copo de água para Melissa enquanto Sam a beijava na testa e fechava a porta.
— É sobre o exame do seu pai que você quer falar a sós comigo?
— Como? — Melissa só ficara para saber se eles haviam conseguido rastrear os resultados da mãe dela.
— É que seu pai concordou que os resultados do exame dele deveriam ser compartilhados com você. Telefonamos mais cedo para ele.
— Que resultados? Não tenho ideia do que está falando.
— Ele também quis fazer o exame. Para verificação de defeito genético. Não contou a você?

— Mas por quê? Não entendo. Não há câncer na família dele. Por que iria querer fazer o exame?

— Max estava preocupado que, caso o resultado do seu exame fosse positivo, pudesse ser do lado da família dele. Não havia como saber com certeza que a herança genética viera da sua mãe.

Melissa ainda não conseguia compreender.

— Mas isso é um absurdo. Irracional. Foi a minha mãe que teve câncer.

— Nem sempre somos racionais quando estamos com medo.

— E você concordou com isso? Por que concordou?

O coração de Melissa agora estava disparado. DNA. Grupos sanguíneos. Santo Deus. Se um teste de paternidade fosse parte do... *Não. Por favor, não.*

— Você pediu para não contarmos a ele que sua mãe fizera o exame. Respeitamos isso. Por isso, dadas as circunstâncias, bem... concordamos. Achamos que o ajudaria a aceitar todo o cenário.

— E o exame da minha mãe? Vocês conseguiram rastrear o resultado?

— Conseguimos.

— Foi positivo, não foi?

— Foi, Melissa.

Ela fechou os olhos.

Cara. Coroa.

E um terrível pensamento dominou sua mente.

— O exame do meu pai. Não entendo muito de genética. De DNA e tudo isso. E não tenho ideia de por que meu pai fez isso.

— Como eu disse. Ele não queria que a sua mãe fosse declarada culpada. Se as coisas tomassem o rumo errado. E sem termos certeza.

— Certo. Sim. Mas o exame dele. Mostrou alguma coisa? Quero dizer... Alguma surpresa? — Melissa ficou com medo de perguntar diretamente... sobre paternidade... mas, Cristo! O pai estava parado do lado de fora do corredor. Melissa tentou ler a expressão nos olhos da mulher à sua frente.

— Bem, houve a correspondência familiar padrão de DNA. Entre você e seu pai, quero dizer. Noventa e nove ponto nove por cento. Que é o que esperávamos. Mas não houve mais nada fora do comum. — A conselheira genética agora olhava para a tela do computador. — Como eu disse, Max pediu que os resultados fossem passados a ele por telefone, hoje de manhã, e pediu também para os compartilharmos com você. Mas não há nada. Absolutamente nada com que tenha que se preocupar.

— Por favor, não conte a ele que minha mãe tinha o defeito genético. — Melissa sentiu o alívio se espalhar por cada músculo do seu corpo. Como se ela não houvesse se dado conta, até aquele momento, de como todos os seus músculos estavam tensos.

— Não direi. Você está bem, Melissa?

— Muito bem. Muito, muito bem.

Ela estava pensando na mãe. Em quanto Eleanor a amara, e desejou que ela tivesse podido tirar todo aquele peso dos ombros anos antes. Em como se sentia feliz e grata por ter o livro. Por ter a mãe ainda com ela.

Do lado de fora do consultório, depois de longos e silenciosos abraços em Sam e no pai, Melissa pediu a Sam para esperar lá em cima um instante e se afastou com Max, com a desculpa de que precisava de uma bebida quente. Então, quando estavam a sós, em um canto onde ficava a máquina de bebidas, ela pigarreou.

— No diário, mamãe disse que você faria um excelente trabalho.

— Como?

— Logo no começo do diário. Ela disse que você faria um excelente trabalho tomando conta de mim.

A expressão nos olhos de Max mudou — ele os desviou por um instante e logo voltou a fixá-los em Melissa. Curioso.

— Eu deveria ter lhe dito isso antes. Porque ela estava certa, papai. E não agradeço a você com a frequência que deveria. — Ela o beijou no rosto e logo se afastou e pediu que Max esperasse um instante, enquanto ela chamava Sam.

— Você vai ficar bem, papai? — Melissa pressionou a mão contra o rosto dele.

— Estou bem agora.

No andar de cima, Sam estava procurando alguma coisa no celular.

— Sam, preciso que me escute.

— Vou levá-los para almoçar. Sem discussão. Você e Max. Em algum lugar muito incrível. Algum lugar terrivelmente caro.

— Olhe para mim. Você precisa me escutar.

— Champanhe.

Melissa não tomaria champanhe. Não podia.

— Preciso lhe contar uma coisa. E você precisa prometer que não vai ficar bravo. Algo que não lhe contei antes.

Sam inclinou a cabeça.

— Sou um pouco jovem. Provavelmente nós dois somos um pouco jovens. E não teria planejado a situação dessa forma. Mas você precisa saber que eu não poderia estar mais feliz.

— Você não está fazendo sentido, Melissa. É claro que está feliz. O resultado do exame foi negativo.

— Não. — Ela pegou a mão dele e pousou-a sobre a própria barriga.

E o encarou nos olhos. Sam inclinou novamente a cabeça, como se fizesse uma pergunta, e estreitou os olhos.

Por um momento, Melissa conseguiu imaginar outro rosto observando e ouvindo. Olhos cálidos olhando para baixo. Areia morna. Correr pela praia.

— Vamos ter um bebê, Sam. Deve ter acontecido em Chipre. Quando tive aquele problema no estômago. Foi um acidente. Mas não lamento. E realmente preciso saber o que você pensa a respeito. Quero dizer, se acha que o momento é muito complicado, com você entrando agora na sociedade. E se está muito bravo por eu não ter contado antes. É só que, com tudo o que estava pairando sobre nós, tive medo... Diga alguma coisa, Sam. Por favor, diga alguma coisa.

— Um bebê? — Ele parecia absolutamente chocado.

— Sim. Um bebê.

— Ah, meu Deus. — Sam inclinou a cabeça para trás e fechou os olhos.

— Você está muito chocado?

— É claro que estou chocado.

— Chocado de um jeito ruim? Quero dizer... está muito bravo? Porque eu não lhe contei?

— Não, Melissa. Chocado de um jeito bom. Um bebê? *Um bebê de verdade?*

Ele passou os braços ao redor dela e a apertou com força. E continuavam assim, parados, surpresos, se abraçando com força, enquanto uma secretária tentava passar com uma pilha de pastas.

Melissa se afastou então.

— É claro que isso significa que temos um problema.

— Está se referindo ao seu trabalho? Ao contrato? Não precisa se preocupar com isso. Posso nos sustentar até...

— Não, não. Não estou me referindo a dinheiro.

— O que é, então?

— Bem... é só que descobri que me sinto muito diferente. Subitamente muito antiquada.

Melissa estava pensando agora nos últimos capítulos do livro da mãe. Não apenas as dicas e truques, mas a alegria que transbordava da página. A cólica e os berços. Todos os altos e baixos.

E, um dia... você vai saber exatamente sobre o que estou escrevendo. Porque isso, de repente, se transformará na sua razão de viver...

Nesse meio-tempo, Sam continuava a parecer confuso, enquanto outro membro da clínica saía de uma sala lateral e eles tiveram que se afastar para deixá-lo passar.

Melissa olhou por cima da grade para o saguão abaixo deles, onde Max entrou no campo de visão dela, carregando uma bandeja de papelão com três bebidas.

Ela precisava falar logo, antes que o pai se juntasse a eles.

— Vou ter que pedir a *você* que se case *comigo*, Sam.

E agora, pela primeira vez na vida, foi ele que fez o movimento de tartaruga. Enfiou a cabeça para dentro do pescoço na mais absoluta surpresa, antes de fechar os olhos — uma imagem congelada de absoluto espanto —, e depois abri-los para beijá-la primeiro na testa e depois em cada uma das pálpebras. Melissa agora estava constrangida com a possibilidade de que outra pessoa saísse de alguma sala para o corredor, os visse e tivesse que esperar para passar.

— Isso é um sim, Sam?

Sam finalmente pegou-a com força nos braços, bem no momento em que Max, abaixo deles, erguia a bandeja em um sinal de comemoração.

— Isso é um sim, Melissa.

RASPAS DE LARANJA...

A filha está comendo uma laranja diante da mesa da cozinha. Olhe como ela parte cada pedaço, um de cada vez, e os coloca entre a parte de trás dos dentes — franzindo o rosto em uma expectativa agridoce e, então, sorrindo quando o suco se derrama em sua língua.

Ao lado do fogão, a mãe observa a cena e sorri também. Ela põe o ralador dentro da pia e se inclina para checar os fornos. À esquerda, uma bandeja de cupcakes descansa na prateleira do meio. No forno menor, à direita, um pernil de cordeiro suspira em uma mistura untuosa de cebolas, vinho e ervas. Olhe com mais atenção para os olhos da mãe, agora.

Veja como a expressão neles muda quando ela se vira de novo na direção da filha.

— Quando esses bolinhos estiverem frios o bastante, você pode comer um com o seu leite, então será hora de ir para a cama.

— Não estou cansada.

A mãe desvia a cabeça para que a filha não a veja disfarçar um sorriso ainda mais largo, enquanto pega o timer do forno na beira da mesa e o coloca no bolso. A criança, com os olhos já pesados, estará adormecida dez minutos depois de encostar a cabeça no travesseiro.

— Escute... a mamãe vai terminar de escrever o texto dela. Lave suas mãos quando terminar, estão meladas por causa da laranja. Está bem? Então, bolo e cama.

A mãe fica de pé, checa novamente o timer no bolso e passa pela mesa, onde afasta a franja dos olhos da filha com carinho e beija a testa da menina. Ela vai para o corredor, atravessa o piso de carvalho e sobe as escadas. No canto do quarto há um recuo com uma grande janela em forma de nicho. Senta-se, então, diante de uma penteadeira que faz as vezes de escrivaninha e desvia o olhar por um momento para a árvore além da janela, que se inclina para a esquerda com o vento. Logo o carro do seu marido vai aparecer na entrada de carros e a filha correrá para o hall para recebê-lo. Com os dedos melados ainda sem lavar.

A mãe abre o notebook...

Raspas de laranja... e outras histórias

Pela blogueira culinária Melissa Dance

Melissa se inclina para a frente para digitar a data. *Março de 2015*. Ela vê o carro de Sam atravessar o cascalho e sorri ao ouvir a reação no andar de baixo.

E então... o que escrever naquele dia?

Ah, sim.

Naquele dia, ela irá contar mais uma vez como tudo aquilo começou. Como uma jornalista que lutava por uma causa se mudou para a cozinha. Como um diário precioso despertara lembranças. Que acabaram fazendo nascer um blog. Que transformou uma mulher que pensava que cozinhar tinha a ver apenas com comida em uma mulher que pode viajar no tempo.

Naquele dia, ela vai escrever sobre uma criança diante de uma mesa de cozinha em Cornwall, que não está conseguindo descascar a própria laranja, e reclama e se lamenta, pedindo ajuda. A mãe — que está batendo açúcar e manteiga e sorrindo — diz: *Vou lhe dizer uma coisa, Melissa. Que tal eu lhe mostrar como ralar a casca* da laranja antes de descascá-la para você? Podemos experimentar a raspa da casca de laranja nos bolinhos, em vez de baunilha? Para ver o que achamos?

Sim. Ela vai escrever mais uma vez sobre aquele instante. A lembrança e a mágica de um aroma único e simples.

Raspa de laranja. Feche os olhos. Volte no tempo.
Volte até lá.
A criança diante da mesa. A laranja no prato. Dedos melados estendidos...
... para segurar a mão da mãe.

FIM

NOTA DE TERESA

Muito obrigada por ler a história de Melissa — é pura ficção, é claro, mas o tema vem de um terreno sensível da minha vida e me preocupei um pouco com isso.

Perdi a minha mãe para o câncer quando tinha dezessete anos e, por muito tempo, me perguntei se essa experiência tinha algum lugar em minha vida de escritora. Então, como apresentadora de um telejornal na rede BBC, fui convidada para começar uma corrida local para a organização Race for Life, a fim de levantar fundos para a pesquisa do câncer. Entre as pessoas que conheci por causa disso, havia todas aquelas mulheres incríveis, muitas com uma única palavra presa às costas na hora da corrida: *Mãe*. Foi ao mesmo tempo traumático e reconfortante. Ali, percebi, como escritora, que talvez tivesse algo para dizer...

Demorei muito para encontrar uma história de ficção forte o bastante que pudesse levar adiante um tema que é tão próximo do coração de muitas pessoas. Mas, quando Melissa e Eleanor finalmente entraram na minha sala de trabalho, o romance quase se escreveu sozinho.

Meu próximo romance com a Bookouture é *THE SEARCH*, e contarei todas as novidades sobre a publicação e todo o resto em meu site — www.teresadriscoll.com. Você também é bem-vindo para entrar em contato comigo pelo Twitter ou pela minha página de autora no Facebook.

Obrigada, mais uma vez, por ler meu livro de estreia. Se puder postar uma resenha, significaria muito para mim. E o mais importante — estou muito orgulhosa e me sentindo privilegiada por estar assinando aqui como autora, finalmente.

Com muito carinho,
Teresa Driscoll
@teresadriscoll
https://www.facebook.com/teresadriscollauthor

AGRADECIMENTOS

Minha jornada até a publicação foi longa e preciso agradecer a todos os que me apoiaram pelo caminho — mais especialmente ao meu marido e aos meus dois filhos maravilhosos, que nunca deixaram de acreditar.

Agradeço muito também à minha incrível agente, Madeleine Milburn, que finalmente fez tudo isso acontecer para mim, e à minha editora tão paciente e inteligente, Claire Bord, junto com toda a dedicada equipe da Bookouture.

Impressão e Acabamento:
INTERGRAF IND. GRÁFICA EIRELI.